CW01522466

John le Carré

L'espion
qui venait du froid

Traduit de l'anglais
par Marcel Duhamel et Henri Robillot

Préface inédite de l'auteur

Gallimard

John le Carré est né en 1931 et a étudié dans les universités de Berne et d'Oxford. Il a enseigné à Eton et fait brièvement partie des services secrets britanniques durant la guerre froide. Depuis cinquante ans, il vit de sa plume. Il partage son temps entre Londres et la Cornouaille.

Préface

CINQUANTE ANS PLUS TARD

J'ai écrit L'espion qui venait du froid *à l'âge de trente ans dans un état de stress personnel intense, mystérieux, et dans un isolement total. En tant qu'officier de renseignement sous couverture de jeune diplomate en poste à l'ambassade britannique de Bonn, j'étais un mystère pour mes collègues, et pour moi-même la plupart du temps. J'avais déjà commis deux romans, évidemment sous pseudonyme, approuvés tous deux avant publication par le service qui m'employait alors. Après moult débats,* L'espion qui venait du froid *finit lui aussi par recevoir l'autorisation d'être publié. Aujourd'hui encore, il m'arrive de me demander ce que j'aurais fait dans le cas contraire.*

Mes supérieurs en étaient visiblement arrivés à la légitime, quoique hésitante, conclusion que ce roman était une pure fiction dénuée de toute information personnelle susceptible de porter atteinte à la sécurité. Un point de vue aussitôt écarté par la presse mondiale, qui décréta d'une voix unanime que ce livre n'était pas simplement authentique, mais qu'il était une sorte de message révélateur en

I

provenance du camp adverse, ne me laissant d'autre choix que de rester assis là à le regarder, à ma grande horreur, se hisser en tête de la liste des meilleures ventes pour y rester, tandis que les spécialistes saluaient les uns après les autres sa véracité.

Et une espèce de colère impuissante vint le temps passant s'ajouter à mon horreur.

De la colère, parce que du jour où mon roman fut publié, je compris que l'étiquette d'espion qui avait viré écrivain me collerait désormais à la peau, plutôt que celle d'écrivain qui, comme des douzaines d'autres, avait passé du temps dans le monde de l'espionnage, et écrit sur le sujet.

Pour les journalistes de l'époque, j'étais un espion britannique sorti de nulle part qui avait raconté comment les choses se passaient vraiment, chacune de mes réfutations ne faisant que renforcer un peu plus le mythe. Et puisque j'écrivais pour un public accro à James Bond et qui était à la recherche d'un bon antidote, le mythe a perduré. Pendant ce temps, j'eus droit au genre d'attention dont tous les écrivains rêvent. Mon seul problème étant que je ne croyais pas moi-même à ma propre publicité. Je ne l'aimais pas alors que je l'alimentais, mais rien de ce que j'aurais pu dire, au sens le plus littéral du terme, n'aurait pu stopper le train en marche, même si je l'avais voulu. Ce dont je n'étais pas sûr.

Dans les années soixante — et aujourd'hui encore —, l'identité d'un membre des services secrets britanniques était un secret d'État. À juste titre, d'ailleurs. Divulguer ce genre d'information était — est — un crime. Les Services peuvent déci-

II

der de balancer un nom si ça leur chante, en revan-
che. Il peut leur arriver de livrer un ou deux barons
des renseignements histoire de donner un aperçu
de leur omniscience et — attention, roulement de
tambour... — de leur ouverture d'esprit. Mais malheur à un ancien collaborateur trop bavard...

J'avais mes propres inhibitions, de toute manière.
Je n'avais pas rencontré de problème avec mes
anciens employeurs, bien au contraire. Un jour que
je me présentais devant la presse à New York —
après que le roman s'était fait remarquer aux États-
Unis —, je balbutiai scrupuleusement, pour ne pas
dire nerveusement, un démenti : non, non, et non,
je n'avais jamais travaillé dans l'espionnage ; non,
c'était juste un mauvais rêve d'auteur (ce que c'était
aussi, bien sûr).

Le paradoxe atteignit son apogée lorsqu'un jour-
naliste américain ayant des relations dans le milieu
me dit à mots couverts que le chef en poste de mon
département avait déclaré au récemment défunt
patron de la CIA, Allen Dulles, m'avoir employé,
mais qu'il n'en avait informé personne hormis son
très large cercle de meilleurs amis, dont certains
membres étaient présents dans la pièce, et savaient
donc que je mentais.

Chaque interview que j'ai donnée ensuite pendant cinquante ans m'a semblé systématiquement
vouée à révéler au grand jour une vérité qui n'était
pas censée exister — ce qui explique sans doute
pourquoi j'ai développé une telle allergie à l'égard
de cet exercice.

L'espion qui venait du froid *est le fruit d'une imagination débridée poussée aux limites de ses possibilités par un dégoût de la politique, et un état de confusion personnel. Cinquante ans après, je n'associe pas ce livre à des événements qui me seraient personnellement arrivés — hormis cette rencontre muette à l'aéroport de Londres avec un type d'apparence militaire, visiblement exténué, d'âge moyen, vêtu d'un imperméable plein de taches, qui plaqua sur le comptoir une poignée de pièces d'origines diverses avant de commander avec un accent purement irlandais tout le scotch que cette somme lui permettrait d'acheter. Alec Leamas venait de voir le jour. C'est du moins ce que ma mémoire — un informateur pas toujours très fiable — me dit.*

Aujourd'hui, je considère ce roman comme une tempête intérieure à peine dissimulée après laquelle ma vie ne fut plus jamais la même. Ce ne fut ni la première ni la dernière tempête de ce genre. Et oui, oui et oui, à l'époque où je l'écrivis, je donnais bien depuis une dizaine d'années dans le travail de renseignement ; une décennie des plus formatrices, vu que je traînais la culpabilité d'avoir été trop jeune pour participer à la Seconde Guerre mondiale et (plus important encore) d'être l'enfant d'un profiteur de guerre, un autre secret que j'estimais devoir garder pour moi jusqu'à ce que mon père meure.

Je n'ai jamais été un génie ni un crétin fini, mais j'ai toujours eu un goût discutable en matière de fiction, goût qui me poussa à collecter des faits dou-

teux bien avant d'intégrer le monde des services secrets. Je n'ai jamais été personnellement en danger dans le cadre de mon travail de renseignement, même si j'étais souvent exténué. Si les choses avaient été différentes, mes employeurs ne m'auraient pas laissé publier mon roman, ce qu'ils ont regretté d'ailleurs plus tard : lorsqu'ils ont commencé à trouver que les gens le prenaient trop au sérieux, et parce que laisser entendre que les services secrets britanniques pouvaient trahir des agents était contradictoire avec leurs principes éthiques, mauvais pour le recrutement, et donc mauvais pour la Grande-Bretagne en général ; une appréciation qui ne souffre aucun démenti.

Le fait même que mon roman ait été publié prouvait qu'il n'était pas « authentique » — combien de fois n'ai-je pas dû répéter cette phrase !... Un chef de département qui m'avait autrefois employé alla même jusqu'à qualifier ma contribution de « négligeable » — ce que je veux bien croire —, quand un autre décrivit mon roman comme « la seule putain d'opération d'agent double qui ait jamais marché »... Une assertion fausse, mais drôle. Le problème est que lorsque des espions professionnels sortent de leur cachette pour faire une déclaration décisive sur l'un des leurs, le grand public préfère croire le contraire : ce qui nous ramène là où nous avons commencé, et moi avec.

Si les espions ne m'avaient pas embauché à cet âge, une autre institution tout aussi malchanceuse l'aurait fait, et, au bout de deux ans, je me serais

V

également retrouvé à devoir creuser moi-même ma propre voie de sortie.

Qu'en est-il du contexte profond du roman ? Des vues, des odeurs, des voix qui, quinze ans après la fin de la guerre, continuaient d'infester chaque recoin de l'Allemagne désunie ? Le Berlin dans lequel Leamas s'est incarné était un modèle de folie humaine et un paradoxe historique. Au début des années soixante, j'avais surtout eu l'occasion de le contempler derrière les murs de l'ambassade britannique de Bonn, mais rarement sur le terrain. Mais je pus observer l'avancée du Mur, des fils barbelés aux parpaings, ce rempart de la guerre froide s'élever peu à peu sur les cendres brûlantes du conflit qui couvait toujours. Je ne ressentis aucune transition d'une guerre à l'autre, parce que c'est à peine si elle exista, au sein du monde secret. Pour les jusqu'aux-boutistes de l'Est comme de l'Ouest, la Seconde Guerre mondiale avait été une distraction. Désormais qu'elle était terminée, ils pouvaient de nouveau s'atteler à la vraie guerre, celle qui avait débuté avec la Révolution bolchevique en 1917, et qui s'était poursuivie sous différents drapeaux et déguisements depuis lors.

Pas étonnant qu'Alec Leamas ait dû frayer avec des collègues peu ragoûtants au sein des rangs des services de renseignements de l'Ouest, car les Alliés ne se contentèrent pas de tolérer les anciens nazis aux compétences intéressantes ; ils les bichonnèrent *carrément — à cause de leur réputation d'anticommunistes. Qui les États-Unis choisirent-ils d'abord pour diriger l'embryonnaire service de renseignements d'Allemagne de l'Ouest ? Le général Reinhard Gehlen, ancien chef du service de renseignement pour Hitler au sein des armées étrangères de l'Est (FHO) sur le théâtre des opérations russe, où il s'était octroyé un monopole quasi absolu sur l'ordre de bataille soviétique. Anticipant la défaite de l'Allemagne, le général rassembla ses dossiers et ses gens en vue de les remettre aux mains des Américains, qui les accueillirent à bras ouverts. Une fois recruté, Gehlen eut même le tact de troquer son « général » contre un « Herr Doktor ».*

Qu'est-ce que les Américains firent de ce précieux avantage et de ces joyaux de la couronne ? Ils installèrent Gehlen et ses gens dans le coquet village bavarois de Pullach situé à une trentaine de kilomètres de Munich, un endroit bien pratique pour des quartiers généraux d'armée et de renseignements.

Quelle jolie propriété campagnarde désormais vacante choisirent-ils pour le Herr Doktor *? Martin Bormann avait été le plus proche confident de Hitler, et son secrétaire privé. Lorsque le* Führer *était allé s'installer dans son Nid d'aigle, tout en haut de la route, tous ses copains avaient aussitôt rappliqué. Gehlen et ses gens se retrouvèrent dans la maison de Martin Bormann, alors soumise à une décision de préservation émise par le gouvernement bavarois. Je recommande vivement les meubles années trente de la salle de conférence, et les statues* Jugendstil *dans les jardins à l'arrière. Mais l'attraction prin-*

cipale demeure sans aucun doute le grand escalier sombre qui descend à la cave et son bunker entièrement meublé, une réplique exacte, quoique plus petite, de celui du Führer.

Alec Leamas allait-il régulièrement à Pullach ? Il n'eut pas franchement le choix. Peu d'opérations secrètes se déroulèrent en Allemagne de l'Est sans la connivence du Bundesnachrichtendienst. Lors de ces fameuses visites régulières, Leamas croisa-t-il le très estimé chef du contre-espionnage du Herr Doktor, Heinz Felfe, un ancien des SS et du Sicherheitsdienst ? Certainement, vu quel comploteur légendaire Felfe était. N'avait-il pas démasqué tout seul comme un grand tout un tas d'espions soviétiques ?

Évidemment, qu'il l'a fait, et il n'y a là rien de très étonnant. Le jour où lui-même a été démasqué, il a pris quatorze ans en tant qu'espion à la solde de Moscou, avant de se retrouver échangé contre un groupe d'étudiants d'Allemagne de l'Ouest retenu là-bas.

Leamas a-t-il apprécié à sa juste valeur le « matériel spécial » ultra-secret obtenu grâce à l'Opération GOLD, ce tunnel audio anglo-américain de 25 millions de dollars et de quatre cents mètres de long, enfoui à 0,80 mètre sous la surface des routes de Berlin-Est ? Pourtant, à peine la première pelle frappait-elle le sol que ce secret était « grillé » par un agent soviétique du nom de George Blake, ancien prisonnier héroïque de la Corée du Nord et fierté des services secrets britanniques.

VIII

Aujourd'hui encore, nombre d'architectes de l'Opération GOLD aimeraient nous faire croire que celle-ci ne s'est pas résumée à un simple triomphe technique ; avançant un argument pour le moins discutable — la Russie aurait été tellement réticente à griller ses agents qu'elle a laissé les communications se poursuivre comme d'habitude —, ils la présentent comme un véritable coup de maître des renseignements.

Blake fut démasqué deux ans plus tard, comme Kim Philby alors en lice pour le poste de chef, en tant qu'homme de Moscou. Pas étonnant que le pauvre Leamas ait eu besoin d'un scotch bien tassé à l'aéroport de Londres. Le service auquel il avait juré une allégeance éternelle était dans un état de pourriture générale qui mettrait une génération à guérir. Le savait-il ? Je pense qu'au fond de lui, il le savait.

Et je crois qu'au fond, je le savais, moi aussi, sans quoi je n'aurais pas écrit La taupe *quelques années plus tard.*

Le mérite de ce roman — ou son caractère dérangeant, selon le point de vue où l'on se place — n'est pas qu'il était authentique, mais crédible, un mauvais rêve partagé par de nombreuses personnes à travers le monde, car il posait la même bonne vieille question que nous nous posons encore cinquante ans plus tard : jusqu'où sommes-nous capables d'aller au nom de la légitime défense des valeurs de l'Ouest sans les abandonner en chemin ? Mon

*chef imaginaire des services secrets britanniques —
que j'ai appelé Control — avait visiblement la
réponse à cette question :*

*« Je veux dire que vous ne pouvez pas vous mon-
trer moins brutal que l'adversaire sous prétexte que
votre gouvernement a adopté une politique disons…
euh… tolérante, n'est-ce pas ? »*

*Aujourd'hui, ce même genre d'homme, mais avec
de meilleures dents, de plus beaux cheveux et un
costume plus chic, peut justifier haut et fort la catas-
trophique — et illégale — guerre menée en Irak,
des techniques de torture d'un autre âge comme les
méthodes d'interrogatoire préférées du XXIᵉ siècle,
défendre le droit inaliénable de psychopathes en
puissance à porter des armes semi-automatiques,
ou l'utilisation de drones comme la meilleure manière
de tuer des ennemis et tous ceux qui auront la malchance de se trouver dans les parages. Ou bien, en
tant que loyal serviteur de son entreprise, affirmer
que fumer est sans danger pour la santé du tiers-
monde et que les grandes banques sont au service
du public.*

*Qu'ai-je personnellement appris au cours de
ces cinquante dernières années ? Pas grand-chose,
quand j'y pense. Juste que l'éthique du monde des
services secrets n'est pas très différente de la nôtre.*

JOHN LE CARRÉ, 2013
(traduit par Alexandra Maillard)

1

Le poste frontière

L'Américain tendit à Leamas une nouvelle tasse de café.

— Allez donc vous recoucher, dit-il. S'il arrive, nous vous passerons un coup de fil.

Leamas, qui observait la rue déserte par la fenêtre du poste frontière, ne répondit pas.

— Vous ne pouvez pas l'attendre indéfiniment, insista l'autre. Peut-être viendra-t-il une autre fois. Nous nous arrangerons pour que la police contacte l'Agence. De toute façon, vous pouvez revenir ici en moins de vingt minutes.

— Non, répondit Leamas. Il fait presque nuit, maintenant.

— Mais enfin, vous ne pouvez pas continuer à attendre comme ça ! Il a déjà neuf heures de retard.

— Si vous voulez vous en aller, libre à vous. Vous avez été très chic, ajouta Leamas. Je dirai à Kramer que vous avez été bougrement chic.

— Mais vous comptez attendre encore longtemps ?

— Jusqu'à ce qu'il arrive. (Leamas se dirigea

vers la fenêtre de guet et se planta entre les deux policiers immobiles, leurs jumelles braquées sur le poste frontière est-allemand.) Il attend la nuit, murmura-t-il, je connais ça.

— Ce matin même, vous disiez qu'il passerait avec les ouvriers ?

— Les agents secrets ne sont pas des avions. Ils n'ont pas d'horaire fixe. Il est brûlé, il se sauve et il a peur. Mundt est à ses trousses, à l'heure qu'il est. Il a juste une petite chance de s'en sortir. Laissez-lui au moins choisir son heure.

Le jeune Américain hésita. Il avait envie de partir, mais ne trouvait pas d'occasion propice. Un timbre résonna à l'intérieur du poste. Ils attendirent, tous les sens en éveil.

— Opel Rekord noire, immatriculée en Allemagne de l'Ouest, annonça un policier en allemand.

— Il dit ça au jugé, murmura l'Américain. Il fait trop sombre pour y voir d'aussi loin. (Après réflexion, il ajouta :) Comment Mundt a-t-il pu savoir ?

— Taisez-vous ! lança Leamas de la fenêtre.

Un des policiers quitta le poste et s'avança vers l'abri de sacs de sable érigé tout contre la ligne blanche de démarcation qui coupait la route comme la ligne de fond d'un court de tennis. L'autre attendit que son collègue se soit accroupi derrière le télescope installé dans le blockhaus, puis il abaissa ses jumelles, décrocha son casque noir du portemanteau et l'ajusta avec soin sur sa tête. Subitement, au-delà du poste frontière, les projecteurs à arc se déclenchèrent et leurs faisceaux illuminèrent la

route à la façon d'une scène de théâtre. Le policier reprit son commentaire. Leamas le connaissait par cœur :

— La voiture s'arrête au premier point de
contrôle. Un seul occupant. C'est une femme. On
l'escorte jusqu'au poste des Vopos pour vérification d'identité.

Ils attendirent en silence.

— Qu'est-ce qu'il a dit ? demanda l'Américain.
(Sans daigner répondre, Leamas s'empara de la
paire de jumelles de réserve et la braqua sur les
postes de contrôle de Berlin-Est.) Qu'est-ce qu'il
a dit ?

— Vérification terminée. On l'admet au deuxième
point de contrôle.

— C'est lui, monsieur Leamas ? s'enquit avec
insistance l'Américain. Je devrais peut-être appeler l'Agence.

— Un instant.

— Où est passée la voiture ? Mais qu'est-ce
qu'elle fabrique ?

— Contrôle des devises, douanes ! aboya Leamas.

Il observait intensément la voiture. Deux Vopos
s'étaient plantés devant la portière du conducteur : l'un d'eux tenait le crachoir, l'autre attendait
un peu en retrait. Un troisième se mit à rôder
autour du véhicule. Il s'immobilisa devant le coffre, revint vers le conducteur, demanda les clefs,
ouvrit le coffre, l'examina, le referma et lui rendit
les clefs. Puis il parcourut une trentaine de mètres
sur la route et s'arrêta à égale distance des deux

postes frontière, devant une sentinelle est-allemande, silhouette solitaire, trapue, bottée et mal fagotée dans un pantalon flottant. Ils échangèrent quelques paroles, un peu gênés sous la lumière crue des projecteurs.

D'un geste négligent, les deux premiers Vopos firent signe à la voiture de passer. Elle repartit et, arrivée à hauteur des deux sentinelles qui se tenaient au milieu de la route, elle s'arrêta de nouveau. Les deux hommes en firent le tour, s'écartèrent et reprirent leur conversation. Finalement, comme à regret, ils la laissèrent franchir la ligne et pénétrer en secteur allié.

— Vous attendez bien un homme, n'est-ce pas, Leamas ? demanda l'Américain.

— Oui, un homme.

Leamas remonta le col de sa vareuse, sortit dans le vent glacé d'octobre et s'avança vers la voiture.

— Où est-il ? demanda-t-il à la conductrice.

— Ils sont venus le chercher et il s'est sauvé. À vélo. Ils ne savent probablement rien de moi.

— Et où est-il allé ?

— Nous avions une chambre près de la porte Brandebourg, au-dessus d'un café. Il y gardait quelques affaires, de l'argent, des papiers. Je pense qu'il a dû y aller. Ensuite il va s'amener et va essayer de passer.

— Ce soir ?

— C'est ce qu'il a dit. Tous les autres se sont fait pincer : Paul, Vierek, Ländser et Salomon. Il va falloir qu'il se presse.

Leamas la regarda un moment sans mot dire, l'air ébranlé :

— Ländser aussi ?

— Hier soir.

Un policier les avait rejoints.

— Il faudrait bouger de là, dit-il. Interdit de bloquer le poste frontière.

Leamas se retourna à demi.

— Va te faire foutre ! dit-il brutalement.

L'Allemand se raidit.

— Montez, dit la femme. On va aller jusqu'au carrefour.

Il prit place à côté d'elle et, à faible allure, ils gagnèrent le premier virage.

— J'ignorais que vous aviez une voiture, dit-il.

— C'est celle de mon mari. Karl ne vous a pas dit que j'étais mariée, je suppose ? (Leamas garda le silence.) Mon mari et moi nous travaillons pour une maison d'appareils d'optique. On nous laisse passer pour le travail. Karl ne vous a donné que mon nom de jeune fille. Il ne voulait pas que j'aie des ennuis... avec vous.

Leamas tira une clef de sa poche.

— Il va falloir habiter quelque part, déclara-t-il d'un ton neutre. Il y a un appartement qui vous attend dans l'Albert-Dürer-Strasse, à côté du Musée. Le 28 A. Vous y trouverez tout ce qu'il faut. Je vous téléphonerai dès qu'il sera là.

— Non. Je reste avec vous.

— Mais moi, je ne reste pas ici. Allez à l'appartement. Je vous appellerai. Il n'y a aucune raison d'attendre.

— Mais puisque je vous dis qu'il passera la frontière ici même !

Leamas la considéra d'un air surpris :

— Il vous l'a dit ?

— Oui. Il connaît un des Vopos, le fils de son propriétaire. Ça peut être utile. Et c'est pourquoi il a décidé de passer par ici.

— Et il vous l'a dit, *à vous ?*

— Il a confiance en moi, il m'a tout raconté.

— Eh ben, merde alors !

Il lui tendit la clef et réintégra le poste frontière, à l'abri du froid. Quand il entra, les policiers conversaient à voix basse. Le plus grand lui tourna ostensiblement le dos.

— Excusez-moi de vous avoir houspillé, lui dit Leamas.

Ouvrant une serviette de cuir tout élimée, il farfouilla dedans et finit par trouver ce qu'il cherchait : une demi-bouteille de whisky. Le plus âgé accepta d'un signe de tête, prit la bouteille, versa une bonne rasade de whisky dans les tasses et les remplit de café.

— Où est passé l'Américain ? s'enquit Leamas.

— Qui ?

— Le type du C.I.A. Celui qui était avec moi.

— Coucouche panier ! fit le vieux.

Ils s'esclaffèrent. Leamas posa sa tasse :

— Dans quelle mesure avez-vous le droit de tirer pour couvrir un homme qui passe la frontière ? S'il est poursuivi ?

— On ne peut ouvrir le feu pour le couvrir que si les Vopos tirent dans notre secteur.

14

— Autrement dit, il faut qu'il ait déjà passé la ligne ?

— Nous, on ne peut pas couvrir sa fuite, monsieur... ?

— Thomas, déclina Leamas. Thomas.

Ils échangèrent une poignée de main, chacun d'eux marmonnant son nom.

— Nous ne pouvons pas ouvrir le feu pour le couvrir, reprit le plus âgé. C'est le règlement. Sinon, c'est la guerre, à ce qu'on nous a dit.

— J'ai un type qui passe ce soir, déclara carrément Leamas.

— Ici ?

— Il faut le tirer de là à tout prix. Il a les hommes de Mundt à ses trousses.

— Il y a encore des coins où l'escalade est possible, dit le plus jeune.

— Ce n'est pas son genre. Il passera au bluff. Il a des papiers, dans la mesure où ils sont encore valables. Il est à vélo.

Le poste n'était éclairé que par une lampe de bureau munie d'un abat-jour vert, mais le clair de lune artificiel des projecteurs emplissait la pièce. La nuit était tombée, et avec elle le silence. Ils parlaient à voix basse comme s'ils craignaient des oreilles indiscrètes. Leamas alla se poster à la fenêtre et attendit. Devant lui s'allongeait la route. De part et d'autre courait le mur, affreux magma de parpaings sales et de barbelés qui, sous l'effet d'une pitoyable lumière jaunâtre, faisait décor de camp de concentration. De chaque côté du mur s'étendait le Berlin non reconstruit, monde de ruines en deux dimensions, vestige désolé de la guerre.

« La foutue bonne femme ! pensa Leamas. Et quel idiot, ce Karl, de m'avoir menti ! Menti par omission, bien sûr, comme tous les agents secrets du monde. On leur apprend à tricher, à effacer leurs traces, et ils se paient votre fiole. » Karl ne lui avait montré cette fille qu'une fois, après le dîner à la Schürzstrasse, l'année précédente. Karl venait de réussir une magnifique razzia de tuyaux et Control en personne avait demandé à le voir. Control tenait à être là pour la distribution des lauriers. Ils avaient dîné ensemble, Leamas, Control et Karl, ce dernier frétillant comme un poisson dans l'eau. Il s'était amené astiqué comme un gosse pour l'école du dimanche, briqué comme un sou neuf, faisant des tas de politesses, ôtant son chapeau, respectueux en diable. Control lui avait serré la main durant cinq bonnes minutes :

— Je tiens à ce que vous sachiez à quel point nous sommes contents de vous, Karl. Vraiment très contents.

Leamas les observait : « Ça va encore nous coûter deux cents livres par an », songeait-il. À la fin du dîner, Control leur secoua vigoureusement la main une fois de plus et leur fit comprendre, avec un hochement de tête significatif, qu'il devait partir, qu'il lui fallait encore aller risquer sa vie dans un autre secteur. Après quoi, il monta dans sa voiture où l'attendait son chauffeur. Alors Karl éclata de rire, et Leamas l'imita. Ils avaient depuis longtemps fini le champagne qu'ils riaient encore.

Ensuite, sur l'insistance de Karl, ils se rendirent à l'Alter Fass et y retrouvèrent Elvira, une blonde d'une quarantaine d'années, à l'air coriace.

— Mon petit vieux, lui dit Karl, je te présente mon secret le plus intime et le mieux gardé !

Leamas était furieux. Ils eurent un peu plus tard une sérieuse prise de bec.

— Qu'est-ce qu'elle sait, au juste ? Et d'abord, qui est-ce ? Comment l'as-tu connue ?

Karl, renfrogné, refusait de répondre. Par la suite, les choses s'envenimèrent. Leamas voulut modifier la routine habituelle, changer les lieux de rendez-vous, les mots de passe, mais cela déplaisait à Karl. Il savait ce que sous-entendaient ces exigences et n'appréciait pas.

— Même si tu n'as pas confiance en elle, c'est trop tard, trancha-t-il.

Leamas se le tint pour dit et la boucla. Mais dès lors il se montra prudent, se confia moins à Karl et eut davantage recours aux astuces classiques des techniciens de l'espionnage.

Et maintenant elle était là, dans sa voiture, au courant de tout, connaissant le réseau de A à Z et même la planque la plus sûre ; tout. Pour la énième fois, Leamas se jura que jamais plus il ne ferait confiance à un agent secret.

Il alla au téléphone et composa le numéro de son appartement.

Frau Martha lui répondit.

— Nous avons des invités à la Dürer-Strasse, annonça-t-il, un homme et une femme.

— Mariés ? lui demanda Frau Martha au bout du fil.

— Presque !

Il l'entendit rire de son rire affreux. Comme il raccrochait, l'un des policiers se tourna vers lui :

— Vite, Herr Thomas !

Leamas se précipita à la fenêtre de guet.

— Un homme, Herr Thomas, murmura le jeune policier. Un homme à vélo !

Leamas prit les jumelles.

Karl. Pas d'erreur possible, même à pareille distance. C'était bien sa silhouette, couverte d'un vieil imperméable de la Wehrmacht, poussant une bicyclette. « Il a réussi, se dit-il, c'est sûr, maintenant. Il a passé la vérification d'identité. Plus que les devises et la douane. » Il le regarda adosser son vélo à la barrière et se diriger d'une allure désinvolte vers le poste de douane. « N'en remets pas trop », souffla Leamas, angoissé. Karl sortit enfin, salua gaiement le garde-barrière, et le poteau strié de rouge et blanc s'éleva lentement dans les airs. Il était passé, il venait vers eux, il avait réussi. Plus que le Vopo, au milieu de la route, la ligne à traverser et il serait à l'abri.

À cet instant précis, il lui sembla que Karl percevait un bruit suspect et pressentait un danger. Jetant derrière lui un regard inquiet, il se courba sur le guidon et se mit à pédaler furieusement. Il ne restait plus maintenant sur le pont que la sentinelle solitaire. Elle se retourna vers Karl et le regarda venir. Et tout à coup, inopinément, les projecteurs s'allumèrent et leurs faisceaux d'un blanc incandescent le prirent au piège, tel un lapin fasciné par des phares d'auto. Une sirène déclencha son hurlement de scie mécanique et un tumulte de commandements affolés retentit. Devant Leamas, les deux policiers tombèrent à genoux, collèrent l'œil aux meurtrières aménagées entre les sacs de sable et armèrent vivement le levier de tir en rafale de leurs fusils automatiques.

La sentinelle est-allemande ouvrit le feu, soucieuse de ne pas tirer hors de son secteur. Le premier coup sembla projeter Karl vers l'avant et le second l'arrêter dans sa course. Pourtant il continuait à pédaler et dépassait la sentinelle qui continuait à tirer sur lui. Et brusquement, il s'affaissa et roula par terre, et Leamas perçut distinctement le fracas métallique de la bicyclette heurtant le sol. Il pria le ciel que Karl fût bien mort.

2

Le Cirque

Il regarda la piste d'envol de Tempelhof dispa-
raître au-dessous de lui. Leamas n'était pas un
penseur et n'avait rien non plus d'un philosophe.
Il se savait rayé des listes, inéluctablement. Il
lui faudrait désormais s'accommoder de ce fait et
continuer à vivre comme un cancéreux ou un prisonnier. Nul effort de sa part n'arriverait à combler
le fossé qui coupait sa vie. Mais Leamas affrontait
l'échec comme il affronterait probablement la mort
quelque jour, avec l'amertume d'un cynique et le
courage d'un solitaire. Il avait duré plus longtemps
que les autres, mais maintenant il était bel et bien
vaincu. Un chien, dit-on, vit aussi longtemps que
ses crocs. Métaphoriquement parlant, quelqu'un
lui avait arraché les siens, et ce quelqu'un, c'était
Mundt.

Dix ans auparavant, il aurait pu choisir l'autre
voie — un poste dans l'immeuble anonyme de
Cambridge Circus, une sinécure, qu'il aurait pu
conserver indéfiniment. Mais Leamas n'était pas
fait de ce bois-là. Autant demander à un jockey de
devenir mécanographe que d'attendre de Leamas

qu'il abandonne la vie opérationnelle pour le rond-de-cuirisme de Whitehall. Il était donc resté à Berlin, conscient du fait que le Service des Effectifs avait classé son dossier parmi les révisions annuelles — entêté, volontaire, dédaigneux des consignes, persuadé que les choses finissent toujours par s'arranger. Le contre-espionnage ne se justifie que par le rendement. C'est la loi morale du métier. Même les milieux sophistiqués de Whitehall reconnaissaient cette loi, et Leamas avait toujours été un agent payant. Avant l'apparition de Mundt.

Curieux comme Leamas s'était vite rendu compte que Mundt était pour lui le signe du Destin.

Hans Dieter Mundt, quarante-deux ans, né à Leipzig. Leamas connaissait son dossier et aussi la photo qui ornait l'intérieur de la couverture : le visage dur, inexpressif, les cheveux blond filasse. Il connaissait par cœur les circonstances de son ascension au pouvoir, jusqu'au grade de sous-directeur de l'Abteilung et chef effectif des opérations. Partout, Mundt était haï, jusque dans son propre service. Leamas l'avait appris de la bouche même des transfuges et aussi de Riemeck, membre du Présidium du S.E.D. qui siégeait avec Mundt au Comité de Sécurité et qui le craignait comme la peste. À juste titre d'ailleurs, puisqu'en fin de compte Mundt l'avait fait exécuter.

Jusqu'en 1959, il n'avait joué qu'un rôle secondaire dans les bureaux de l'Abteilung, opérant à Londres sous le couvert de la Mission Sidérurgique de l'Allemagne de l'Est. Il était rentré précipitamment en Allemagne après avoir liquidé deux de ses propres agents pour sauver sa peau, et on n'avait plus entendu parler de lui pendant près d'un an[1].

Et brusquement, il réapparut un jour au Q.G. de l'Abteilung, à Leipzig, comme responsable des Services d'Allocations en espèces, en matériel et en effectifs.

À la fin de cette année-là, ce fut la course aux honneurs au sein de l'Abteilung, à la suite des coupes sombres qu'avait subies le Service soviétique des Officiers de liaison. Trois hommes en sortirent vainqueurs : Fiedler fut nommé chef du contre-espionnage ; Jahn prit les anciennes fonctions de Mundt et Mundt décrocha la timbale — chef suprême des opérations — à l'âge de quarante et un ans. Dès lors, le style des services d'espionnage est-allemands changea du tout au tout. Le premier agent que Leamas perdit fut une femme. Elle n'était qu'un petit maillon de la chaîne : simple messagère. Elle fut abattue à la sortie d'un cinéma de Berlin-Ouest. Jamais la police ne put mettre la main sur le meurtrier, et la première impulsion de Leamas fut d'attribuer à cette mort un caractère accidentel. Un mois après, le long d'une voie ferrée, on découvrait un porteur de la gare de Dresde, ex-agent du réseau de Peter Guillam, tué et mutilé. Leamas comprit tout de suite qu'il ne s'agissait plus là de coïncidences, d'autant que, peu après, deux membres de son propre réseau étaient

1. Voir *L'appel du mort*, Folio n° 2178.

arrêtés, jugés sommairement et exécutés. Et ainsi de suite, impitoyablement, inexorablement.

Et maintenant, ils venaient d'abattre Karl. Leamas quittait Berlin comme il y était arrivé : sans un agent valable. Mundt avait gagné la partie.

Leamas était un homme de petite taille, avec des cheveux gris fer coupés en brosse et une carrure de nageur professionnel. Il était très fort, cela se discernait à sa nuque, à ses épaules, et à ses mains aux doigts épais et courts.

Il choisissait ses vêtements strictement du point de vue utilitaire, attitude qu'il observait d'ailleurs concernant la plupart des choses. Même les lunettes qu'il portait parfois étaient dotées d'une monture d'acier. Ses complets étaient presque tous de fibre artificielle, toujours sans gilet. Il avait un penchant pour les chemises américaines, aux pointes de col boutonnées et pour les souliers de daim à semelles crêpe.

Il avait un visage ouvert, les traits fermement dessinés, la bouche volontaire, avec de petits yeux marron ; Irlandais, disait-on. L'homme était difficile à classer. Un portier de club londonien ne l'eût certainement pas pris pour un membre régulièrement inscrit, alors que dans les cabarets berlinois on lui réservait d'ordinaire la meilleure place. L'allure d'un homme qui ne s'en laisse pas conter, capable de tenir sa partie dans une rixe, Leamas

n'était pas tout à fait le portrait du gentleman accompli.

L'hôtesse de l'air lui trouvait une allure intéres-
sante. Elle l'imaginait riche, ce qu'il n'était pas, et
lui donnait cinquante ans, sans se tromper de
beaucoup. Elle le prit pour un célibataire, ce qui
n'était pas tout à fait exact, car il était divorcé depuis longtemps et avait quelque part des enfants
d'une quinzaine d'années qui recevaient une pension d'une obscure banque de la City.

— Si vous voulez un autre whisky, dit-elle, vous
feriez bien de vous dépêcher. Nous atterrirons à
Londres dans vingt minutes.

— Fini, merci, répondit-il, sans détourner son
regard de la campagne vert et gris du Kent qui dé-
filait sous eux.

À l'aéroport, Fawley l'attendait et le ramena en
ville.

— Control est salement en rogne à cause de
cette histoire de Karl, dit-il en regardant Leamas
à la dérobée. Comment ça s'est passé ?

— Abattu. Mundt a eu sa peau.

— Mort ?

— J'en ai bien l'impression. Ça vaudrait mieux
pour lui. Il a bien failli passer. S'il s'était moins
pressé, les autres se seraient décidés moins vite.
L'Abteilung a alerté le poste frontière juste après
son passage. Ils ont déclenché la sirène et un
Vopo l'a descendu à vingt mètres de la ligne de

démarcation. Il a remué par terre un moment. Puis il est resté immobile.

— Pauvre type.

— N'est-ce pas ? fit Leamas.

Fawley ne pouvait pas sentir Leamas et se souciait peu de le lui cacher. L'homme était un pilier de clubs chics dont il collectionnait les cravates, féru de chasse à courre et chargé de la rédaction du courrier. Il considérait Leamas comme suspect et Leamas, lui, le considérait comme un imbécile.

— À quelle Section appartiens-tu ? demanda Leamas.

— Effectifs.

— Ça te plaît ?

— Beaucoup.

— Et qu'est-ce que je deviens, maintenant ? On me met au rancart ?

— Control te le dira lui-même, mon petit vieux.

— Tu es au courant ?

— Bien sûr.

— Alors, pourquoi tu ne me le dis pas, nom de Dieu ?

— Désolé, mon petit vieux.

Leamas faillit perdre son sang-froid, puis il se dit que, de toute façon, Fawley lui mentait.

— Dis-moi au moins ceci, veux-tu ? Faudra-t-il que je fasse tout Londres pour trouver un appartement ?

Fawley se gratta l'oreille :

— Je ne pense pas, mon petit vieux. Non, sûrement pas.

— Non ? Dieu merci, c'est au moins ça !

Ils rangèrent la voiture devant un compteur de parking de Cambridge Circus et pénétrèrent ensemble dans l'entrée :

— Tu n'as pas de laissez-passer, hein ? Tu ferais bien de remplir une demande, mon petit vieux.

— Et depuis quand faut-il des laissez-passer ? McCall me connaît mieux que sa propre mère !

— Nouvelle consigne. Le Cirque s'agrandit, tu sais.

Leamas ne répondit pas, fit un signe de tête à McCall et monta dans l'ascenseur sans laissez-passer.

Control lui serra la main avec précaution, comme un médecin vous tâtant délicatement les phalanges.

— Vous devez être affreusement fatigué, dit-il. Asseyez-vous donc.

Toujours cette même voix horripilante, cette espèce de braiment doctoral. Leamas s'installa sur une chaise devant un radiateur électrique vert olive, surmonté d'un vase plein d'eau.

— Vous ne trouvez pas qu'il fait froid ? dit Control.

Il se frottait les mains à la chaleur du radiateur. Sous sa veste noire, il portait un cardigan marron défraîchi. Leamas se souvint de Mme Control, une petite bonne femme complètement idiote qui s'appelait Mandy et qui semblait croire que son mari faisait partie du Conseil des Charbonnages. Il se dit que c'était elle qui avait dû le tricoter.

— L'ennui, c'est la sécheresse de l'air, reprit Control. Pour se réchauffer, on dessèche l'atmosphère. Tout aussi dangereux.

Il alla presser un bouton sur son bureau.

— Nous allons essayer de faire monter un peu de café, dit-il. Ginnie est en congé. On m'a donné une autre fille de service. Très désagréable.

Leamas avait conservé de lui le souvenir d'un homme plus grand. À part cela, il n'avait pas changé : toujours le même détachement apparent, les mêmes puériles vanités de maître d'école, la même horreur des courants d'air, la même courtoisie d'un autre siècle, le même sourire, la même pudique adhésion à une règle de conduite qu'il affectait de trouver ridicule, bref, la même banalité. Control prit un paquet de cigarettes sur son bureau et en offrit une à Leamas.

— Vous les trouverez plus chères, cette année, dit-il.

Leamas inclina poliment la tête. Après avoir fourré les cigarettes dans sa poche, Control s'assit. Il y eut un moment de silence. Finalement, Leamas se décida :

— Karl Riemeck est mort.

— En effet, dit Control, comme si Leamas venait d'émettre un argument de poids. C'est infiniment regrettable... Je suppose que cette femme l'a vendu... Elvira ?

— C'est probable, fit laconiquement Leamas, qui n'avait nullement l'intention de lui demander comment il était renseigné sur Elvira.

— Et c'est Mundt qui l'a fait exécuter ?

— Oui.

Control se leva et se mit à la recherche d'un cendrier. Il en trouva un et le déposa gauchement par terre, entre les deux sièges.

— Quel effet cela vous a fait ? Je veux dire, quand Riemeck a été tué ? Vous avez assisté à la chose, n'est-ce pas ?

Leamas haussa les épaules :

— J'étais bougrement embêté ! dit-il.

Control le regarda de biais, entre ses paupières mi-closes :

— Ça a dû tout de même vous faire plus d'effet que ça, non ?

— Disons que j'étais bouleversé. Qui ne l'aurait été, à ma place ?

— Vous aimiez bien Riemeck ? Je veux dire, il vous plaisait, humainement ?

— J'imagine, fit Leamas, un peu désemparé, et il ajouta : À quoi bon remuer tout ça ?

— Et qu'est-ce que vous avez fait ensuite ? Comment avez-vous passé le reste de la nuit ?

— Dites donc, fit Leamas, agressif, où voulez-vous en venir ?

— Riemeck est le dernier de la série. D'une longue série. Sauf erreur, il y a eu d'abord la fille descendue à Wedding devant le cinéma, ensuite le type de Dresde et puis les arrestations à Iéna. La même histoire que *Les dix petits nègres* en somme. Éliminés un à un. Et ensuite, Paul, Viereck, Ländser... tous morts. Et, pour finir, Karl Riemeck. (Il eut un sourire amer.) Un lourd bilan, non ? Je me demande si vous n'en avez pas assez.

28

— Comment ça, « assez » ?

— Je me demande si vous n'êtes pas trop fatigué. Brûlé, même.

Il y eut un long silence.

— À vous de juger, répondit enfin Leamas.

— Dans notre existence, il n'y a pas de place pour les sentiments, n'est-ce pas ? Évidemment, ça rend la vie impossible. Ça fait partie de la comédie que nous nous jouons mutuellement, toute cette dureté. Mais, en fait, nous ne sommes pas vraiment comme ça. Enfin je veux dire... On ne peut pas être sans arrêt sur la brèche. Il faut se sortir du froid, de temps en temps, retrouver un peu de chaleur humaine... Comprenez ce que je veux dire ?

Leamas comprenait. Il revoyait la longue route à la sortie de Rotterdam, la route qui longeait les dunes et la file interminable des réfugiés qui progressait lentement. Et puis, à l'horizon, le petit avion qui venait d'apparaître, la procession qui arrêtait pour le regarder s'approcher au-dessus des dunes : le chaos, l'enfer déchaîné, le massacre imbécile sous le chapelet de bombes s'écrasant sur la route.

— Je ne peux pas vous suivre sur ce terrain, Control, dit-il enfin. Qu'est-ce que vous voulez que je fasse ?

— Je voudrais que vous restiez encore un peu dans le bain. (Voyant que Leamas ne disait rien, il poursuivit :) Nous avons une éthique, dans notre métier. Une éthique basée sur une seule présomption : que jamais nous ne serons des agresseurs. Trouvez-vous cela correct ?

Leamas opina du chef. N'importe quoi pour éviter d'avoir à parler.

— Si bien que nous faisons de temps à autre des choses désagréables mais toujours strictement *défensives*, si je puis dire. Et j'estime que ça aussi, c'est correct. Nous faisons des choses pas agréables pour que les gens puissent dormir en paix. Trop romantique à votre goût ? Bien sûr, de temps en temps, nous commettons même des actes franchement répréhensibles. (Il eut un sourire enfantin.) Et question immoralité, je crois que nous ne craignons personne. Mais, après tout, on ne peut pas comparer l'idéal d'un camp aux méthodes de l'autre, non ?

Leamas était complètement désorienté. Il n'avait jamais vu Control louvoyer de cette façon avant de placer l'estocade.

— Je veux dire, reprit-il, qu'il faut comparer méthodes et méthodes et idéal avec idéal. Et j'estime que, depuis la guerre, nos méthodes et celles de l'adversaire sont devenues à peu près identiques. Je veux dire que vous ne pouvez pas vous montrer moins brutal que l'adversaire sous prétexte que votre gouvernement a adopté une *politique* disons... euh... tolérante, n'est-ce pas ? (Il eut un petit rire en aparté et ajouta :) Alors là, ça ne ferait *pas du tout* l'affaire !

« Merde, se disait Leamas, j'ai l'impression de travailler pour un foutu curé. Où veut-il donc en venir ? »

30

— Voilà pourquoi j'estime qu'il faudrait essayer de se débarrasser de Mundt... (Avec un geste agacé, il se tourna vers la porte.) Enfin, fit-il avec irritation, il va venir, ce maudit café ! (Il alla ouvrir la porte, interpella une interlocutrice invisible et revint.) Oui, enchaîna-t-il, j'estime que nous devrions nous débarrasser de lui, si c'est possible.

— Pourquoi ? Il ne nous reste plus rien en Allemagne de l'Est. Vous venez de le dire : Riemeck était le dernier. Plus personne, plus rien à protéger.

Control s'assit et s'absorba un moment dans la contemplation de ses mains.

— Ce n'est pas tout à fait exact, dit-il enfin. Mais je ne crois pas nécessaire de vous embêter avec les détails de l'affaire.

Leamas haussa les épaules.

— Dites-moi, reprit Control, en avez-vous assez du métier ? Excusez-moi si je vous repose la question. Mais c'est un phénomène que nous comprenons très bien ici. Chez les ingénieurs d'aviation, il y a un terme pour ça... fatigue du métal, je crois. Si vous êtes fatigué d'espionner, dites-le franchement.

Leamas se rappela le voyage en avion quelques heures plus tôt et se posa lui aussi la question.

— Si c'est le cas, ajouta Control, il nous faudra trouver quelqu'un d'autre pour se charger de Mundt. Ce que j'ai en tête sort un peu de l'ordinaire.

Une jeune fille entra avec le café, déposa le plateau sur le bureau et emplit les deux tasses. Control attendit qu'elle ait quitté la pièce.

— Quelle idiote ! marmonna-t-il comme pour lui-même. Plus moyen de dénicher de personnel convenable. C'est incroyable ! Ginnie est vraiment insupportable de prendre son congé dans un moment pareil ! (Il touilla son café pendant un instant, l'air contrit.) Il faut absolument que nous réussissions à discréditer Mundt, ajouta-t-il. Dites-moi, vous buvez beaucoup ? Whisky, alcools dans ce genre ?

Et Leamas qui s'imaginait le connaître à fond !

— Oui. Un peu plus que la moyenne, peut-être, répondit-il.

Control hocha la tête d'un air compréhensif :

— Qu'est-ce que vous savez de Mundt ?

— C'est un tueur. Il est revenu ici il y a deux ans sous le couvert de la Mission Sidérurgique. Nous y avions un conseiller, Maston.

— Très juste.

— Mundt utilisait un agent, la femme d'un type des Affaires étrangères. Il l'a assassinée.

— Il a voulu tuer George Smiley aussi, ajouta Control. Et, bien entendu, il a tué le mari de cette femme. Assez peu ragoûtant, le personnage. Sorti tout droit des jeunesses hitlériennes, vous voyez le genre ! Rien d'un intellectuel communiste. Un technicien de la guerre froide.

— Comme nous, fit laconiquement remarquer Leamas.

Control ne sourit pas.

— George Smiley connaissait toute l'histoire de A à Z, reprit-il. Il n'est plus chez nous, mais j'estime que vous devriez tâcher de le débusquer.

Il s'occupe de recherches sur l'Allemagne du XVIIe siècle. Il habite Chelsea, juste derrière Sloane Square ; Bayswater Street, vous connaissez ?

— Oui.

— Guillam lui aussi était sur cette histoire. Vous le trouverez au Bureau Quatre, Section Satellites, au rez-de-chaussée. Je crains que tout n'ait quelque peu changé depuis votre départ.

— Oui.

— Allez passer une journée ou deux avec eux. Ils savent ce que j'ai en tête. Et puis je me suis demandé si vous accepteriez de passer le week-end chez moi. Ma femme, s'empressa-t-il d'ajouter, est malheureusement chez sa mère. Nous serons en tête à tête.

— Merci beaucoup. J'accepte volontiers.

— Nous pourrons parler de tout ça plus à notre aise. Ce sera plus agréable. Je pense que vous pouvez vous faire pas mal d'argent dans cette opération. Tout ce que vous récolterez sera à vous.

— Merci.

— Encore faut-il que vous acceptiez, *en toute connaissance de cause*. Fatigue et toutes autres considérations oubliées.

— S'il s'agit de descendre Mundt, je suis votre homme.

— C'est ce que vous pensez vraiment ? s'enquit poliment Control. (Il examina pensivement Leamas et conclut :) Oui, j'en ai l'impression. Mais il ne faut pas vous croire *obligé* de me répondre ça. Je veux dire... dans notre monde, l'amour et la haine, ces choses-là finissent si vite par perdre leur sens... comme certains sons que les oreilles de chien ne perçoivent pas. En fin de compte, il ne reste plus qu'une sorte de nausée, un dégoût définitif de faire souffrir qui que ce soit... Pardonnez-moi, mais n'est-ce pas là ce que vous avez plus ou moins ressenti quand Karl Riemeck a été abattu ? Pas de la haine pour Mundt, ni de l'amitié pour Karl, mais une secousse écœurante, comme un coup de matraque sur un corps insensible. Il paraît que vous avez marché toute la nuit dans les rues de Berlin ? C'est vrai ?

— Exact. Je me suis promené.
— Toute la nuit ?
— Oui.
— Qu'est-ce qui est arrivé à Elvira ?
— Dieu sait... J'aimerais bien me colleter avec Mundt.
— Parfait... Parfait. À propos, s'il vous arrivait de rencontrer de vieilles connaissances, inutile de discuter de la chose avec elles... En fait, ajouta-t-il après une pause, faites-leur le moins de confidences possible. Laissez-leur entendre que nous vous avons traité de façon scandaleuse. Mieux vaut partir sur ce pied-là tout de suite, quand on a l'intention de continuer, pas vrai ?

3

Le déclin

Personne ne fut autrement surpris de voir Leamas réduit à la figuration. L'affaire de Berlin était depuis des années un fiasco et quelqu'un devait payer les pots cassés. En outre, il se faisait vieux pour le travail opérationnel et n'avait plus les réflexes indispensables du champion. Leamas avait fait du bon travail pendant la guerre, chacun savait cela. En Norvège, en Hollande, il avait manifesté une vitalité qui lui avait valu une médaille à la démobilisation. Par la suite, bien entendu, on l'avait persuadé de reprendre du service. Mais cette histoire de pension, c'était vraiment dommage — aucun doute là-dessus. Ce fut la Section Financière qui, en la personne d'Elsie, laissa la première filtrer la nouvelle. Elle raconta à la cantine que le pauvre Alec Leamas devrait se contenter de 400 livres par an, à cause de l'interruption momentanée de sa carrière. C'était là, songeait Elsie, un règlement qu'on devrait bien modifier ; après tout, M. Leamas avait effectivement accompli ses années de service. Mais à Whitehall, ils avaient le Trésor sur le dos, ce n'était pas comme dans l'ancien temps, et qu'y faire ? Même à l'époque exécrée de Maston, les choses s'arrangeaient mieux.

Le contrat de Leamas portait encore sur quelques mois et il fut donc affecté à la Section Bancaire. La Section Bancaire différait en ceci de la Section Financière qu'elle avait pour attributions les paiements à l'étranger, les règlements aux agents et le financement des opérations. N'était son caractère ultra-secret, n'importe quel grouillot aurait pu faire le travail, si bien que la Section Bancaire était peu à peu devenue le poste honorifique que l'on offre aux agents promis à un prochain limogeage.

Leamas commença à se désagréger.

En général, c'est un processus intérieur, qui amène ce genre d'avilissement, mais, dans le cas de Leamas, les choses se passèrent autrement. Sous les yeux de ses collègues, il se métamorphosa, de personnage honorablement connu, en un lamentable poivrot, et cela en l'espace de quelques mois. Il y a chez les ivrognes, particulièrement lorsqu'ils sont à jeun, une certaine stupidité, des moments de déconnexion, des flous, généralement interprétés par les non-initiés comme des absences, et que Leamas parut acquérir avec une surprenante rapidité. Il commit de petites malhonnêtetés, empruntant à des secrétaires des sommes insignifiantes qu'il oubliait de rendre ; arrivant en retard, ou partant trop tôt en marmonnant quelque futile prétexte. Au début, ses collègues le traitaient avec indulgence ; sa déchéance les affectait un peu comme nous affecte le spectacle d'estropiés ou de mendiants, à l'idée qu'un jour nous pourrions devenir comme eux ; mais son débraillé et son cynisme révoltant finirent par l'isoler.

D'aucuns disaient qu'il avait fait une gaffe à Berlin, ce qui avait entraîné l'élimination de son réseau ; mais personne ne savait au juste ce qu'il en était. Tous convenaient qu'il avait été traité avec une rigueur inhabituelle, même de la part d'un Service pas spécialement réputé pour être tendre. On se le montrait subrepticement du doigt, comme on désigne un athlète déchu, en disant : « C'est Leamas. Le type qui a fait une boulette à Berlin. Malheureux de le voir se laisser aller comme ça ! »

Et puis, un beau jour, il disparut. Il n'avait dit au revoir à personne, pas même à Control, semblait-il. La nature même du Service excluait les adieux spectaculaires avec présentation de montres en or et autres babioles : mais même compte tenu de ces réserves, le départ de Leamas parut précipité. Autant qu'on pût en juger, il semblait même s'être éclipsé avant la fin de son contrat. Elsie, de la Section Financière, consentit à lâcher quelques bribes de renseignements : Leamas avait retiré le reliquat de son compte en *espèces*, ce qui, à son avis, signifiait qu'il devait avoir de sérieux ennuis avec sa banque. Sa bonification devait lui être payée à la fin du mois ; elle ne savait pas combien, mais en livres, il ne s'agissait pas d'une somme de quatre chiffres, le pauvre ! On lui faisait suivre sa carte d'assurance. Le Service des Effectifs avait une adresse, ajouta Elsie en reniflant, mais évidemment il n'allait pas la communiquer à n'importe qui. Cela se faisait peut-être ailleurs, mais pas aux Effectifs.

D'autres rumeurs coururent, de provenance anonyme, toujours : il y avait un rapport entre le départ précipité de Leamas et certaines irrégularités constatées dans la comptabilité de la Section Bancaire. Une somme assez importante avait disparu et le Service intéressé avait procédé à une saisie-arrêt sur sa pension.

Certains refusèrent de le croire, en arguant du fait que si Leamas avait voulu manger la grenouille, il s'y serait pris un peu mieux. Non qu'il en fût incapable — non, il se serait débrouillé autrement. Mais les plus sceptiques quant aux possibilités de Leamas en matière criminelle faisaient état de la quantité d'alcool qu'il ingurgitait, de la disparité fatale entre la paie en Angleterre et le montant des frais alloués à l'étranger, et surtout des tentations susceptibles d'assaillir un homme qui manipulait à longueur de journée des fortunes en argent plus ou moins clandestin, et cela en sachant que ses jours dans le Service étaient comptés. Tous tombèrent d'accord pour reconnaître que si Alec avait barboté dans le tiroir-caisse, il était à jamais fini. Aux Reclassements, on ne lui accorderait même pas un coup d'œil et les Effectifs ne lui donneraient pas de certificat — ou alors si peu chaleureux que l'employeur le plus enthousiaste serait pris de frissons en le lisant.

La prévarication était peut-être la seule chose que le Service ne vous permît pas d'oublier. En tout cas, eux-mêmes ne l'oubliaient jamais. Si Alec avait réellement volé le Cirque, il emporterait la colère du Service dans sa tombe — et le Service ne lui paierait même pas un suaire.

Pendant une ou deux semaines, les gens se demandèrent ce qu'il lui était arrivé. Mais déjà ses derniers amis eux-mêmes avaient appris à garder leurs distances avec lui. Il s'aigrissait, devenait radoteur, fastidieux, ne manquant jamais l'occasion de vilipender les Américains et leurs services d'espionnage qu'il haïssait, semblait-il, plus encore que l'Abteilung dont il ne parlait que très rarement. Il laissait entendre que c'étaient eux qui lui avaient pourri son réseau : c'était même devenu chez lui une véritable obsession. Tout bien considéré, son départ ne revêtit pas plus d'importance qu'un crachat dans l'eau. Et dès que le vent tourna, on l'oublia rapidement.

Les murs peints en marron de son petit logement miteux s'ornaient de photos encadrées. Les deux pièces donnaient sur l'arrière d'entrepôts grisâtres, aux fenêtres badigeonnées à la créosote. Au-dessus de ces hangars vivait une famille d'Italiens qui se chamaillaient le soir et, le matin, battaient les tapis. Leamas n'avait que peu d'affaires personnelles pour égayer son appartement. Il acheta quelques abat-jour pour recouvrir les ampoules électriques et deux paires de draps pour remplacer les carrés de toile de chanvre que lui avait cédés son propriétaire. Quant aux rideaux à fleurs, aux tapis marron qui s'effilochaient, au mobilier bancal en bois sombre qui ressemblait à celui d'une chambre de garni pour marin de passage, Leamas s'en accommoda. À raison d'un shilling, il avait le droit de tirer de l'eau chaude d'un chauffe-eau jaune et délabré.

Il lui fallait trouver du travail, car il était sans un sou vaillant, et peut-être cette histoire de détournement de fonds n'était-elle pas si mensongère qu'on aurait pu le croire.

Les propositions de reclassement que lui avait faites le Service lui avaient paru aussi dépourvues d'enthousiasme que d'attraits. Il chercha d'abord un emploi dans le commerce. Une compagnie de fabricants de colle prit en considération sa demande d'emploi comme sous-directeur de la production et chef du personnel et ne tint pas compte de la médiocre attestation dont l'avait gratifié la Boîte. Aucune qualification spéciale n'était exigée. Il y resta une semaine, jusqu'à ce que la puanteur de l'huile en putréfaction eût complètement imprégné ses vêtements et ses cheveux. L'odeur lui en resta dans les narines comme un avant-goût de la mort. Aucun lavage n'en eut raison. Finalement, Leamas se fit raser le crâne et jeta à la poubelle deux de ses meilleurs complets. Une semaine après, il s'essayait à vendre des encyclopédies aux ménagères de banlieue ; mais il n'avait rien d'un séducteur de ménagères et, soir après soir, il rentrait chez lui épuisé, portant sous le bras le ridicule exemplaire de présentation. À la fin de la semaine, il téléphona à la compagnie pour annoncer qu'il n'avait rien vendu — cette nouvelle ne parut étonner personne. On se contenta de lui rappeler qu'il devait, s'il cessait de travailler, restituer l'exemplaire à lui confié, après quoi on raccrocha. Leamas sortit de la cabine dans un état de fureur indicible. Laissant là le dictionnaire, il se rendit tout droit dans un pub où il se soûla à mort pour vingt-cinq shillings qu'il ne pouvait pas se permettre de dépenser. Il se fit flanquer à la porte pour avoir injurié une femme qui essayait de le racoler, avec injonction de ne plus remettre les pieds dans la maison. Mais dès la semaine suivante, le patron avait oublié. Leamas commençait à être connu, dans le coin. Ailleurs aussi, elle commençait à être connue la silhouette grise à la démarche traînante. L'homme ne parlait jamais plus qu'il ne fallait, n'avait ni ami, ni camarade, ni femme, ni bêtes. On se doutait qu'il devait avoir des embêtements. Devait se cacher de sa femme, probable. Il ne savait jamais le prix des choses, ne se le rappelait jamais quand on le lui disait. Il farfouillait dans toutes ses poches chaque fois qu'il avait besoin de monnaie, et toujours il oubliait son sac à provisions. On ne l'estimait guère dans le quartier, mais on allait presque jusqu'à le plaindre. On le trouvait sale, avec sa façon de ne pas se raser en fin de semaine et ses chemises toutes crasseuses. Une certaine Mme McCaird venait faire son ménage le samedi, mais, n'ayant jamais eu droit à une seule parole aimable, elle y renonça. Les commerçants du quartier, avant de consentir à leur nouveau client un crédit quelconque, voulaient savoir à qui ils avaient affaire et s'adressèrent à cette brave dame. Elle décréta qu'il ne faudrait sous aucun prétexte lui faire confiance et raconta que Leamas ne recevait jamais de courrier. Tous tombèrent d'accord pour reconnaître que c'était là un détail éminemment suspect. « Il a pas de tableaux chez lui, expliquait-elle, rien que des livres. » Et y en avait un qui devait être un livre cochon, mais elle ne pouvait l'affirmer avec certitude, car il était écrit dans une langue étrangère. À son avis, Leamas avait un peu d'argent de côté, mais ça ne durerait pas. Elle savait qu'il percevait une allocation tous les jeudis. Bayswater fut donc prévenu et l'avertissement n'eut pas besoin d'être répété. Mme McCaird leur apprit en outre qu'il buvait comme un trou, ce que confirma l'aubergiste. Les femmes de ménage et les cabaretiers ne sont pas gens à faire crédit, mais leurs conseils sont toujours appréciés de ceux qui se sentiraient autrement disposés.

4

Liz

Il trouva enfin du travail dans une bibliothèque. Chaque jeudi, le Bureau du Chômage lui conseillait de s'y rendre, mais jusque-là il avait refusé et s'était simplement contenté de retirer son allocation.

— Ça n'est pas exactement dans vos cordes, lui avait dit M. Pitt, mais c'est bien payé et pour quelqu'un qui a de l'instruction, le travail y est facile.

— Qu'est-ce que c'est que cette bibliothèque ?

— La Bibliothèque de Recherches psychiques de Bayswater. C'est un legs. Plusieurs milliers de volumes en tout genre. Et on vient de leur léguer un tas d'autres, ce qui fait qu'ils ont besoin d'un autre employé. (Leamas prit son viatique et le petit bout de papier.) C'est de drôles de gens, ajouta M. Pitt, mais de toute façon, vous n'êtes pas ce qui s'appelle le genre stable, hein ? J'estime que vous devriez faire un essai.

Pitt lui causait une impression curieuse : il était certain de l'avoir déjà vu quelque part, au Cirque, pendant la guerre.

La bibliothèque ressemblait à une nef d'église, et il y faisait très froid. Les gros poêles noirs installés à chaque bout de la pièce répandaient une odeur de pétrole. Au milieu, à l'intérieur d'une espèce de cage, ressemblant au box des accusés dans un tribunal, siégeait Miss Crail, la bibliothécaire en chef.

Leamas n'avait jamais songé qu'il pourrait un jour travailler sous les ordres d'une femme. Au bureau de chômage, personne n'en avait soufflé mot.

— On m'envoie en renfort, dit-il, je m'appelle Leamas.

Miss Crail leva le nez de son fichier, comme si elle venait d'entendre une incongruité.

— En renfort, comment ça, en renfort ?

— Commis adjoint. C'est le Bureau de Chômage qui m'envoie... M. Pitt.

Il lui tendit un formulaire ronéotypé où il avait gribouillé ses noms et qualités.

Elle examina le papier, puis considéra Leamas.

— Vous êtes M. Leamas ?

Ceci n'était pas une question, mais le premier stade d'une longue et fastidieuse enquête sur ses antécédents.

— Et vous appartenez au Bureau de Chômage ?

— Non, c'est le Bureau de Chômage qui m'envoie.

— Je comprends, fit-elle enfin avec un sourire pincé.

À ce moment-là, le téléphone sonna. Elle décrocha et entama une âpre discussion avec son correspondant. Leamas eut l'impression qu'elle devait être tout le temps en train de se chamailler.

Il n'y eut aucun préambule. Sa voix prit d'emblée un ton criard, et elle se mit à discuter à propos de billets pour un concert. Il écouta un moment puis se dirigea sans hâte vers les rayons où, dans une niche, il remarqua une jeune fille juchée au sommet d'une échelle, en train de trier d'épais volumes.

— Je suis le nouveau, dit-il. Je m'appelle Leamas.

Elle descendit de l'échelle et lui serra cérémonieusement la main.

— Je m'appelle Liz Gold. Enchantée. Vous avez vu Miss Crail ?

— Oui, mais elle est en train de téléphoner.

— Elle doit se chamailler avec sa mère. Qu'est-ce que vous allez faire ?

— Sais pas. Travailler, peut-être.

— En ce moment, nous sommes en train de ficher les livres. Miss Crail vient juste de commencer un nouveau catalogue.

Elle était grande et un peu gauche, avec un buste allongé et de belles jambes, les pieds chaussés de ballerines. La structure de son visage, avec ses traits bien dessinés mais un peu lourds, correspondait à celle de son corps. Elle devait avoir vingt-deux ou vingt-trois ans, un peu le type juif.

— Le travail consiste à vérifier si tous les livres se trouvent bien sur les rayons. Dès que vous en avez pointé un, vous établissez la fiche et la reportez au crayon dans l'index.

— Et après ?

— Seule Miss Crail a le droit d'écrire à l'encre dans l'index. C'est la règle.

— La règle de qui ?

— De Miss Crail. Si vous commenciez par le rayon d'archéologie ? (Leamas acquiesça d'un signe de tête et ils se dirigèrent ensemble vers la niche suivante. Une pleine boîte de fiches était posée par terre.) Vous avez déjà fait ce genre de travail ? demanda-t-elle.

— Non, répondit-il en se baissant pour ramasser une poignée de fiches qu'il se mit à consulter. C'est M. Pitt qui m'envoie. Du Bureau de Chômage. (Il posa les cartons.) Miss Crail est aussi la seule personne qui ait le droit de remplir les fiches à l'encre, je suppose ?

— Oui.

Elle le laissa seul. Après un moment d'hésitation, il se décida à prendre un livre et à regarder la page de garde. C'était *Les découvertes archéologiques en Asie Mineure*, tome quatre. Apparemment, la bibliothèque ne possédait que le tome quatre.

Il était une heure de l'après-midi et Leamas avait très faim. Il alla trouver Liz, qui continuait à classer ses fiches.

— Et pour le déjeuner, comment ça se passe ?

— Oh, j'apporte des sandwiches. (Elle avait l'air un peu gênée.) Je peux partager le mien avec vous si vous voulez. Le premier café est au diable.

Leamas secoua la tête.

— Non, merci, je vais sortir. Je dois faire quelques courses.

Elle le regarda sortir par la porte tambour.

À deux heures et demie, il était de retour, empestant le whisky et transportant un sac en papier plein de légumes et un autre chargé d'articles d'épicerie. Il les déposa dans un coin et recommença à trier sans enthousiasme les livres d'archéologie. Il travaillait depuis dix minutes lorsqu'il s'aperçut que Miss Crail l'observait.

— *Monsieur* Leamas !

Perché à mi-hauteur de l'échelle, il la regarda par-dessus son épaule.

— Oui ?

— Savez-vous d'où sortent ces sacs à provisions ?

— Ils sont à moi.

— Je vois. Ils sont à vous. (Leamas attendait la suite.) J'ai le regret de vous annoncer qu'il est interdit de ramener des provisions à l'intérieur de la bibliothèque.

— Et où voulez-vous que je les mette ?

— Pas dans la bibliothèque, répliqua-t-elle. (Leamas lui tourna le dos et se remit au travail.) Si vous observiez la pause normale, vous n'auriez pas le temps d'aller faire votre marché. Miss Gold et moi, nous n'avons pas le temps, nous !

— Prenez une demi-heure de plus et vous l'aurez ! rétorqua tranquillement Leamas. Et si le travail presse, vous pouvez rester une demi-heure de plus le soir. Si vraiment ça presse.

Elle resta un moment à le dévisager. De toute évidence elle cherchait une riposte.

— J'en parlerai à M. Ironside, dit-elle enfin.

Là-dessus elle s'éclipsa.

À cinq heures et demie pile, elle passa son manteau et s'en alla en lançant un « Bonsoir, Miss Gold » ostensiblement appuyé. Leamas pensa qu'elle avait dû passer tout l'après-midi à ruminer l'histoire du sac à provisions. Il alla retrouver Liz Gold dans sa niche ; elle était assise sur le barreau inférieur de l'échelle et lisait un bout de papier qui semblait être un tract. Voyant Leamas, elle le glissa furtivement dans son sac à main et se leva.

— Qui est-ce, ce M. Ironside ?

— Je crois qu'il n'existe pas, répondit-elle. C'est son argument massue quand elle est prise de court. Je lui ai posé une fois la question, elle a tout de suite pris un air affairé et mystérieux et m'a dit de « ne pas m'occuper de ça ». Non, il n'existe sûrement pas.

— Miss Crail non plus, j'ai l'impression.

Liz sourit. À six heures, elle ferma la bibliothèque et rendit la clef au gardien, un vieil invalide de guerre qui, selon Liz, passait ses nuits à veiller pour le cas où les Allemands déclencheraient une contre-attaque. Dehors, il faisait très froid.

— C'est loin, chez vous ? demanda Leamas.

— Vingt minutes à pied. Je fais toujours le trajet à pied. Et chez vous ?

— C'est tout près. Bonsoir.

Il regagna lentement son appartement, poussa la porte et tourna le commutateur. Rien. La lampe dans la petite cuisine et le radiateur électrique branché près de son lit ne s'allumèrent pas davantage. Puis, sur le paillasson, il découvrit une lettre, qu'il se mit à lire à la lumière jaunâtre de la minuterie. La compagnie d'Électricité lui faisait savoir qu'on avait dû couper le courant, jusqu'à versement intégral des neuf livres quatre shillings et dix pence dus en arriéré.

Il était devenu l'ennemi juré de Miss Crail : mais Miss Crail faisait ses délices de l'inimitié ; tantôt elle le regardait de travers, tantôt elle ignorait sa présence. Quand il s'approchait d'elle, elle se mettait à trembler, cherchant des yeux un moyen de se défendre ou peut-être une issue pour fuir. Parfois, s'il avait accroché son imperméable au portemanteau personnel de Miss Crail, elle se plantait devant l'objet du délit et restait là à trépigner de rage jusqu'à ce que Liz s'en aperçoive et appelle Leamas. Un jour il vint vers elle et demanda :

— Qu'est-ce qui ne va pas, Miss Crail ?

— Rien, répondit-elle d'une voix haletante, rien du tout.

— Est-ce mon imperméable qui vous gêne ?

— Pas le moins du monde.

— Alors parfait, répliqua-t-il, et il retourna à son travail.

Elle passa la journée à trembler de fureur et consacra le plus clair de la matinée à chuchoter fébrilement au téléphone.

— Elle est en train de tout raconter à sa mère, expliqua Liz ; elle la met au courant de tout. Elle lui raconte même ce que je fais.

Miss Crail en vint à haïr Leamas à un tel point qu'elle ne pouvait plus lui adresser la parole. Les jours de paie, après être rentré du déjeuner, il trouvait d'habitude une enveloppe à son nom — mal orthographié — sur le troisième barreau de son échelle. La première fois, Leamas lui tendit l'enveloppe contenant l'argent :

— Mon nom s'épelle L-E-A, Miss Crail, dit-il, et avec un seul S.

Elle faillit tomber à la renverse. Elle se mit à rouler des yeux blancs et à tripoter nerveusement un crayon jusqu'à ce qu'il s'en aille. Immédiatement après, elle se rua sur le téléphone et y passa plusieurs heures à conspirer.

Environ trois semaines après son entrée en fonctions, Leamas fut invité à dîner par Liz. Elle prétendit que l'idée lui en était venue à l'improviste vers les cinq heures de l'après-midi ; elle avait en effet cru comprendre que si elle l'invitait pour le lendemain ou le surlendemain, il oublierait de venir, ou ne viendrait tout bonnement pas. Si bien qu'elle l'avait invité à cette heure-là. Cette perspective n'enthousiasmait guère Leamas, mais il finit par accepter.

Ils revinrent à pied sous la pluie jusqu'à l'appartement, le long de rues qui auraient pu être celles de Berlin, de Londres ou de n'importe quelle ville où les pavés sont autant de lacs de lumière sous la pluie nocturne et où la circulation se traîne lamentablement sur les chaussées humides.

Ce repas que Leamas prit chez Liz fut le premier d'une longue série : il venait chez elle chaque fois qu'elle l'invitait, ce dont elle ne se privait pas. Il n'était jamais très loquace. Quand elle comprit qu'il acceptait vraiment de venir, elle prit l'habitude de mettre la table le matin, avant de partir pour la bibliothèque, et commença même à préparer les légumes et à disposer les couverts et les bougies : elle adorait souper aux chandelles. Leamas avait des ennuis, cela, elle l'avait senti tout de suite. Un jour, pour une raison ou pour une autre, il ne viendrait pas et elle ne le verrait plus jamais. Un soir, elle voulut lui faire comprendre qu'elle savait :

— Quand vous aurez envie de partir, il faudra le faire. Je ne vous importunerai pas, Alec.

Il la considéra un moment de ses petits yeux marron :

— Je vous préviendrai, dit-il.

Son appartement se composait simplement d'une chambre-salon et d'une petite cuisine. Dans le coin living, il y avait deux fauteuils, un divan et une étagère où s'alignaient une masse de livres de poche, surtout des classiques, qu'elle n'avait jamais ouverts.

Après le repas, elle lui parlait, tandis qu'il était allongé sur le divan en train de fumer. Elle ne savait pas trop s'il l'écoutait mais s'en souciait peu et n'en continuait pas moins à s'épancher, agenouillée auprès du lit, tenant la main de Leamas contre sa joue.

Et puis un soir, elle lui demanda :

— Alec, dites-moi, vous croyez en quelque chose ? Ne riez pas, dites-le-moi.

Elle attendit un moment sa réponse :

— Je crois que l'autobus de onze heures va me ramener à Hammersmith, dit-il enfin. Mais je ne crois pas que ce soit le Père Noël qui le conduise.

Elle sembla méditer un instant, puis insista :

— Mais en quoi est-ce que vous croyez ? (Leamas haussa les épaules.) Enfin, vous devez bien croire en quelque chose... Dieu, par exemple ? Parfois, vous avez un drôle de regard, Alec, comme si vous aviez quelque chose de spécial à faire. Une mission à remplir... Comme un prêtre, Alec, ne riez pas, c'est vrai !

Il secoua la tête :

— Désolé, Liz. Vous vous trompez complètement. Je n'aime pas les Américains, je n'aime pas les grandes écoles. Je n'aime pas les défilés militaires ni les gens qui jouent au petit soldat. — (Sans sourire, il ajouta :) Je n'aime pas les gens qui se mêlent de me dire ce que je devrais faire, ou penser.

Elle sentit qu'il allait se mettre en colère, mais c'était plus fort qu'elle :

— C'est parce que vous *ne voulez pas* penser, Alec ! Vous ne l'osez pas ! Il y a un poison qui vous ronge le cerveau. De la haine. Vous êtes un fanatique, Alec, je le sais, mais je ne sais pas de quoi. Vous êtes un fanatique qui se refuse à convertir les gens et ça, c'est dangereux. Vous avez l'air de quelqu'un qui aurait juré de... de se venger ou quelque chose comme ça.

Il posa sur elle un regard sans tendresse.

— Si j'étais vous, dit-il rudement, je m'occuperais de mes oignons. (La menace qu'elle perçut dans sa voix l'effraya. Et brusquement, il lui fit un large sourire, un peu canaille. Elle ne l'avait jamais vu sourire ainsi. « Il fait du charme », se dit-elle.) Et Liz, en quoi est-ce qu'elle croit ? fit-il.

— On ne me possède pas aussi facilement, répliqua-t-elle.

Plus tard dans la soirée, Leamas remit la question sur le tapis en lui demandant si elle était croyante.

— Vous n'avez rien compris, Alec, dit-elle, je ne crois pas en Dieu.

— En quoi, alors ?

— L'Histoire.

Il la regarda d'un air médusé, puis éclata de rire :

— Ah non, Liz... pas ça ! Vous n'allez tout de même pas me dire que vous êtes communiste !

Elle fit un signe affirmatif, en rougissant comme une écolière devant son rire énorme ; furieuse, mais soulagée à la fois de voir que Leamas s'en souciait comme de sa dernière chemise.

Cette nuit-là, il resta chez elle et ils couchèrent ensemble. Il quitta l'appartement à cinq heures du matin. Elle n'y comprenait rien : elle se sentait toute fière alors que lui semblait gêné.

Il tourna dans la rue déserte et se dirigea vers le parc. Le brouillard était dense. À vingt mètres de lui, peut-être un peu plus, il distingua la silhouette d'un homme plutôt petit et corpulent, vêtu d'un imperméable. Il s'appuyait contre la grille du parc et son ombre se détachait sur le fond mouvant de la brume. Comme Leamas s'approchait, le brouillard parut s'épaissir encore et, quand il se dissipa, l'homme avait disparu.

5

À crédit

Un jour, environ une semaine après, Leamas ne vint pas à la bibliothèque. Miss Crail en fut enchantée ; à onze heures et demie, elle avait déjà prévenu sa mère et, en rentrant de déjeuner, elle s'arrêta devant les rayons d'archéologie où il travaillait depuis son arrivée et se mit à examiner ostensiblement les rangées de livres. Liz comprit qu'elle affectait de contrôler, histoire de voir si Leamas n'avait rien volé.

Liz ne lui prêta aucune attention durant le reste de la journée, s'abstint de lui répondre quand elle lui adressait la parole et s'absorba dans sa tâche. Le soir venu, elle rentra chez elle à pied pour y pleurer toutes les larmes de son corps, jusqu'à ce que le sommeil la prenne.

Le lendemain matin, elle arriva de bonne heure, comme si cela pouvait faire venir Leamas plus tôt. Mais, à mesure que la matinée avançait, l'espoir diminuait et elle comprit enfin qu'il ne viendrait pas. Comme elle avait oublié de se confectionner des sandwiches, elle décida de prendre l'autobus pour se rendre à l'A.B.C. de Bayswater Road. Elle se sentait écœurée, vide et sans appétit. Devait-elle aller le voir ? Elle lui avait promis de ne pas l'importuner, mais lui de son côté avait promis de l'avertir.

Elle finit par héler un taxi et lui indiqua l'adresse.

Arrivée en haut de l'escalier crasseux, elle appuya sur la sonnette. Rien ne se produisit. Elle devait être détraquée. Sur le paillasson elle découvrit trois bouteilles de lait et une lettre de la Compagnie d'Électricité. Elle hésita un instant, puis tapa à grands coups de poing sur la porte et perçut un faible grognement. Alors elle se rua à l'étage du dessous, tambourina sur la porte et pressa le bouton. Pas de réponse. Elle descendit encore un étage et se retrouva dans l'arrière-salle d'une épicerie. Assise dans un coin, une vieille femme se balançait dans un fauteuil à bascule.

— Tout en haut, s'écria Liz, il y a quelqu'un de très malade ! Vous avez la clef ?

— Arthur ! Viens voir, Arthur ! Y a quelqu'un ! Une jeune fille !

Un homme en salopette marron et feutre gris s'encadra sur le seuil.

— Une jeune fille ?

— Il y a quelqu'un de très malade au dernier étage, reprit Liz. Il ne peut même plus aller jusqu'à sa porte pour l'ouvrir. Vous avez une clef ?

— Non, répondit l'épicier, mais j'ai un marteau.

Ils gravirent en hâte l'escalier. L'épicier, toujours coiffé de son chapeau mou, s'était armé d'un marteau et d'un tournevis. Il cogna énergiquement contre la porte et, hors d'haleine, ils tendirent l'oreille.

Rien.

— J'ai entendu un grognement, tout à l'heure, insista Liz, je vous assure.

— Vous me paierez la porte si je la défonce ?

— Oui.

Le marteau fit un fracas assourdissant. En trois coups, l'épicier avait réussi à faire sauter un morceau du panneau et la serrure vint avec. Liz franchit le seuil la première. La pièce était glaciale et obscure ; ils distinguèrent cependant la forme d'un homme allongé sur le lit.

« Seigneur ! se dit Liz, je n'aurai jamais le courage de le toucher s'il est mort. » Elle s'avança néanmoins vers lui : il vivait. Après avoir tiré les rideaux, elle s'agenouilla auprès du lit.

— Je vous appellerai si j'ai besoin de vous, dit-elle sans se retourner.

L'épicier hocha la tête et redescendit.

— Alec, qu'est-ce qu'il y a ? Qu'est-ce qui t'a rendu malade ? Qu'est-ce qui ne va pas, Alec ?

Leamas remua la tête sur l'oreiller. Il avait les yeux creux et gardait les paupières closes. Sa barbe noire tranchait sur son visage blême.

— Alec, dis-moi, Alec, dis-moi ce qui ne va pas, je t'en prie !

Elle lui prit la main ; les larmes ruisselaient sur son visage. « Que faire ? » se demanda-t-elle, éperdue.

Et soudain, elle se leva, courut à la minuscule cuisine et, sans trop savoir ce qu'elle faisait, mit de l'eau à chauffer dans la bouilloire. Elle ne savait pas au juste ce qu'elle comptait en faire, mais c'était une occupation. Ensuite, elle prit son sac à main, s'empara de la clef de l'appartement posée sur la table de chevet, dévala l'escalier, traversa la rue et se précipita chez M. Sleaman, qui tenait le drugstore. Elle acheta de la gelée de pied de veau, de l'extrait de bœuf et un flacon d'aspirine ; à peine sortie, elle fit demi-tour pour acheter un paquet de biscottes. Le tout lui revint à seize shillings ; il ne lui restait que quatre shillings. Elle disposait encore de douze livres sur son carnet de caisse d'épargne mais ne pourrait faire le retrait avant le lendemain. Juste comme elle réintégrait l'appartement, l'eau se mit à bouillir.

Suivant une bonne vieille recette de sa mère, elle prépara du bouillon de viande dans un verre avec une cuillère à café pour l'empêcher de casser, tout en jetant des coups d'œil furtifs à Leamas, comme si elle craignait qu'il ne meure subitement.

Pour le faire boire, elle dut le redresser. Il n'avait qu'un oreiller et aucun coussin n'était visible dans la pièce, alors elle prit son pardessus qui était suspendu au dos de la porte, le roula en boule et le disposa derrière l'oreiller. Elle avait peur de toucher Leamas. Il était trempé de sueur et ses cheveux courts étaient humides et gras. Elle déposa la tasse de bouillon à côté du lit, lui soutint la tête d'une main et lui fit avaler la boisson de l'autre. Après quelques cuillerées, elle écrasa deux cachets d'aspirine dans une petite cuillère. Assise au bord du lit, elle le regardait et lui parlait comme à un enfant. Parfois, elle lui passait la main dans les cheveux et sur le visage en chuchotant inlassablement son nom : « Alec ! Alec ! »

Peu à peu, la respiration de Leamas se fit moins agitée, son corps se détendit à mesure que la fièvre baissait, et il finit par sombrer dans le sommeil. À le regarder, Liz comprit que le pire était passé. Alors elle constata qu'il faisait presque nuit.

Le désordre et la saleté qui régnaient dans la pièce lui firent honte. Vivement, elle prit dans la cuisine un balai et un chiffon et se mit au travail avec ardeur. Elle découvrit un napperon propre qu'elle étendit sur la table de chevet et lava les tasses et les soucoupes éparpillées dans la cuisine. Quand elle eut fini, elle regarda sa montre. Il était huit heures et demie. Quand elle eut remis la bouilloire sur le feu, elle revint vers le lit. Leamas la regardait.

— Alec, dit-elle, ne te fâche pas, s'il te plaît, je m'en vais, je te le promets, mais laisse-moi au moins te préparer un bon repas. Tu es malade, tu ne peux pas continuer comme ça, tu es... Oh, Alec !

Elle éclata en sanglots et se plaqua les mains sur le visage. Les larmes coulaient entre ses doigts. Il la regardait pleurer, les mains crispées sur le drap.

Elle l'aida à se laver, à se raser, trouva des draps propres. Elle lui donna de la gelée de pied de veau et un peu de blanc de poulet qu'elle était retournée acheter chez Sleaman. Assise sur le lit, elle le regardait manger. C'était, songea-t-elle, la première fois qu'elle se sentait aussi heureuse.

Il s'endormit rapidement et elle lui remonta la couverture sur les épaules.

Elle passa la nuit dans le fauteuil. Quand elle s'éveilla, il faisait jour ; elle avait froid et se sentait toute courbaturée. À son approche, Leamas bougea. Elle lui toucha les lèvres du bout des doigts ; sans ouvrir les yeux, il la prit par le bras et l'attira doucement sur le lit. Brusquement, le désir s'empara d'elle : plus rien ne comptait ; elle l'embrassa, le couvrit de baisers et il lui sembla qu'il souriait.

Elle revint six jours de suite : il ne parlait jamais beaucoup. Un jour, elle lui demanda s'il l'aimait : il répondit qu'il ne croyait pas aux contes de fées. Elle s'allongeait sur le lit et posait la tête sur sa poitrine. Quelquefois, il lui empoignait les cheveux avec ses gros doigts et tirait un bon coup. Liz riait en protestant. Un vendredi soir, elle le trouva tout habillé : il n'était pas rasé et elle se demanda pourquoi. Une sourde inquiétude s'empara d'elle. Des petites choses avaient disparu dans la pièce : son réveil et le transistor bon marché qui se trouvait d'habitude sur la table. Elle voulait lui en demander la raison, mais n'osa pas. Elle fit cuire les œufs et le jambon qu'elle avait achetés pour le souper, pendant que Leamas, allongé sur le lit, fumait cigarette sur cigarette. Quand le repas fut prêt, il alla chercher à la cuisine une bouteille de vin rouge.

Pendant le dîner, il garda presque constamment le silence. Liz l'observait, anxieuse, et soudain, c'en fut trop. Elle s'écria :

— Alec, Alec !... Qu'est-ce qui se passe ? C'est fini ?

Il se leva de table, lui prit les mains et l'embrassa comme jamais il ne l'avait fait. Puis il se mit à lui parler longuement, doucement, pour lui dire des choses qu'elle ne comprit qu'à moitié, qu'elle entendit à peine, tant elle était obnubilée par la pensée que tout était fini, que plus rien n'avait désormais d'importance.

— Adieu, Liz, dit-il enfin. Adieu ! Ne me suis pas. Ne recommence plus.

— C'est entendu, murmura Liz en inclinant la tête. Comme nous l'avions décidé.

Le froid mordant de la rue secoua sa torpeur et la nuit cacha ses larmes.

Le lendemain matin, samedi, Leamas demanda à l'épicier de lui faire crédit, mais formula sa de-

mande d'une manière maladroite et peu enga-
geante. Il commanda une demi-douzaine d'articles
dont le montant ne dépassait pas une livre et,
lorsqu'ils furent enveloppés et déposés au fond de
son sac à provisions, il dit :

— Vous mettrez ça sur mon compte.

L'épicier eut un sourire contraint.

— J'ai bien peur que ça soit impossible, répondit-il en oubliant le « Monsieur ».

— Et pourquoi ça, bon Dieu ?

Des remous divers parcouraient la file des
clients en attente.

— J'vous connais pas, répondit le commerçant.

— Vous vous foutez de moi ! contra Leamas.
Ça fait quatre mois que je me fournis chez vous !

L'homme s'empourpra.

— Nous avons l'habitude de demander des ré-
férences bancaires, avant de consentir un crédit,
dit-il enfin.

— Ne dites pas de conneries ! s'exclama Leamas, furieux. La moitié de vos clients n'ont jamais
vu l'intérieur d'une banque et ne sont pas près d'y
foutre les pieds !

Ce qui était d'autant moins pardonnable que
c'était vrai.

— Je ne vous connais pas, répéta l'épicier d'un
ton mauvais. Je n'aime pas votre sale gueule et
maintenant, sortez de mon magasin !

Joignant le geste à la parole, il tenta de reprendre le paquet que Leamas tenait solidement. Personne ne sut dire au juste ce qui se passa ensuite.
D'aucuns prétendirent que l'épicier bouscula son

client en voulant récupérer son sac ; d'autres affir-
mèrent le contraire. Quoi qu'il en soit, Leamas le
frappa à deux reprises sans lâcher le sac qu'il tenait de la main droite. À vrai dire, il semble que
les coups qu'il assena furent donnés plutôt du
tranchant de la main qu'avec le poing, puis en un
éclair, du coude gauche. L'épicier tomba à la renverse et resta totalement inerte. Par la suite, au
tribunal, la défense ne put contester la gravité des
blessures : le premier coup avait fracturé la pom-
mette et le second décroché la mâchoire. La
presse étouffa l'affaire mais n'y mit pas un soin
particulier.

6

Un contact

Allongé sur son grabat, Leamas passait ses nuits à écouter les bruits de la prison : un jeune garçon pleurait, un repris de justice chantait *On Ilkley Moor bar t'at* en battant la mesure sur sa gamelle. À chaque couplet, un gardien braillait : « Tu vas la fermer, oui, tête de lard ? » Mais personne ne semblait se soucier de lui. Il y avait aussi un Irlandais qui entonnait des hymnes révolutionnaires de l'I.R.A.[1], bien que, d'après certains, il fût là tout bonnement pour viol.

Leamas faisait le plus d'exercice possible durant la journée dans l'espoir que cela l'aiderait à dormir durant la nuit, mais il s'activait pour rien. La nuit, on a vraiment conscience d'être derrière des barreaux. Aucune illusion, volontaire ou optique, ne vous épargne l'écœurante promiscuité de la cellule, l'odeur de l'uniforme de bagnard, la puanteur des désinfectants, les bruits que font vos compagnons de captivité. C'est dans ces moments-là, de nuit, que l'indignité de sa condition

1. I.R.A. : Organisation révolutionnaire irlandaise.

lui devenait insupportable et qu'il rêvait à une promenade au soleil dans Hyde Park. C'est alors qu'il se sentait pris d'une haine féroce contre cette stupide cage de fer qui le cernait et qu'il devait refréner son envie d'en marteler les barreaux à coups de poing, de fracasser le crâne de ses gardiens et de s'échapper à travers les libres espaces londoniens. Il lui arrivait de penser à Liz, d'évoquer une seconde la douceur ferme de son corps, pour la chasser aussitôt de son esprit. Leamas n'était pas homme à se nourrir de rêves.

Il méprisait ses compagnons de cellule et ceux-ci le lui rendaient bien, car lui seul avait réussi à devenir ce que tous auraient voulu être : une énigme pour les autres. Rien ne pouvait l'inciter à faire des confidences sur son amie, sa famille ou ses enfants, de sorte que ses compagnons ne savaient rien de lui et attendaient en vain qu'il se décide à parler. Leamas avait une attitude déconcertante. Il semblait prendre un malin plaisir à les mépriser et eux le détestaient car il se passait fort bien d'eux. Après une dizaine de jours de ce régime, ils en eurent assez : les caïds n'avaient pas reçu leur hommage, les petits n'avaient pas eu droit à un mot de réconfort. Au repas, dans la file d'attente, ils lui firent le coup de la bascule, une brimade remontant pour le moins au XVIIIe siècle. Apparemment, tout se produit par accident et le récipient de nourriture se trouve brusquement renversé sur l'uniforme du prisonnier. Un type bouscula Leamas de côté tandis qu'une main s'abattait d'un coup sec sur son avant-bras : la gamelle était renversée. Leamas garda le silence et se contenta d'examiner attentivement ses deux voisins immédiats. Il accueillit même sans broncher le flot d'injures que lui prodigua le gardien, pourtant parfaitement au courant.

Quatre jours plus tard, alors qu'il binait les plates-bandes de fleurs de la prison, il sembla brusquement trébucher en avant alors qu'il tenait horizontalement à deux mains la binette dont le manche dépassait de son poing fermé. Comme il se redressait d'un coup de reins pour retrouver son équilibre, son voisin de droite se plia en deux avec un gémissement de douleur, en pressant son ventre à deux mains. Par la suite, on s'abstint de lui refaire le coup de la bascule.

Ce qui le frappa le plus de son séjour à la prison, ce fut le paquet de papier brun qu'on lui remit à son départ : il lui rappelait de façon ridicule la cérémonie du mariage : avec cet anneau, je vous unis pour le meilleur et pour le pire ; avec ce paquet, je te réintègre au sein de la société. Les gardiens le lui tendirent à la sortie et lui firent signer un reçu, car ce paquet contenait tout son bien. Pour Leamas, cet instant fut le plus inhumain des trois mois écoulés et il décida de se débarrasser du colis aussi vite que possible.

Dans l'ensemble, il s'était tenu tranquille ; aucune plainte n'avait été formulée contre lui. Le directeur s'intéressait vaguement à son cas et avait cru pouvoir attribuer la cause de la bagarre avec l'épicier au sang irlandais qui, il en était persuadé, coulait dans les veines de Leamas.

— Qu'allez-vous faire en sortant d'ici ? lui demanda-t-il.

Leamas répondit sans l'ombre d'un sourire qu'il pensait sérieusement repartir à zéro, et le directeur l'approuva sans réserve.

— Et votre famille ? Ne pourriez-vous pas vous réconcilier avec votre femme, par exemple ?

— J'essaierai, répondit Leamas sans se commettre, mais elle est remariée.

L'attaché du Service Social voulait que Leamas postule l'emploi d'infirmier dans un asile du Buckinghamshire, et Alec lui assura qu'il allait envoyer sa demande et poussa même la comédie jusqu'à prendre l'adresse et noter les heures des trains en partance de Marylebone.

— La ligne est électrifiée jusqu'à Great Missenden, ajouta l'attaché, et Leamas convint que c'était en effet à prendre en considération.

Une fois sorti de la prison avec son paquet, il prit l'autobus jusqu'à Marble Arch et, de là, continua à pied. Il avait un peu d'argent dans la poche et décida de se payer un bon repas. Pour six shillings, il pourrait s'offrir un bon steak au Grand Café, proche de Charing Cross.

Londres était superbe ce jour-là. Avec le printemps tardif, les parcs étaient remplis de crocus et de jonquilles et un vent purifiant et frais soufflait du sud. Leamas eut l'impression qu'il pourrait marcher toute la journée sans se lasser, mais, comme il tenait toujours le paquet à la main, il prit le parti de s'en débarrasser. Les corbeilles à papier étaient trop petites. Il aurait eu l'air ridicule en train d'y fourrer le colis. D'ailleurs peut-être ferait-il bien auparavant d'y prélever deux ou trois articles utiles : sa carte d'assurance, son permis de conduire et le carton numéroté E 93 qui se trouvaient dans une enveloppe et dont il ignorait totalement l'usage. Et puis, subitement, il se désintéressa de tout cela, s'assit sur un banc, posa le paquet à côté de lui et s'en écarta quelque peu. Quelques instants après, il s'éloigna, laissant là le paquet. À peine avait-il atteint le sentier que quelqu'un le héla. Il tourna la tête, un peu vite peut-être, et aperçut un homme en imperméable de l'armée qui lui faisait signe d'une main et tenait le paquet de l'autre.

Leamas avait les mains dans les poches. Il les y garda et resta là à considérer l'homme à l'imperméable par-dessus son épaule. L'autre hésitait, s'attendant évidemment que Leamas vienne vers lui ou lui fasse signe, mais il en fut pour ses frais, car celui-ci se contenta de hausser les épaules et de continuer son chemin. L'autre appela de nouveau et, voyant que Leamas ne répondait toujours pas, lui courut après. Ses pas grinçant sur le gravier, l'homme se rapprochait rapidement. Il le héla d'une voix essoufflée et quelque peu irritée :

— Hep là-bas ! Dites donc !

L'homme était à sa hauteur. Leamas fit volte-face.

— Qu'est-ce qu'il y a ?

— Ce paquet, il est à vous, non ? Vous l'avez laissé sur le banc. Pourquoi ne vous êtes-vous pas arrêté quand je vous ai appelé ?

Il était grand, avec des cheveux châtains légèrement bouclés, et portait une chemise vert pâle et une cravate orange. Un peu affecté. Un peu tante, songea Leamas. Pourrait être instituteur — genre animateur de club dramatique de province. Complètement myope.

— Vous pouvez le remettre où vous l'avez trouvé. Je n'en veux pas.

L'homme devint écarlate :

— Mais vous n'avez pas le droit de laisser traîner des papiers sur les bancs. C'est malpropre !

— Et si ça me plaît ? rétorqua Leamas. Ça peut toujours servir à quelqu'un. (Il fit mine de continuer son chemin, mais l'homme lui barrait la route, tenant le paquet dans ses bras comme un bébé.) Ôtez-vous de mon soleil, voulez-vous ?

— Dites donc ? fit l'autre, un ton plus haut ; je voulais vous rendre service et vous me remerciez par des grossièretés.

— Si vous teniez tellement à me rendre service, pourquoi me suivez-vous depuis plus d'une demi-heure ?

« Il est fortiche, songea Leamas ; il n'a pas bronché et, pourtant, j'ai dû drôlement le secouer. »

— J'ai cru reconnaître en vous quelqu'un que j'ai bien connu à Berlin, si vous voulez savoir.

— Et c'est pour ça que vous me suivez depuis une demi-heure ?

Leamas avait pris un ton sarcastique et dévisageait son interlocuteur avec insistance.

— D'abord il n'y a pas une demi-heure que je vous suis, fit l'autre. Je vous ai aperçu à Marble

Arch et j'ai cru que vous étiez Alec Leamas, à qui j'avais un jour emprunté de l'argent. Je travaillais à la B.B.C. à Berlin. Leamas travaillait aussi à Berlin et je l'avais tapé. Ça m'a toujours tracassé depuis : alors je vous ai suivi. Je voulais être sûr.

Leamas continuait de l'observer sans mot dire. « Il n'est pas mauvais, mais sa performance manque de brio », se dit-il. Son histoire tenait à peine debout, mais c'était sans importance. Le truc classique n'ayant pas marché, il s'était tout de même débrouillé pour inventer un prétexte au pied levé.

— Oui, c'est moi Leamas, dit-il enfin. Et vous, qui êtes-vous ?

Il s'appelait Ashe[1], répondit-il, avec un *e*, ajouta-t-il vivement, et Leamas eut la conviction qu'il mentait. Il prétendait ne pas être tout à fait sûr que Leamas fût réellement Leamas, et, au déjeuner, ils ouvrirent donc le paquet et examinèrent la carte d'assurance. Ils devaient ressembler à deux pédés en train de se rincer l'œil avec une photo porno, songea Alec. Ashe passa la commande, avec une insouciance un peu trop visible quant aux prix, et ils burent du vin du Rhin en souvenir du bon vieux temps. Leamas commença par affirmer qu'il ne se rappelait pas du tout Ashe, et ce dernier s'en étonna, en affichant un air peiné. Ils s'étaient, dit-il, rencontrés à une soi-

1. *Ash*, sans *e*, signifie « cendre ».

rée donnée par Derek Williams, dans son appartement du Kudamm (exact sur ce point, songea Leamas, il a bien appris sa leçon) et à laquelle assistait toute la presse. Alec se souvenait sûrement ? Non, pas du tout. En tout cas, il devait se rappeler Derek Williams, de l'*Observer*, ce type si *sympa* qui donnait des soirées formidables où on mangeait des pizzas ? Leamas n'avait aucune mémoire des noms ; après tout, ça remontait à 1954 et, depuis, pas mal d'eau avait coulé sous les ponts... Ashe se rappelait, lui (au fait, son prénom était William, mais tout le monde l'appelait Bill). Le souvenir en était resté *gravé* dans sa mémoire. Ils avaient bu un tas de cochonneries, cognac et crème de menthe, et ils étaient tous plus ou moins éméchés. Derek avait fait venir des filles superbes, la moitié de la troupe du cabaret Malkasten, Alec ne pouvait pas ne pas se rappeler, maintenant ? Leamas pensait que tout ça allait probablement lui revenir, si Bill voulait bien poursuivre un peu.

Et Bill poursuivit donc, improvisant sans aucun doute, mais habilement, en dosant ses effets, insistant sur le côté grivois, racontant comment ils avaient terminé la soirée avec trois de ces filles dans un cabaret, Alec, un type du bureau politique et Bill. Bill était très gêné car il n'avait pas un sou sur lui, mais Alec avait payé la note. Et ensuite Bill avait voulu emmener une des filles chez lui et Alec lui avait encore refilé dix livres...

— Nom de Dieu, mais bien sûr que je m'en souviens, s'écria Leamas, évidemment !

— J'en étais *sûr*, fit Ashe, content de lui et avec un signe de tête encourageant à Leamas par-dessus le bord de son verre ; et maintenant, à vous de me raconter la suite. C'est fou ce qu'on s'amuse, non ?

Ashe appartenait à cette catégorie de gens qui, dans leurs rapports avec leurs semblables, emploient la stratégie attaque-repli. Là où il trouvait de la faiblesse, il fonçait ; devant une résistance, il cédait. N'ayant pas d'opinions ni de goûts personnels, il adoptait ceux de son compagnon, prêt aussi bien à aller prendre le thé chez Fortnum qu'à boire du Guinness dans un pub, à écouter de la musique militaire dans le parc Saint-James que du jazz dans une cave de Compton Street. Sa voix frissonnait de sympathie quand il parlait de la décolonisation, ou d'indignation quand il évoquait la prolifération de la population noire en Angleterre. Cette attitude résolument passive exaspérait Leamas, qui le poussait jusque dans ses retranchements pour brusquement faire machine arrière, si bien qu'Ashe était toujours en train d'essayer de se sortir d'un cul-de-sac où l'autre l'avait coincé. Devant ces accès de pure perversité, Ashe eût logiquement dû laisser tomber la conversation, d'autant plus qu'il en faisait les frais, mais il n'en était pas question. S'il avait écouté, le petit homme triste assis tout seul à la table voisine aurait pu conclure que Leamas prenait un plaisir sadique à tourmenter son com-

pagnon ou alors (en admettant qu'il fût particulièrement perspicace) qu'il cherchait à se prouver à
lui-même que l'autre devait avoir des raisons impérieuses pour supporter d'être traité de la sorte.

Il était presque quatre heures lorsqu'ils demandèrent l'addition. Leamas offrit de régler sa part,
mais Ashe ne voulut rien entendre ; il paya la
note et sortit son carnet de chèques pour régler sa
dette envers Leamas.

— Vingt petites livres, dit-il en remplissant le
chèque. (Puis il leva sur Leamas un regard débordant d'amabilité :) Au fait, un chèque, ça vous va,
au moins ?

Leamas rougit légèrement.

— Pour le moment, dit-il, je n'ai pas de compte
en banque... j'arrive de l'étranger... pas encore eu
le temps de régler ces détails. Faites-moi donc un
chèque au porteur et j'irai le toucher à votre banque.

— Mais, mon cher, vous n'y pensez pas ! Il vous
faudrait aller jusqu'à Rotherhithe pour le toucher !

Leamas haussa les épaules et Ashe, en riant, lui
proposa de se retrouver le lendemain au même
endroit, à une heure : il viendrait avec l'argent
comptant.

Au coin de Compton Street, il prit un taxi et
Leamas le salua de la main tandis qu'il s'éloignait.
Après son départ, il regarda sa montre : quatre

heures. Supposant qu'il était toujours filé, il s'achemina à pied jusqu'à Fleet Street, prit un café dans un bar, lécha les vitrines des libraires et s'attarda à lire les manchettes des journaux. Et tout à coup, comme mû par une impulsion subite, il sauta dans un autobus qui le mena à Ludgate Hill où il fut pris dans un embouteillage près d'une station de métro. Leamas descendit et s'engouffra dans la première rame venue, dans le wagon de queue. Il descendit à la volée à l'arrêt suivant, prit la direction d'Euston, changea de nouveau et descendit enfin à Charing Cross. Il était neuf heures du soir et il faisait un froid intense. Dans la cour extérieure, une fourgonnette attendait. Le chauffeur s'était endormi au volant. Leamas vérifia la plaque d'immatriculation et se pencha à la portière :

— De chez Clements ? demanda-t-il.

Le conducteur s'éveilla en sursaut :

— Monsieur Thomas ?

— Non, répondit Leamas. M. Thomas n'a pas pu venir. Je suis Amies, de Hounslow.

— Montez donc, monsieur Amies, dit le chauffeur en ouvrant la portière.

Ils démarrèrent en direction de King's Road. Le chauffeur connaissait parfaitement la route.

Control lui ouvrit.

— George Smiley est sorti, dit-il, je lui ai emprunté son domicile. Entrez.

Control n'alluma dans le vestibule qu'une fois la porte refermée.

— J'ai été filé jusqu'à l'heure du déjeuner, expliqua Leamas.

Ils entrèrent dans le petit salon. Il y avait des livres partout. C'était une jolie pièce, haute de plafond, décorée de moulures du XVIIIe, avec de grandes fenêtres et une bonne cheminée.

— Ils m'ont levé ce matin, reprit Leamas, un certain Ashe. (Il alluma une cigarette.) Une tapette. On doit se revoir demain.

Control écouta attentivement l'histoire de Leamas depuis la bagarre avec Ford, l'épicier, jusqu'à sa rencontre avec Ashe, le matin même.

— Et comment avez-vous trouvé la prison ? lui demanda-t-il, comme s'il s'était agi d'une partie de campagne. Dommage que nous n'ayons pas pu vous rendre le séjour un peu plus agréable, améliorer votre ordinaire, par exemple, mais nous ne pouvions pas nous le permettre.

— Évidemment.

— Il ne faut jamais déroger de la logique. Ne jamais rien laisser au hasard. Que tout concorde à créer l'illusion. Vous avez été malade, à ce qu'on m'a dit ? Vous m'en voyez désolé ; qu'avez-vous eu ?

— Seulement un peu de température.

— Combien de temps êtes-vous resté au lit ?

— Une dizaine de jours.

— Désolant ! et, bien sûr, personne pour s'occuper de vous ? (Il y eut un silence prolongé.) Vous savez qu'elle est du Parti, n'est-ce pas ? ajouta-t-il calmement.

— Oui. (Leamas marqua un temps d'arrêt.) Je sais. Je ne veux pas qu'elle soit mêlée à cette histoire.

— Et pourquoi le serait-elle donc ? repartit sèchement Control. (Et, l'espace d'un instant, Leamas crut avoir mis en échec le détachement
affecté de Control.) Qui a pu vous mettre cette
idée en tête ?

— Personne. Simple mise au point. Je sais très
bien comment ça se passe, ces opérations offensi-
ves : il y a toujours des répercussions, des déve-
loppements inattendus. On croit avoir attrapé un
poisson, alors qu'on en a attrapé un autre. *Je ne
veux pas* qu'elle trempe dans cette histoire !

— Bien sûr, bien sûr !

— Qui est cet homme du Bureau du Chômage,
ce Pitt ? Il n'était pas au Cirque pendant la
guerre ? demanda-t-il encore.

— Je ne connais personne de ce nom. Pitt, dites-
vous ?

— Oui.

— Non, connais pas. Il travaille au Bureau du
Chômage ?

— Oh, pour l'amour du ciel ! murmura Leamas.

— Désolé, vraiment, fit Control en se levant. Je
néglige mes devoirs d'hôte. Vous prenez un
verre ?

— Non, merci. Je veux partir ce soir, Control.
Aller à la campagne prendre un peu d'exercice.
La Maison est ouverte ?

— Oui, je vous ai commandé une voiture. À
quelle heure revoyez-vous Ashe demain ? Une
heure ?

— Oui.

— Je vais téléphoner à Hildane que vous avez besoin de liquide. Pour votre fièvre, vous feriez bien de voir un médecin.

— Pas besoin d'un médecin.

— Comme vous voudrez.

Control se servit un whisky et se mit à examiner nonchalamment les livres de Smiley.

— Pourquoi Smiley n'est-il pas là ? s'enquit Leamas.

— Le boulot lui répugne, répondit négligemment Control. Il en voit la nécessité, mais ne veut pas en être. Ses accès de malaria, ajouta-t-il avec un sourire ironique, le reprennent périodiquement.

— C'est un fait qu'il ne m'a pas reçu à bras ouverts.

— Voilà ! Il ne veut pas s'en mêler. Mais il vous a parlé de Mundt, il vous a fourni les tuyaux nécessaires ?

— Oui.

— Mundt est un type extrêmement coriace, fit remarquer Control d'un air méditatif. Il ne faut jamais l'oublier. De plus, c'est un excellent officier de renseignements.

— Smiley connaît le pourquoi de l'opération ? L'intérêt tout particulier ? (Control fit un signe affirmatif et but une gorgée de whisky.) Et, malgré tout, le boulot lui déplaît ?

— Question de morale. C'est un peu comme le chirurgien qui est écœuré de voir le sang. Il laisse avec joie les autres opérer.

— Dites-moi, reprit Leamas, vous êtes bien sûr que ça va nous mener là où nous voulons ? Comment savez-vous que ce sont les Allemands de l'Est qui sont sur le coup et non les Tchèques ou les Russes ?

— Tranquillisez-vous, répondit Control avec emphase, nous nous sommes assurés de cela.

Control l'accompagna à la porte et lui posa doucement la main sur l'épaule.

— C'est votre dernière mission, lui dit-il. Après, vous pourrez dételer. Quant à cette fille, voulez-vous qu'on s'en occupe ? Qu'on lui fasse parvenir de l'argent ? N'importe quoi ?

— Non, merci. Quand tout sera terminé, je m'en occuperai moi-même.

— Parfait. Il serait d'ailleurs dangereux de faire quoi que ce soit maintenant.

— Je veux simplement qu'on la laisse en paix ! répéta Leamas en haussant le ton. Je ne veux pas qu'on l'enquiquine, ni qu'elle soit fichée ! Oubliez-la !

Avec un signe de tête en guise d'adieu, il s'esquiva dans la nuit glacée. Il était à nouveau dans le bain.

7

Kiever

Le lendemain, il arriva avec vingt minutes de retard à son rendez-vous, puant le whisky. Ashe lui réserva cependant un accueil chaleureux et prétendit qu'il venait juste d'arriver, car il avait perdu du temps à la banque. Il tendit à Leamas une enveloppe.

— En billets d'une livre, dit-il. J'espère que ça vous va ?

— Merci, répondit Leamas. Si on buvait un verre ?

Il ne s'était pas rasé et le col de sa chemise était noir de crasse. Il commanda au garçon un whisky double et un martini-gin pour Ashe. Quand les consommations furent servies, sa main tremblait si fort qu'il faillit renverser son verre en y versant du soda.

Le déjeuner fut correct, abondamment arrosé, et ce fut une fois de plus Ashe qui fit les frais de la conversation. Comme Leamas s'y attendait, il parla d'abord de lui-même, astuce courante mais toujours valable.

— Pour être franc, commença-t-il, je viens de dégotter un job épatant : des articles à la pige pour des canards étrangers. Après Berlin, j'ai d'abord fait pas mal de blagues. La Compagnie ne voulait pas renouveler mon contrat. Alors j'ai travaillé dans un sinistre hebdo illustré spécialisé dans les loisirs pour vieillards ! Tu te rends compte ! Heureusement qu'il a coulé, à l'occasion d'une grève des imprimeurs. Tu parles d'un soulagement ! Ensuite j'ai émigré chez ma mère qui tient un magasin d'antiquités à Cheltenham, lequel marche fort bien, merci. Et, un jour, je reçois une lettre d'un vieil ami, Sam Kiever, qui venait justement d'être engagé par une nouvelle agence de presse, laquelle voulait des papiers sur la vie anglaise destinés à l'étranger. Tu sais de quoi il retourne : s'agit de pondre par exemple quatre ou cinq pages de couleur locale. Mais Sam avait trouvé une astuce : il livrait ses articles tout traduits, ce qui fait une sacrée différence, je te le promets ! On s'imagine toujours que les gens ont un traducteur à portée de la main, mais quand on cherche une demi-colonne de remplissage dans les nouvelles de l'étranger on n'a pas *envie* de gâcher du temps et de l'argent à faire traduire. La combine de Sam, c'était de contacter directement les éditeurs. Il vadrouillait à travers toute l'Europe comme un romanichel, le pauvre, mais ça lui a rapporté, haut la main !

Ashe s'interrompit, espérant que Leamas allait enfin consentir à parler de lui-même, mais Alec se contenta de hocher la tête en déclarant sans conviction :

— Un vrai filon.

Ashe voulut alors commander du vin. Mais Leamas lui dit qu'il préférait s'en tenir au whisky. Au café, il en avait lampé quatre bien tassés et il était en piteux état. Il avait pris ce pli des ivrognes qui tendent les lèvres vers le bord du verre avant de boire comme s'ils n'étaient pas sûrs de leurs mains.

Ashe garda un moment de silence.

— Tu ne connais pas Sam, j'imagine ? demanda-t-il enfin.

— Sam ?

— Sam Kiever, mon patron, reprit Ashe, agacé. Ce type dont je te parlais tout à l'heure.

— Il était aussi à Berlin ?

— Non. Il connaît bien l'Allemagne, mais il n'a jamais vécu à Berlin. Il était pigiste dans un journal à Bonn. Tu l'as peut-être rencontré. Un type adorable.

— Non, je ne pense pas.

Silence.

— Et qu'est-ce que tu fais, maintenant, vieux ?

Leamas haussa les épaules.

— Je suis au rancart, répondit-il en grimaçant un sourire stupide. Au rebut, comme une vieille chaussette.

— J'ai un peu oublié ce que tu fabriquais à Berlin. Tu n'étais pas, par hasard, un de ces Fregolis de la guerre froide ?

« Fichtre ! pensa Leamas, tu brûles un peu les étapes, mon mignon. » Il hésita un instant, puis son visage se colora et il répondit d'un ton farouche :

— Je faisais le garçon de courses pour ces cons d'Amerloques, comme tout le monde !

— Tu ne sais pas ? fit Ashe, comme s'il ruminait cette idée déjà depuis un certain temps, tu devrais voir Sam ; je suis sûr que vous vous entendriez bien. Mais au fond, Alec... je ne sais même pas où te joindre ! ajouta-t-il d'un air soucieux.

— Nulle part, répondit Leamas, apathique.

— Je ne pige pas, mon vieux. Où habites-tu ?

— Partout et nulle part. Je traîne mes guêtres. Je suis sans boulot. Et rien à faire pour obtenir de ces salauds une pension correcte.

Ashe parut scandalisé :

— Mais c'est affreux ! Pourquoi ne m'as-tu rien dit ? Voyons... et si tu venais t'installer chez moi ? C'est tout petit, mais on peut toujours monter un lit de camp. Tu ne vas pas continuer à vivre sous les ponts !

— Oh ! pour l'instant, ça va, répondit Leamas en tapotant la poche où il avait glissé l'enveloppe. Je vais me dégotter un job. (Il hocha la tête d'un air décidé.) D'ici une semaine ou deux. Après, ça gazera.

— Quel job ?

— Oh ! je ne sais pas, moi. N'importe quoi.

— Mais tu ne peux pas te laisser aller comme ça ! Tu parles allemand à la perfection, je m'en souviens bien, maintenant. Il doit y avoir un tas de choses que tu peux faire !

— Je les ai faites ! Entre les encyclopédies que j'ai vendues pour une foutue compagnie yankee, les bouquins que j'ai classés dans une bibliothèque de dingues et les cartons que j'ai poinçonnés dans une usine de colle à la con... Qu'est-ce que je peux faire *d'autre*, bon Dieu ?

Il évitait de regarder Ashe et gardait les yeux fixés sur la table, les lèvres frémissantes. Ashe se montra à la hauteur ; il se pencha vers lui et prit juste le ton à la fois compatissant et persuasif qu'il fallait :

— Ce qu'il te faut, Alec, c'est des relations, tu comprends ? Moi aussi, j'ai été fauché et je sais ce que c'est. Il faut voler des gens. Je ne sais pas ce que tu faisais à Berlin, je ne veux pas le savoir, mais ce n'était sûrement pas un boulot où on a l'occasion de connaître des gens importants, pas vrai ? Si je n'avais pas rencontré Sam, il y a cinq ans, moi qui te parle je serais encore en train de claquer du bec à Poznan. Écoute, Alec. Reste chez moi une semaine ou deux. On ira voir Sam et peut-être aussi un ou deux des anciens journalistes de Berlin, si on réussit à mettre la main dessus.

— Mais je ne suis pas foutu d'écrire une ligne, s'écria Leamas.

Ashe lui posa la main sur le bras.

— Allons, pas d'histoires, dit-il d'un ton apaisant. Il faut sérier les questions. Où sont tes impedimenta ?

— Mes quoi ?

— Tes affaires : vêtements, bagages et le reste ?

— Mais je n'en ai pas ! J'ai vendu tout ce que j'avais sauf le paquet.

— Le paquet ?

— Le paquet marron que tu as ramassé dans le parc. Celui dont j'essayais de me débarrasser.

Ashe avait un appartement à Dolphin Square. C'était exactement ce qu'avait prévu Leamas : un petit logement anonyme avec quelques rares bibelots ramenés d'Allemagne, chopes de bière, pipe à couvercle...

— Je passe les week-ends chez ma mère, à Cheltenham. Je ne viens ici qu'au milieu de la semaine. C'est assez commode, dit-il d'un ton d'excuse.

Ils installèrent le lit de camp dans le minuscule salon. Il était environ quatre heures et demie.

— Il y a combien de temps que tu habites ici ? s'enquit Leamas.

— Un an, peut-être un peu plus.

— Tu as trouvé à te loger facilement ?

— Oh, tu sais, ce genre d'appartements c'est un peu la loterie. On s'inscrit sur une liste et un beau jour on reçoit un coup de fil pour vous annoncer que ça y est.

Ashe prépara le thé qu'ils burent en silence. Leamas avait l'air morose de ceux qui ont perdu l'habitude du confort. Ashe lui-même semblait manquer de tonus. Après avoir avalé son thé, il se leva.

— Je vais sortir faire quelques courses avant la fermeture des boutiques, dit-il. Après, on verra ce qu'on peut faire. Je pourrais passer un coup de tube à Sam — plus tôt tu le verras et mieux ça vaudra. Tu devrais te coucher un peu, tu as l'air crevé.

Leamas hocha vaguement la tête :

— C'est bougrement chic à toi... (Il eut un geste hésitant de la main.) Tout ce que tu fais pour moi...

Ashe lui tapota l'épaule, enfila son imperméable militaire et sortit.

Après s'être assuré qu'il avait bien quitté l'immeuble, Leamas ajusta la targette de la porte de l'appartement, descendit l'escalier et gagna les cabines téléphoniques installées dans le hall d'entrée. Là, il composa l'indicatif Maida Vale, et demanda la secrétaire de M. Thomas. Une voix de femme lui répondit aussitôt :

— La secrétaire de M. Thomas à l'appareil.

— C'est de la part de M. Sam Kiever, dit-il. Il accepte l'invitation et espère rencontrer M. Thomas en personne, ce soir même.

— Je ferai la commission à M. Thomas. Il sait où il peut vous joindre ?

— Dolphin Square, répondit Leamas, qui donna l'adresse complète. Au revoir.

Après avoir demandé quelques renseignements à la réception, Leamas remonta à l'appartement et s'assit sur le lit de camp où il s'absorba dans la contemplation de ses mains croisées. Au bout d'un moment, il s'allongea, décidé à se reposer selon les conseils de Ashe. Comme il fermait les yeux, il se souvint de Liz étendue à ses côtés dans l'appartement de Bayswater et se demanda vaguement ce qu'elle était devenue.

Ashe le réveilla. Il était accompagné d'un homme court et replet, aux longs cheveux grisonnants, vêtu d'un complet croisé, qui parlait avec un léger accent d'Europe centrale, allemand peut-être, mais c'était difficile à dire. Il dit se nommer Sam Kiever.

Ils burent un gin-tonic, et Ashe fit encore une fois les frais de la conversation.

— Ça me rappelle le bon vieux temps de Berlin ; tous les copains réunis et à nous la folle nuit !

Kiever déclara qu'il ne voulait pas se coucher trop tard ; il avait du travail le lendemain. Ils se mirent d'accord pour manger dans un restaurant chinois qu'Ashe connaissait, en face du commissariat de police de Limehouse. On pouvait apporter sa boisson. Comme par hasard, Ashe avait des bouteilles de bourgogne dans son garde-manger. Ils les emportèrent.

La cuisine était très bonne et ils vidèrent deux bouteilles. À la deuxième, Kiever se livra un peu et raconta qu'il rentrait juste d'un voyage en France et en Allemagne de l'Ouest. La France se trouvait dans une telle pagaye et Dieu seul pouvait dire ce qui en résulterait ! Avec une bonne centaine de milliers de colons démoralisés rentrant d'Algérie, il s'attendait à une remontée très nette du fascisme.

— Et l'Allemagne ? demanda Ashe pour le pousser à parler.

— Savoir si les Amerlos arriveront à les tenir, répondit Kiever en jetant un regard suggestif à Leamas.

— Qu'est-ce que vous entendez par là ? demanda celui-ci.

— Ce que je dis. Dulles leur avait donné une politique étrangère d'une main et Kennedy la leur reprend de l'autre. Alors ils commencent à s'énerver.

— Ces nom de Dieu de Yankees. C'est bien d'eux ! fit Leamas.

— Alec n'aime pas beaucoup nos cousins d'outre-Atlantique, intervint lourdement Ashe — sur quoi Kiever murmura d'un air complètement indifférent : Ah vraiment ?

« Il prend la tangente, se dit Leamas. Il attend qu'on fasse le premier pas. Il joue à merveille le rôle du monsieur qui s'attend qu'on lui demande un service, mais qui n'est pas disposé à se laisser faire. »

Le repas terminé, Ashe déclara :

— Je connais une boîte sensass dans Wardour Street. On y est chouchouté royalement. Vous y avez déjà été, Sam. Si on y allait faire les fous ?

— Minute, intervint Leamas d'un tel ton qu'Ashe le regarda d'un air étonné. J'aimerais savoir une chose... Qui est-ce qui paie cette nouba ?

— Moi, répondit vivement Ashe. Sam et moi.

— Vous vous êtes mis d'accord ?

— Euh... pas exactement.

— Parce que je tiens à vous prévenir tout de suite que je suis sans un. Tu le sais bien... Tout au moins, je n'en ai pas à balancer par les fenêtres.

— Bien sûr, Alec ! Est-ce que je t'ai laissé tomber jusqu'ici ?

— Non, répondit Leamas, c'est vrai.

Il parut sur le point d'ajouter quelque chose, mais sembla se raviser. Ashe avait l'air inquiet, pas offusqué. Quant à Kiever, il était toujours aussi insondable.

Dans le taxi, Leamas refusa de parler. Ashe essaya bien de formuler quelques remarques anodines, mais il n'obtint en réponse que des haussements d'épaules agacés. À leur arrivée dans Wardour Street, ils descendirent de voiture, mais ni Leamas ni Kiever n'esquissèrent le moindre geste pour payer la course. Ils passèrent devant la vitrine d'une boutique remplie de magazines « légers » et s'engagèrent dans une étroite impasse au fond de laquelle brillait une rutilante enseigne au néon clamant : « Club Mimosa. Strictement privé. » De chaque côté de la porte s'étalaient des photos de filles en petite tenue et, tendue en travers du panneau, une banderole de papier spécifiait : « Club naturiste. Strictement privé. »

Ashe appuya sur la sonnette. Un grand gaillard en chemise blanche et pantalon noir vint leur ouvrir.

— Je suis membre, annonça Ashe. Ces messieurs sont mes invités.

— Votre carte. (Ashe sortit un carton de son portefeuille et le lui tendit.) Ça fera une livre par tête pour vos invités, reprit l'homme. Cartes de membres temporaires. Sous votre responsabilité, hein ?

Il lui rendit le papier, mais Leamas le saisit au vol et l'examina attentivement avant de le lui remettre. Puis il tira deux livres de sa poche revolver et les donna au portier.

— Deux livres pour les invités, fit-il et, sans se soucier des protestations ahuries d'Ashe, il franchit le rideau qui masquait l'entrée et les précéda le long d'un couloir mal éclairé.

— Trouvez-nous une table, dit-il, et une bouteille de scotch. Et veillez à ce qu'on nous laisse en paix !

Le portier hésita, prit le parti de ne pas discuter et leur montra l'escalier menant au sous-sol d'où leur parvenaient les plaintes étouffées d'une musique inintelligible.

Ils trouvèrent eux-mêmes une table inoccupée au fond de la salle. Une formation réduite à deux musiciens jouait dans un coin et les filles étaient assises çà et là, à deux ou trois par table. Deux d'entre elles se levèrent à leur entrée, mais, d'un signe de tête, le portier stoppa net leur élan.

Tandis qu'ils attendaient le whisky, Ashe ne cessait de jeter des coups d'œil inquiets à Leamas. Quant à Kiever, il avait l'air de s'ennuyer ferme. Le garçon apporta une bouteille et trois gobelets qu'il remplit en silence sous le regard des trois hommes. Leamas lui prit la bouteille des mains, en ajouta une bonne rasade dans chaque verre et, s'adressant brusquement à Ashe, lui dit :

— Dis donc, qu'est-ce que ça signifie, toutes ces simagrées ?

— Comment ça ? demanda Ashe d'un ton irrésolu. Qu'est-ce que tu veux dire, Alec ?

— Tu me suis depuis ma sortie de tôle, commença calmement Leamas, tu me racontes des salades sur Berlin, où tu m'as soi-disant connu. Tu me refiles du fric que tu ne me dois pas, tu me régales et tu me loges à l'œil.

Ashe s'empourpra :

— Si c'est comme ça que tu...

— Ta gueule, coupa brutalement Leamas. Attends que j'aie fini, tu permets ? Ta carte de membre pour cette boîte, elle est établie au nom de Murphy. C'est comme ça que tu t'appelles ?

— Non.

— Alors Murphy est un de tes amis et il te l'a refilée ?

— Non, pas du tout. Si tu tiens à le savoir, je me sers de la carte pour lever une fille, de temps en temps. C'est un faux nom que j'ai donné au Club.

— Et alors, insista impitoyablement Alec, pourquoi est-ce que c'est aussi Murphy, le véritable locataire de ton appartement ?

Kiever décida finalement d'intervenir.

— Rentrez chez vous, dit-il à Ashe. Je vais m'occuper de ça.

Une strip-teaseuse vint faire son numéro. Une fille jeune, disgraciée, qui arborait une large ecchymose à la cuisse. Sa nudité maigrichonne et pitoyable était gênante parce que strictement antiérotique. Elle tournait avec lenteur sur elle-même, sans art ni sensualité, agitant sporadiquement bras et jambes comme si elle n'entendait la musique que par à-coups et considérant les deux hommes avec l'intérêt précoce d'une enfant devant des adultes. Le rythme s'accéléra brusquement. Obéissant au signal comme un chien à un coup de sifflet, elle commença à se trémousser en cadence. Sur la dernière note, elle ôta son soutien-gorge et le brandit au-dessus de sa tête, exhibant un corps malingre après lequel pendaient trois bouts de clinquant pareils à des accessoires d'occasion pour arbres de Noël.

Leamas et Kiever regardaient en silence.

— Vous allez sûrement me dire que nous avons vu mieux que ça à Berlin, suggéra Leamas.

Kiever constata qu'il était encore en colère.

— Vous, oui, sûrement, rectifia aimablement Kiever. Je suis souvent allé à Berlin, mais pas dans les boîtes de nuit.

Leamas resta muet.

— Je n'ai rien d'un puritain, vous savez. J'ai simplement un peu de bon sens. Si j'ai envie d'une femme, je sais m'en procurer à meilleur marché et, si je veux danser, il y a d'autres endroits où aller.

Leamas ne semblait pas avoir entendu.

— Vous allez peut-être pouvoir me dire pourquoi cette pédale m'a racolé ? fit-il.

Kiever acquiesça du chef :

— Mais comment donc ! C'est moi qui le lui ai dit.

— Pourquoi ?

— Je m'intéresse à vous et j'ai une proposition à vous faire. Dans le journalisme.

Une pause.

— Journalisme ? Je vois.

— Je dirige une Agence Internationale d'Informations ; nous payons bien — très bien — les renseignements qui en valent la peine.

— Et qui les publie ?

— En fait, c'est si bien payé qu'un homme possédant votre expérience de la scène internationale, un homme avec vos antécédents, vous comprenez, capable de nous fournir des renseignements précis et probants, pourrait très rapidement se mettre à l'abri de tout souci financier.

— Et *qui* publie les renseignements en question ? insista durement Leamas.

Un bref instant, une ombre d'anxiété voila le visage de Kiever, mais il se reprit aussitôt :

— Des clients internationaux. J'ai un correspondant à Paris qui écoule pas mal de mes tuyaux. La plupart du temps, je ne sais même pas *qui* les publie, ajouta-t-il avec un sourire désarmant. Et j'avoue que je m'en moque. Ils paient et ils en redemandent. Ce sont des gens, voyez-vous, Leamas, qui n'ont rien de mesquin, qui ne font pas de chichis ; ils règlent sans se faire prier, et même volontiers par des banques étrangères, ce qui évite les impôts.

Leamas, silencieux, semblait absorbé dans la contemplation de son verre qu'il tenait à deux mains. « Merde, se disait-il, ils brûlent les ponts ; c'en est indécent. » Cela lui rappela un vieux gag idiot : « Jamais une femme respectable n'accepterait une proposition pareille — d'ailleurs vous ne m'avez pas dit ce que ça me rapporterait. » « Stratégiquement parlant, songea-t-il, ils ont raison de précipiter les choses. Je suis sur le sable, juste sorti de tôle, révolté. Et, à part ça, je suis un vieux routier, donc pas besoin de dressage, pas non plus à jouer le gentleman offensé dans sa dignité. Cela dit, ils devraient s'attendre de ma part à des objections du genre pratique. À ce que j'aie peur, car mon Service a l'habitude de poursuivre les traîtres comme l'œil de Dieu poursuivait Caïn dans le Désert.

« Et, en fin de compte, ils devraient conclure que ça revient à jouer à pile ou face. Que l'homme peut être inconsistant au point de réduire à néant les travaux d'approche les plus savants ; que les pires menteurs, faux jetons, criminels peuvent résister à des tentatives de corruption alors que de respectables gentlemen ont commis les plus ahurissantes trahisons pour une portion de choux-fleurs à la cantine. »

— Il faudrait qu'ils paient foutrement cher, dit-il enfin dans un murmure.

Kiever lui servit un autre whisky.

— Quinze mille livres comptant en acompte : l'argent est déjà versé à la Banque Cantonale de Berne. Sur présentation d'une pièce d'identité adéquate, que mes clients vous fourniront, vous pourrez l'encaisser immédiatement. En échange, ils se réservent le droit de vous poser des questions pendant une durée d'un an et moyennant le versement d'une autre somme de cinq mille livres. De plus, ils vous aideraient à... vous replacer si vous aviez des ennuis.

— Quand voulez-vous la réponse ?

— Tout de suite ! Vous n'êtes pas censé nous donner toutes vos... réminiscences par écrit. Vous verrez mon client et il s'arrangera pour faire rewriter toute votre copie.

— Et où dois-je le rencontrer ?

— Nous avons cru bon, dans l'intérêt de tous, de choisir un pays autre que le Royaume-Uni. Mon client a suggéré la Hollande.

— Je n'ai pas de passeport, dit Leamas d'un ton désabusé.

— J'ai pris la liberté de m'en procurer un pour vous, repartit Kiever d'un ton suave. (Rien dans sa voix ou son attitude n'indiquait qu'il eût négocié autre chose qu'une banale transaction commerciale.) Nous prendrons l'avion pour La Haye demain matin à neuf heures quarante-cinq. Voulez-vous que nous retournions chez moi nous occuper des petits détails ?

Il paya l'addition et appela un taxi qui les mena dans un quartier résidentiel proche de Saint-James Park.

L'appartement de Kiever était luxueux, mais semblait avoir été meublé à la hâte. Leamas avait un peu l'impression de se trouver dans un hôtel. Comme Kiever lui montrait sa chambre qui donnait non sur la rue mais sur une cour intérieure assez crasseuse, Leamas lui demanda :

— Il y a longtemps que vous habitez là ?

— Oh non, répondit négligemment l'autre, quelques mois, pas plus.

— Ça doit en coûter une pincée. Mais vous le méritez, j'imagine.

— Merci.

Sur un plateau d'argent se trouvaient une bouteille de scotch et un siphon d'eau de Seltz. À l'autre bout de la pièce, une tenture masquait la salle de bains et les toilettes.

— Une vraie bonbonnière ! persifla Leamas. Et tout ça aux frais de la Glorieuse République des Travailleurs, hein ?

— La ferme ! cracha Kiever. Si vous avez besoin de moi, il y a une ligne intérieure. Je ne serai pas couché.

— Je crois que j'arriverai à me déboutonner tout seul, plaisanta Leamas.

— Alors bonsoir ! conclut sèchement Kiever en s'en allant.

« Nerveux, lui aussi ! » pensa Leamas.

Il fut réveillé par la sonnerie du téléphone. C'était Kiever.

— Six heures, dit-il. Petit déjeuner à la demie.

— Bon, ça va ! grommela Leamas, puis il raccrocha.

Il avait mal au crâne.

Kiever avait dû appeler un taxi par téléphone car, à sept heures, la sonnette d'entrée retentit. Kiever lui demanda :

— Vous avez tout ce qu'il vous faut ?

— Je n'ai d'autre bagage, répondit Leamas, qu'une brosse à dents et un rasoir.

— On y a pourvu. À part ça, vous êtes prêt ?

— Ma foi oui, dit Leamas en haussant les épaules. Vous avez des cigarettes ?

— Non, répondit Kiever, mais vous pourrez en acheter dans l'avion. Tenez, vous feriez bien d'étudier ceci, dit-il en lui tendant un passeport britannique.

Il y vit son nom et sa photo marquée du sceau en relief du Foreign Office. Le passeport n'était ni vieux ni récent. Légèrement fripé, comme il se devait. Leamas y figurait à titre d'employé de bureau et célibataire : il se sentait tout chose avec ce document dans les mains. C'était un peu comme s'il se mariait : désormais, les choses ne seraient jamais plus tout à fait pareilles.

— Et le fric ? demanda-t-il.

— Vous n'en aurez pas besoin. C'est aux frais de la Compagnie.

8

« *Le Mirage* »

Il faisait froid et gris ce matin-là, avec un brouillard humide et pénétrant. L'aéroport lui rappela la guerre, les appareils à peine visibles dans la brume qui attendent leurs maîtres, les voix qui résonnent, l'écho, les appels brusqués, le martèlement insolite des talons aiguilles sur le sol de pierre et puis, brusquement, le vrombissement d'un moteur qui éclate juste dans votre dos. Et partout cet air complice, supérieur presque, des tôt levés qui ont assisté ensemble à la disparition de la nuit et à la naissance du jour. Initié, eût-on dit, aux mystères de l'aurore et mû par le froid, le personnel traitait les passagers et leurs bagages avec la suprême indifférence de ceux qui reviennent du front : les simples mortels pouvaient bien crever, ce matin-là.

Kiever avait pourvu Leamas de bagages : détail important. Les voyageurs sans valise se font remarquer et Kiever n'y tenait pas particulièrement. Leamas apprécia. Ils passèrent au bureau d'embarquement et suivirent la direction du poste de douane indiquée par des flèches. Le seul moment comique fut celui où ils se perdirent et où Kiever rudoya un porteur. Leamas supposa que son compagnon s'inquiétait pour le passeport. Il avait tort, songea-t-il, tout était en règle.

L'inspecteur du Service de Contrôle était un petit jeune qui portait une cravate de l'Intelligence Service et dont le revers du veston s'ornait d'un insigne bizarre. Il avait une petite moustache rousse et un fort accent du Nord.

— Vous vous absentez pour longtemps, monsieur ? demanda-t-il à Leamas.

— Deux ou trois semaines.

— Pensez à faire renouveler votre passeport, monsieur.. Avant le 31.

— Je sais, répondit Leamas.

Ils se rendirent de concert à la salle d'attente.

— Vous êtes vachement soupçonneux, hein, Kiever ? fit remarquer Leamas.

Et l'autre se mit à rire :

— On ne peut pas se permettre de vous laisser filer, ça n'est pas prévu dans le contrat.

Il leur restait une vingtaine de minutes à attendre. Ils s'installèrent à une table pour prendre un café.

— Débarrassez-moi ça, ajouta Kiever à l'adresse du garçon en lui montrant les tasses, les soucoupes sales et les cendriers éparpillés sur la table.

— Il y a un chariot qui va passer, rétorqua le garçon.

— Débarrassez-moi ça ! répéta Kiever, irrité. C'est dégoûtant de laisser de la vaisselle sale devant les clients !

Le barman tourna les talons et s'éclipsa sans faire mine de s'approcher du comptoir pour commander les cafés. Kiever était blême de rage.

— Oh, laissez tomber, bon Dieu, quoi ! murmura Leamas. La vie est trop courte !

— Il a un sacré culot, cet animal-là ! grogna Kiever.

— C'est ça, c'est ça, faites-nous une petite scène ! Vous choisissez bien le moment. Comme ça personne n'oubliera notre passage.

À l'aéroport de La Haye, tout se passa sans encombre. Kiever semblait s'être remis de ses appréhensions. En parcourant à pied la courte distance qui séparait l'avion des bureaux de douane, il se montra même loquace et désinvolte. Le jeune inspecteur hollandais se contenta de jeter un coup d'œil pour la forme à leurs bagages et à leurs passeports. Puis il articula dans un anglais hésitant et rauque :

— J'espère que vous ferez un bon séjour aux Pays-Bas.

— Merci, s'empressa de répondre Kiever, montrant une reconnaissance presque excessive, merci beaucoup.

Ils suivirent ensuite un couloir qui les mena au hall de réception, de l'autre côté des bâtiments de l'aéroport, Kiever se frayant un chemin jusqu'à la sortie principale parmi les petits groupes de voyageurs qui s'attardaient devant les vitrines où s'alignaient parfums, appareils photos, fruits variés. Au moment de passer la porte tambour, Leamas se retourna : devant le kiosque à journaux, plongé dans la lecture du *Continental Daily Mail*, se tenait un petit homme à lunettes, à l'air grave et préoccupé, ressemblant vaguement à une grenouille. L'air d'un fonctionnaire. Ou quelque chose d'approchant.

Dans le parking, une voiture attendait, une Volkswagen immatriculée en Hollande et conduite par une femme qui ne leur prêta pas la moindre attention. Elle conduisait lentement et s'arrêtait dès que les feux passaient à l'orange. Leamas supposa qu'on avait dû lui donner des instructions très précises et qu'en outre ils devaient être suivis : il essaya d'apercevoir la voiture dans le rétroviseur extérieur, mais en fut pour sa peine. Il entrevit bien une Peugeot, noire avec une plaque CD, mais, après le carrefour suivant, il n'y eut plus derrière eux qu'une fourgonnette de livraison. Durant la guerre, il avait eu l'occasion de connaître La Haye à fond et il chercha à se repérer : il estima qu'ils devaient se diriger vers Scheveningen. Ils quittèrent bientôt les faubourgs pour gagner une agglomération de villas en bordure des dunes sur le front de mer.

Arrivés là, ils s'arrêtèrent. La femme descendit et, les laissant tous deux dans la voiture, alla sonner à la porte d'un petit bungalow crème, situé presque au bout de la rangée de villas. Une enseigne de fer forgé se balançait au-dessus de la porte d'entrée : « Le Mirage », annonçait-elle en lettres gothiques de couleur bleue. Sur le vitrage, une pancarte indiquait que l'établissement était complet.

Une femme avenante, aux formes rebondies, ouvrit la porte, jeta un coup d'œil à la voiture et descendit le perron avec un sourire accueillant. Elle rappelait à Leamas sa vieille tante qui un jour l'avait rossé pour avoir gâché de la ficelle.

— Comme c'est gentil à vous d'être venus ! déclara-t-elle. Nous sommes si contents de vous voir !

Ils la suivirent à l'intérieur du pavillon, Kiever ouvrant la marche. Quant à la femme chauffeur, elle réintégra la voiture. Leamas se retourna pour observer la route qu'ils venaient juste de quitter : à quelque trois cents mètres en retrait, une voiture noire venait de stopper : Fiat ou Peugeot, il était difficile d'en juger. Un homme en imperméable en descendait.

Dès qu'ils furent entrés, la femme serra chaleureusement la main de Leamas.

— Soyez le bienvenu au « Mirage », lui dit-elle. Vous avez fait bon voyage ?

— Très bon.

— Vous avez fait la traversée en avion ou en bateau ?

— En avion, répondit Kiever. Un vol parfait.

Du ton qu'aurait pris le président de la compagnie aérienne.

— Je vais vous préparer à déjeuner, dit-elle, un déjeuner spécial ! De quoi avez-vous envie ?

— Oh, bon Dieu ! marmonna Leamas entre ses dents.

La sonnette de la porte d'entrée retentit et la grosse femme disparut précipitamment dans la cuisine, tandis que Kiever allait ouvrir.

L'homme portait un imperméable à boutons de cuir. Il avait à peu près la taille de Leamas, mais semblait plus âgé, dans les cinquante-cinq ans environ. Son visage au teint blafard était creusé de rides profondes ; l'allure un peu militaire ; il tendit la main à Leamas.

— Je me présente : Peters, dit-il. (Il avait les doigts minces et soignés.) Vous avez fait bon voyage ?

— Oui, répondit vivement Kiever. Rien à signaler.

— M. Leamas et moi, nous avons beaucoup de choses à nous dire. Nous ne vous retiendrons pas, Sam. Vous pouvez ramener la Volkswagen en ville.

Kiever eut un sourire où perçait un net soulagement.

— Au revoir, Leamas ! fit-il d'un ton enjoué. Et bonne chance, mon vieux !

Leamas lui fit un signe de tête mais ignora la main que lui tendait Kiever.

— Au revoir, répéta celui-ci en sortant.

Leamas suivit Peters dans la pièce du fond. Des rideaux blancs plissés et ajourés pendaient à la fenêtre et, sur l'appui, s'alignaient des plantes en pots. Au milieu se trouvaient une table et deux chaises à dossier sculpté et devant chacune d'elles on avait disposé un calepin et un crayon. Sur un buffet trônaient une bouteille de whisky et un siphon. Peters alla remplir les verres.

— Dites-moi, fit soudain Leamas, si on laissait tomber les chichis, vous voyez ce que je veux dire ? Nous savons l'un comme l'autre où nous voulons en venir ; nous sommes tous les deux des professionnels. Vous avez un transfuge à votre solde et je vous souhaite bonne chance. Mais, pour l'amour du ciel, ne faites pas semblant d'être tombé amoureux de moi !

Peters acquiesça de la tête :

— Kiever m'a dit que vous étiez ombrageux, observa-t-il calmement. Après tout, ajouta-t-il sans sourire, pour quelle autre raison aurait-on envie d'aller agresser des commerçants ?

Leamas avait l'impression qu'il était russe, mais n'en était pas certain. Peters parlait un anglais presque parfait et son aisance indiquait un homme initié depuis longtemps aux raffinements de la civilisation. Ils s'assirent à la table.

— Kiever vous a dit combien j'allais vous payer ? demanda Peters.

— Quinze mille livres à retirer dans une banque de Berne.

— Exact.

— Il m'a dit aussi que vous pourriez avoir des questions accessoires à me poser pendant une période d'un an et que vous me verseriez cinq mille livres de plus si je me tenais à votre disposition.

Peters fit un signe affirmatif.

— Je n'accepte pas cette dernière condition, reprit Leamas. Vous savez aussi bien que moi que ça ne peut pas coller. Je veux toucher mes quinze mille livres et décamper. Chez vous, on ne prend pas de gants avec les transfuges ; chez nous non plus. Je n'ai pas l'intention de rester à moisir à Saint-Moritz pendant que vous me bousillez tous les réseaux que je vous ai balancés. Ils ne sont pas idiots. Ils sauraient tout de suite d'où ça vient — je ne sais même pas jusqu'à quel point ils ne nous ont pas déjà repérés.

Peters inclina la tête :

— Bien entendu, on pourrait vous trouver euh... un endroit plus sûr, vous ne croyez pas ?

— Derrière le rideau de fer ?

— Pourquoi pas ?

Leamas secoua la tête :

— L'interrogatoire préliminaire va vous prendre au moins trois jours, après quoi il vous faudra demander des instructions en haut lieu.

— Pas forcément, répondit Peters.

— Ah, je vois ! fit Leamas en le regardant avec un intérêt accru : on m'a envoyé l'expert numéro un ! À moins que ce ne soit pas le Q.G. de Moscou qui s'occupe de l'affaire ?

Peters scruta un moment Leamas, puis s'empara du crayon posé devant lui :

— Si nous commencions par vos états de services de guerre ?

Leamas haussa les épaules :

— Comme vous voudrez.

— Parfait, commençons par là. Je vous écoute.

— Je me suis engagé dans le génie en 1939. Je venais de finir mon entraînement quand on a fait passer une note réclamant des linguistes spécialisés. Je savais le hollandais et l'allemand, je me débrouillais en français et, par-dessus le marché, j'en avais marre de jouer les guerriers. J'ai donc postulé. Je connaissais bien la Hollande, car mon père possédait une usine de machines-outils à Leyde et j'y avais vécu neuf ans. Après les préliminaires d'usage, j'ai été admis dans un centre près d'Oxford et on m'a enseigné les ficelles du métier.

— Qui dirigeait cette école ?

— Je ne l'ai su que plus tard. Et alors, j'ai fait la connaissance de Steed-Asprey et d'un ancien professeur d'Oxford, un certain Fielding. C'étaient eux les patrons. En 1941, j'ai été parachuté en Hollande où je suis resté environ deux ans. Nous perdions nos agents de renseignements plus vite que nous ne pouvions les remplacer, à l'époque ; un foutu massacre. La Hollande, c'est l'enfer pour ce genre de travail. Pas un accident de terrain, pas un coin perdu où planquer un émetteur-récepteur ou un P.C. On passait son temps à cavaler. En 1943, je suis rentré en Angleterre pour m'y reposer quelques mois. Après ça, j'ai tâté la Norvège :

du gâteau, en comparaison. En 1945, on m'a licen-
cié et je suis revenu en Hollande pour tâcher de
reprendre les affaires de mon père. Fiasco. Alors
je me suis mis en cheville avec un copain qui dirigeait une agence de voyages à Bristol. Au bout de
dix-huit mois, c'était la faillite. Et un jour, au moment où je m'y attendais le moins, je reçois une
lettre de la Boîte : est-ce que j'accepterais de reprendre du service ? Mais j'en avais plein les bot-
tes, de ce métier. J'ai répondu que je verrais et j'ai
loué une bicoque dans l'île de Lundy. J'y suis
resté un an à me regarder le nombril et puis j'en
ai eu marre et je leur ai écrit. À la fin de 1949,
j'étais réintégré. Service intermittent, bien sûr...
avec réduction du montant de la retraite et les
mesquineries habituelles. Vous me suivez ?

— Très bien, répondit Peters en lui versant un
autre whisky. Bien entendu, nous reverrons tout
cela en détail, pour préciser les dates et les noms.

On frappa à la porte. La femme entra, portant
sur un plateau le repas composé de viande froide,
de pain et de soupe, le tout en quantité copieuse.
Peters repoussa son calepin de côté et ils mangè-
rent en silence. L'interrogatoire avait commencé.

On débarrassa la table.

— Vous avez donc réintégré le Cirque ? dit Peters.

— Oui. Au début on m'a confié un travail de
bureau. Épluchage de rapports, évaluation des

forces armées cantonnées derrière le rideau de fer, repérage des unités ennemies, etc.

— Le nom de la Section ?

— Satellites Numéro Quatre. De février 1950 à mai 1951.

— Qui étaient vos collègues ?

— Peter Guillam, Brian de Grey et George Smiley. Au début de 1951, Smiley est passé au contre-espionnage. En mai 1951, on m'a envoyé à Berlin, comme contrôleur de la Région. Autrement dit, tout le travail opérationnel.

— Qui aviez-vous sous vos ordres ? demanda Peters.

Il prenait des notes très rapidement. « Il doit avoir sa petite méthode sténo personnelle », se dit Leamas.

— Hackett, Sarrow et De Jong, répondit-il. De Jong a été tué dans un accident de voiture en 1959. On a bien cru qu'il s'agissait d'un meurtre, mais on n'a jamais pu le prouver. Ils avaient chacun leur réseau. Moi je coiffais le tout. Vous voulez des détails ?

— Oui, bien sûr, mais après. Continuez.

— C'est à la fin de 1954 que nous avons fait la grosse prise de Berlin — Fritz Feger, le numéro deux du Ministère de la Défense de la R.D.A. Jusque-là, tout avait marché au ralenti, mais, en novembre 1954, nous avions Fritz. Il a tenu deux ans et puis un jour on n'a plus entendu parler de lui. Paraît qu'il est mort en prison. Il nous a fallu plus de deux ans pour réussir un autre coup d'envergure. En 1959, on a trouvé Karl Riemeck. Karl faisait partie du Présidium du Parti Communiste d'Allemagne de l'Est. Le meilleur agent que j'aie jamais eu.

— Il est mort, fit remarquer Peters.

Une expression qui ressemblait à de la honte passa sur le visage de Leamas.

— Je sais. J'y étais, murmura-t-il. Sa maîtresse venait de passer la frontière juste avant lui. Il lui avait tout raconté. Elle connaissait tout le foutu réseau. Pas étonnant qu'il se soit fait brûler.

— Nous reviendrons là-dessus tout à l'heure. Dites-moi un peu : après la mort de Karl, vous êtes rentré par avion en Angleterre et vous y êtes resté jusqu'à la fin de votre contrat ?

— Enfin oui, de ce qu'il en restait.

— Quel travail y faisiez-vous ?

— Section Bancaire. Je m'occupais des salaires de nos agents, des paiements clandestins à l'étranger. Un boulot enfantin. On recevait des ordres et on signait les bons. De temps en temps, il se posait des problèmes de sécurité, c'est tout.

— Vous aviez affaire directement aux agents ?

— Comment aurait-ce été possible ? L'Agent Résident d'un pays étranger quelconque envoyait un ordre de réquisition. L'autorité compétente y apposait son sceau et nous chargeait de payer. Dans la plupart des cas, on transférait l'argent dans une banque étrangère de notre choix où le Résident effectuait lui-même le retrait. Ensuite il payait l'agent de la main à la main.

— Comment étaient désignés les agents ? Ils avaient des noms d'emprunt ?

— Des numéros. Au Cirque, on appelait ça des combinaisons. Chaque réseau représentait une combinaison. Chaque agent était désigné par un suffixe ajouté à la combinaison. Karl, c'était 8 A tiret 1.

Leamas était en nage. Peters, impassible, l'observait, le jaugeait, comme un joueur professionnel jauge son adversaire au poker.

Que valait Leamas ? Qu'est-ce qui pouvait le démolir, l'effrayer ou le séduire ? Quelles étaient ses haines et, par-dessus tout, que savait-il ? Garderait-il son atout maître jusqu'à la fin pour le vendre plus cher ? Peters n'en croyait rien : Leamas était en trop mauvaise posture pour chercher à finasser. C'était un homme aux prises avec sa conscience, un homme qui n'avait qu'une vie, qu'une religion, et qui avait trahi les deux. Peters avait déjà vu des exemples semblables, même chez des hommes qui avaient changé radicalement d'idéologie, des hommes qui, durant les heures intimes de la nuit, avaient trouvé une nouvelle foi et qui, d'eux-mêmes, mus par la force de leurs convictions, avaient trahi leur entourage, leur famille, leur pays. Même ceux-là, débordant d'un zèle et d'un espoir tout neufs, avaient dû mener un dur combat intérieur contre l'idée de flétrissure qui s'attache à la trahison ; pour surmonter l'angoisse presque physique d'avoir à articuler ce qu'on leur avait appris à ne jamais — jamais révéler. Semblables aux apostats que l'idée de brûler la Croix épouvante, ils hésitaient entre l'instinct et l'intérêt — et Peters, pris lui aussi entre deux pôles, devait à la fois les réconforter et détruire leur dignité d'homme. Situation dont ils étaient l'un comme l'autre conscients ; à tel point que Leamas avait farouchement repoussé toute avance de la part de Peters, rejeté toute possibilité d'entretenir avec lui des relations humaines. Sa fierté le lui interdisait... Et Peters savait que, pour cette raison, Leamas lui mentirait ; par omission, peut-être, mais il mentirait par orgueil, par défiance ou même par perversité pure inhérente à son métier, et ce serait à lui, Peters, de déceler ces omissions volontaires. Il savait également que le fait d'avoir devant soi un professionnel pouvait représenter un handicap, car Leamas ferait un tri alors que Peters voulait tout en vrac. Leamas anticiperait le genre de renseignements que Peters recherchait, et ce faisant, passerait sous silence tel menu détail susceptible de présenter un intérêt capital aux yeux des Services compétents. Et, par là-dessus, il fallait compter avec la vanité capricieuse d'un ivrogne invétéré.

— Nous ferions bien de revenir sur certains détails de votre activité à Berlin, dit-il enfin. Cela va de mai 1951 à mars 1961. Prenez un autre verre.

Leamas le regarda allumer une cigarette qu'il avait tirée d'un coffret posé sur la table et remarqua que Peters était gaucher et fumait la cigarette du côté de la marque. Celle-ci était donc la première à se consumer. Leamas apprécia le geste.

Peters lui aussi connaissait la musique : il avait dû être traqué plus d'une fois.

Il avait un visage curieux, blafard et inexpressif. Un visage qui devait avoir perdu ses couleurs depuis longtemps — peut-être dans quelque prison à l'époque de la Révolution. Ses traits étaient maintenant définis à jamais et ne changeraient plus jusqu'à sa mort. Seuls les cheveux raides et gris pourraient blanchir mais le visage resterait le même.

Leamas se demanda vaguement quel pouvait être le vrai nom de Peters et s'il était marié. Il y avait en lui quelque chose d'authentique qui lui plaisait. L'authenticité de la force, de la confiance en soi, peut-être. Si Peters mentait, ce serait un mensonge calculé, nécessaire, bien loin des minables tricheries d'Ashe. Ashe, Kiever, Peters, il y avait là une progression en qualité, en autorité qui, pour Leamas, correspondait à la hiérarchie classique des Services Secrets. Ce devait également représenter une progression idéologique. Ashe, le mercenaire, Kiever, le sympathisant, et enfin Peters, pour qui la fin justifiait les moyens.

Leamas se mit à parler de Berlin. Peters ne l'interrompit que rarement, ne faisant que peu de commentaires. Ses rares questions allaient droit au but et montraient chez lui beaucoup de métier et de précision, ce qui s'accordait parfaitement au caractère de Leamas.

Il leur avait fallu un temps fou pour installer un réseau correct dans la zone de Berlin-Est, expliqua-t-il. Au début, la ville regorgeait d'amateurs, de comparses ; l'espionnage tombait en discrédit et s'intégrait à tel point au quotidien qu'on pouvait recruter un agent à un cocktail, l'instruire au cours du dîner et le retrouver brûlé le lendemain matin. Pour un professionnel, c'était à s'arracher les cheveux.

Il est vrai qu'ils avaient eu leur coup de chance en 1954, avec Feger, mais dès 1956, alors que tous les Services Secrets réclamaient à cor et à cri de la qualité, c'était mort. Gâtés par Feger, ils dédaignaient désormais les maigres tuyaux qui ne précèdent qu'à peine l'actualité journalistique. Il leur fallait du premier choix. Ils durent attendre trois ans pour l'obtenir.

Un jour, De Jong alla pique-niquer dans les bois situés en bordure de Berlin-Est. Il avait une voiture portant une plaque d'immatriculation militaire anglaise qu'il rangea, après l'avoir fermée à clef, dans un chemin défoncé en bordure d'un canal. Après le repas, ses enfants retournèrent à la voiture avec les paniers vides. Mais, après s'en être approchés, ils s'arrêtèrent, hésitèrent un moment et firent soudain demi-tour à toutes jambes. Quelqu'un avait forcé la serrure, la poignée était cassée et la portière disjointe. De Jong poussa un juron en se rappelant qu'il avait laissé son appareil photo dans la boîte à gants. Examinant la voiture de près, il comprit qu'on avait forcé la portière avec un bout de tube d'acier. Quant à l'appareil photo, il n'avait pas bougé, non plus que son veston ni les quelques paquets qui appartenaient à sa femme ; mais, sur le siège avant, il vit une boîte à tabac de fer-blanc qui contenait une petite cartouche de nickel. De Jong comprit immédiatement ce qu'elle renfermait : un rouleau de pellicule d'un appareil photo miniature, probablement un Minox.

Il rentra chez lui et le fit développer. C'étaient les minutes de la dernière réunion du Présidium du Parti Communiste de la R.D.A. et, par une curieuse coïncidence, il put en vérifier la source ; les photos étaient authentiques.

Alors, Leamas prit personnellement l'affaire en main. Il avait singulièrement besoin de remonter ses actions car, depuis son arrivée à Berlin, il n'avait rien livré de fameux et commençait déjà à se faire trop vieux pour le travail opérationnel.

Une semaine après, jour pour jour, il reprit la voiture de De Jong et retourna au même endroit. Là, il descendit faire un tour.

De Jong avait choisi un coin sinistre pour son pique-nique : un tronçon de canal désaffecté, des blockhaus éventrés, des champs arides, sableux avec, côté est, à quelque cent cinquante mètres du chemin de gravier qui bordait le canal, une maigre sapinière. Mais il avait une qualité essentielle, la solitude — chose rarissime à Berlin — et était impossible à surveiller. Leamas se promena dans le bois. Il s'abstint d'épier la voiture, car il ignorait par où viendrait l'agent chargé de le contacter. S'il était aperçu en train de guetter depuis le bois, son informateur se méfierait à coup sûr. Mais il se tracassait pour rien.

Quand il revint, il ne trouva rien dans l'auto et

rentra à Berlin en se traitant de crétin : la prochaine réunion du Présidium n'aurait lieu que
dans quinze jours.

Trois semaines plus tard, il empruntait de nouveau la voiture de De Jong et emportait mille dollars en coupures de vingt qu'il déposa au fond
d'un panier de pique-nique. Il laissa la voiture
ouverte pendant deux heures et, quand il revint, il
découvrit une autre boîte à tabac dans le coffre à
gants. Le panier avait disparu.

Les films étaient bourrés de renseignements de
tout premier ordre. Durant les six semaines qui
suivirent, il renouvela son opération par deux fois,
avec les mêmes résultats.

Leamas comprit qu'il avait découvert une véritable mine d'or, coda les renseignements sous le
pseudonyme de « Mayfair » et envoya une lettre
pessimiste à Londres, sachant bien que s'il leur
soumettait un rapport enthousiaste, Londres prendrait directement l'affaire en main, ce dont il ne
voulait à aucun prix, car il détenait maintenant le
seul moyen d'empêcher sa mise à la retraite.
D'autant que c'était exactement le genre de choses
susceptible d'emballer les gens de Londres. Et
même en les tenant à distance, restait le danger
que le Cirque veuille imposer ses théories, ses sug-
gestions, conseiller la prudence, ou exiger l'action
immédiate. Ils voudraient, par exemple, que Leamas ne donne en paiement que quelques coupures
neuves, faciles à pister ; ils demanderaient qu'on
leur envoie les rouleaux à Londres afin d'en étudier le contenu ; ils combineraient des filatures

grossières et, surtout, ils tiendraient à mettre le Ministère au courant, ce qui bousillerait immédiatement toute la combine, songeait Leamas. Pendant trois semaines, il travailla comme un fou à passer au peigne fin les dossiers de tous les membres du Présidium et à dresser une liste des employés susceptibles d'avoir accès aux procès-verbaux de séance. D'après la nomenclature des participants donnée à la dernière page du fac-similé, il conclut que trente et une personnes, secrétaires et sténodactylos compris, étaient en mesure de fournir les renseignements qu'il avait en main.

Évidemment, il était presque impossible de découvrir qui, parmi ces trente et une sources possibles d'informations, faisait le travail. Leamas examina de nouveau les minutes, ce qu'il aurait dû faire depuis longtemps : il s'aperçut alors avec étonnement que les pages du rapport n'étaient pas numérotées et que sur aucune d'entre elles ne figurait le sceau du Service de Sécurité. De plus, sur les deuxième et troisième exemplaires, on avait rayé des lignes et des mots au crayon. Il aboutit alors à cette conclusion capitale : les photocopies n'étaient pas celles du procès-verbal, mais celles de notes prises en cours de séance. Cela limitait sa recherche au Secrétariat et le Secrétariat comptait peu de personnel. Les notes de séance avaient été photographiées avec soin par une personne qui savait son métier et qui, de toute évidence, disposait d'une pièce à part et de pas mal de temps.

Leamas consulta encore une fois le répertoire des membres du Secrétariat. Parmi eux se trouvait un certain Karl Riemeck, ex-caporal du Corps Médical, qui avait passé trois ans en Angleterre comme prisonnier de guerre. Sa sœur vivait en Poméranie au moment de l'avance russe et il n'avait plus jamais entendu parler d'elle depuis. Il était marié et avait une fille du nom de Carla.

Leamas se résolut à tenter sa chance. Il obtint de Londres le numéro matricule du prisonnier Riemeck, 29012, et la date de sa libération, 10 novembre 1945. Il acheta un livre de science-fiction pour la jeunesse, édité en Allemagne de l'Est, et, d'une écriture enfantine, il écrivit sur la page de garde les mots suivants : « Ce livre appartient à Carla Riemeck, née le 10 novembre 1945, à Bideford, Devonshire. Signé : Le cosmonaute 29012. » Puis il ajouta : « Les candidats désireux de faire des voyages spatiaux doivent se présenter à C. Riemeck en personne. Ci-joint un formulaire. Vive la République Démocratique de l'Espace ! »

Il traça à la règle quelques traits sur une feuille de papier, fit des colonnes pour le nom, l'adresse, l'âge des candidats, et écrivit au bas de la page :

« Chaque candidat sera interviewé personnellement. Écrivez-nous à l'adresse habituelle pour nous dire où et quand vous souhaitez nous rencontrer. Les demandes seront prises en considération dans une huitaine de jours. — C. R. »

Il glissa la feuille entre les pages du livre et se rendit ensuite à l'endroit habituel, toujours dans la voiture de De Jong, et laissa le livre dans lequel se trouvaient cinq cents dollars en vieilles coupures de cent. À son retour, le livre avait disparu et, à sa place, se trouvait une boîte à tabac contenant trois rouleaux de pellicule qu'il développa le soir même : l'un d'eux contenait comme d'habitude les notes de séance de la dernière réunion du Présidium ; le deuxième concernait le changement brusque d'attitude de l'Allemagne de l'Est vis-à-vis du Comecon et le troisième les renseignements les plus complets sur le service d'espionnage est-allemand, avec les fonctions des diverses sections et les détails les plus précis sur la vie de chacun de ses membres.

— Un instant ! intervint Peters. Vous voulez dire que tous ces renseignements n'émanaient que de Riemeck ?

— Pourquoi pas ? Vous savez vous-même tout ce qu'il a pu voir et entendre.

— C'est à peine vraisemblable, observa Peters comme pour lui-même. Il a dû être aidé.

— Il l'a été... plus tard. J'y viens.

— Je sais ce que vous allez me dire. Mais vous n'avez jamais eu l'impression qu'il recevait une aide *d'en haut* aussi bien que des agents qu'il a ensuite engagés ?

— Non. Non, jamais. Ça ne m'est pas venu à l'esprit.

— Et maintenant, en y réfléchissant, est-ce que cela vous semble probable ?

— Pas tellement.

— Quand vous avez envoyé toutes ces informations au Cirque, ils ne vous ont jamais fait remarquer que même pour quelqu'un d'aussi bien placé que Riemeck, les tuyaux étaient extraordinaires ?

— Non.

— Ils ne vous ont jamais demandé où il s'était procuré son appareil photo et qui lui avait appris à s'en servir ?

Leamas hésita :

— Non... Je suis certain qu'ils ne me l'ont pas demandé.

— Étonnant, fit laconiquement Peters. Excusez-moi. Continuez, je vous en prie ; je ne voulais pas anticiper.

Exactement une semaine plus tard, Leamas s'était rendu au bord du canal. Cette fois il se sentait inquiet. Alors qu'il s'engageait dans le chemin de gravier, il aperçut trois bicyclettes posées à plat dans l'herbe et, deux cents mètres plus loin, trois hommes qui pêchaient à la ligne. Il descendit de voiture comme à l'ordinaire et se dirigea vers la lisière du bois, à l'autre bout du champ. À peine avait-il parcouru une vingtaine de mètres qu'il s'entendit appeler. Il se retourna et vit qu'un des trois hommes lui faisait signe, et que les deux autres s'étaient retournés eux aussi pour le regarder. Leamas avait les mains plongées dans les poches de son imperméable et il était trop tard pour les en sortir. Il avait compris que les deux hommes protégeaient leur compagnon et qu'au moindre geste suspect, ils l'abattraient sans hésiter, le pensant armé. Leamas s'arrêta à dix mètres de l'homme du milieu.

— Vous désirez quelque chose ? demanda-t-il.

— Vous vous appelez Leamas ?

Il était petit, replet, et extrêmement calme. Il s'exprimait en anglais.

— Oui.

— Le numéro de votre carte d'identité, je vous prie.

— PRT, tiret, L 58003, tiret 1.

— Où avez-vous passé la nuit V. J.[1] ?

— À Leyde, en Hollande, dans le magasin de mon père, avec quelques amis hollandais.

— Allons nous promener un peu, monsieur Leamas. Vous n'avez pas besoin de votre imperméable. Jetez-le devant vous par terre : ces messieurs s'en occuperont.

Leamas hésita, haussa les épaules et ôta son imperméable. Puis ils s'éloignèrent d'un bon pas en direction des bois.

— Vous savez aussi bien que moi qui c'était, dit Leamas avec lassitude. Le troisième personnage du Ministère de l'Intérieur, secrétaire du Présidium du S.E.D., chef du Comité de Coordination pour la Protection du Peuple. Je suppose que c'est comme ça qu'il était aussi bien renseigné sur De Jong et sur moi, ayant pu consulter les dossiers secrets de l'Abteilung. Il avait trois cordes à son arc : le Présidium, les documents d'ordre politique et économique de l'Intérieur et l'accès aux fichiers du Service de Sécurité est-allemand.

1. V.J. : Jour de la victoire sur le Japon.

— Mais seulement un accès *limité*, insista Peters. On n'aurait jamais ouvert la totalité des fichiers à un étranger.

— Et pourtant c'est ce qu'ils ont fait, dit Leamas en haussant les épaules.

— Et qu'est-ce qu'il fabriquait de son argent ?

— À partir de ce moment-là, je ne lui en ai plus donné. Le Cirque avait pris l'affaire en main et le payait par l'intermédiaire d'une banque de Berlin-Ouest. Riemeck a même été jusqu'à me rendre ce que je lui avais donné. Londres lui a ouvert un compte avec.

— Et dans quelle mesure avez-vous mis Londres au courant ?

— Je leur ai tout dit, à partir de là, j'étais bien obligé. Alors le Cirque a mis le Ministère dans le coup... Ensuite, ajouta haineusement Leamas, la faillite n'était plus qu'une affaire de minutes. Avec le Ministère sur le dos, Londres est devenu très exigeant. Ils ont commencé à nous harceler pour que nous lui proposions beaucoup plus d'argent. Finalement, nous avons dû suggérer à Karl de recruter d'autres informateurs et d'organiser un réseau. C'était parfaitement idiot, car ça lui donnait du travail supplémentaire, ça mettait sa personne en danger et ça minait la confiance qu'il avait en nous. C'était le commencement de la fin.

— Qu'est-ce que vous avez pu tirer de lui au juste ? Au total ?

Leamas hésita un instant :

— Au total ? Oh, merde, c'est difficile à dire ! Il a tenu un sacré bout de temps. C'était même inusité. Je crois qu'il a dû être brûlé bien avant d'être pris. Au cours des derniers mois, la qualité de ses renseignements avait baissé tout d'un coup. On avait dû commencer à le suspecter et on le tenait sans doute à l'écart des séances intéressantes.

— Finalement, qu'est-ce qu'il vous a donné ? insista Peters.

Méthodiquement, Leamas récapitula tout le travail effectué par Karl Riemeck. Peters nota avec satisfaction qu'il avait une mémoire remarquable, compte tenu de la quantité d'alcool qu'il absorbait. Il fournit les dates et les noms, rapporta les réactions de Londres et précisa la nature des vérifications éventuelles. Il se souvenait aussi des sommes d'argent réclamées et versées ainsi que de la date de recrutement de tous les agents du réseau.

— Je regrette, dit enfin Peters, mais je ne crois pas qu'il soit possible, à un seul homme, aussi bien payé, aussi prudent et aussi généreux soit-il, d'acquérir des connaissances aussi étendues et aussi détaillées sur tant de sujets. Et même s'il en avait été capable, jamais il n'aurait pu en faire des photocopies.

— Et pourtant, il en a bel et bien *été* capable, répliqua Leamas, subitement excédé. Il s'est débrouillé, voilà tout.

— Et le Cirque ne vous a jamais demandé d'étudier la question de plus près, histoire de voir comment il opérait au juste ?

— Non ! aboya Leamas. Riemeck était particulièrement susceptible sur ce point et Londres a jugé bon de s'incliner.

— Tiens, tiens, fit Peters, songeur.

Il garda un moment le silence, puis :

— À propos, vous avez entendu parler de cette femme ?

— Quelle femme ? s'enquit vivement Leamas.

— La maîtresse de Karl Riemeck. Celle qui est passée à Berlin-Ouest la nuit où Riemeck a été abattu.

— Et alors ?

— On l'a trouvée morte il y a huit jours, assassinée. Mitraillée d'une voiture en sortant de son appartement.

— C'était le mien, fit machinalement Leamas.

— Peut-être savait-elle plus de choses sur le réseau de Riemeck que vous ?

— Qu'est-ce que vous entendez par là ? demanda Leamas, irrité.

Peters haussa les épaules.

— Tout cela est bien étrange, fit-il. Je me demande qui l'a tuée.

Après avoir épuisé le cas Riemeck, Leamas parla d'agents moins représentatifs, puis des méthodes de son bureau de Berlin, communications, personnel, ramifications secrètes de son réseau — appartements, équipement d'enregistrement et de photo. Ils discutèrent une grande partie de la nuit, toute la journée du lendemain et quand enfin, la nuit suivante, Leamas s'écroula sur son lit, il était conscient d'avoir vendu tout le service d'espionnage allié à Berlin et vidé deux bouteilles de whisky en deux jours.

Un seul point l'intriguait : l'insistance avec laquelle Peters soutenait que Riemeck devait avoir été aidé et que cette aide devait venir de très haut. Control lui avait fait la même remarque, il s'en souvenait, maintenant. Qu'est-ce qui pouvait bien leur donner cette certitude que Riemeck ne s'était pas débrouillé tout seul ? Bien sûr, il avait eu des acolytes, par exemple ses deux gardes du corps, l'après-midi où il l'avait vu pour la première fois au bord du canal. Mais ce n'était là que du menu fretin ; Karl lui avait parlé d'eux. Mais Peters (et Peters, après tout, savait exactement ce que Karl pouvait avoir glané), Peters refusait de croire que Karl avait agi seul, et, sur ce point, il était évident que Control et Peters voyaient d'un même œil.

Peut-être était-ce vrai. Peut-être y avait-il effectivement quelqu'un d'autre dans le coup. Peut-être était-ce là l'« Intérêt Spécial », le mystérieux personnage que Control voulait protéger des griffes de Mundt. Dans ce cas-là Karl aurait collaboré avec lui pour obtenir cette somme énorme de renseignements que Karl livrait ensuite. Peut-être était-ce de cela que Control avait parlé à Karl, lors de leur entrevue en tête à tête dans l'appartement de Leamas à Berlin ?

De toute façon, demain il serait fixé. Car demain il étalerait son jeu.

Il se demandait qui avait tué Elvira et surtout pourquoi. Bien sûr, on pouvait imaginer qu'Elvira, connaissant l'identité de l'homme qui aidait Riemeck, avait été assassinée par ce collaborateur même... Impossible ! l'explication était trop tirée par les cheveux. Elle ne tenait aucun compte des difficultés de passage entre Berlin-Est et Berlin-Ouest. Après tout, c'était à Berlin-Ouest qu'on l'avait assassinée.

Il s'étonna aussi du silence de Control au sujet de la mort d'Elvira. Peut-être avait-il voulu lui ménager une réaction normale lorsqu'il apprendrait la nouvelle de la bouche de Peters ? De toute façon, à quoi bon spéculer ? Control avait sans doute ses raisons et, en général, elles étaient si foutrement tortueuses que Leamas mettait toujours une bonne semaine pour les démêler.

Au moment de s'endormir, il marmonna :

— Quel idiot, ce Karl ! C'est une bonne femme qui l'a balancé, j'en donnerais ma tête à couper !

Mais elle était morte, maintenant, et elle ne l'avait pas volé. Il se souvint de Liz.

9

Le deuxième jour

Le lendemain, Peters arriva à huit heures du matin et, à peine assis à la table, reprit sans préambule l'interrogatoire :

— Vous êtes donc revenu à Londres. Et qu'est-ce que vous y avez fait ?

— On m'a mis sur une voie de garage… J'ai immédiatement compris que j'étais fini quand j'ai vu cet abruti du Service des Effectifs à l'aéroport. Il m'a dit d'aller voir sans délai Control et de lui faire mon rapport sur Karl. Il était mort ; qu'est-ce que je pouvais dire de plus ?

— Et qu'est-ce qu'ils ont fait de vous ?

— Ils m'ont d'abord annoncé que je pourrais toujours rester un peu à Londres, en attendant d'avoir droit à une pension correcte. Tout ça d'un ton si aimable que je me suis foutu en rogne — je leur ai dit que puisqu'ils tenaient tant à me balancer du pognon, pourquoi est-ce qu'ils ne m'avaient pas simplement compté toute mon ancienneté au lieu de faire des chichis avec leurs histoires d'interruption de service. Alors, ils se sont fâchés et m'ont collé à la Section Bancaire avec un tas de bonnes femmes. Je ne me rappelle pas très bien tout ça, car j'avais commencé à picoler. La sale passe, quoi ! (Peters eut un hochement de tête compréhensif et Leamas alluma une cigarette.) C'est pour ça qu'ils m'ont liquidé, en fait, enchaîna-t-il. Ils ne me voyaient pas d'un bon œil depuis que je m'étais mis à boire.

— Dites-moi quels souvenirs vous restent de la Section Bancaire, suggéra Peters.

— Sinistres. Le travail de bureau n'a jamais été mon fort. C'est pour ça que je m'étais tant accroché à Berlin. Je me doutais bien que si on me rappelait, ce n'était pas pour me donner de l'avancement, mais quand même, les vaches !...

— Qu'est-ce que vous faisiez ?

Leamas haussa les épaules :

— Je restais le cul vissé sur une chaise dans une pièce, avec deux bonnes femmes, Thursby et Larret, je les appelais : Thursday et Friday[1]. (Peters n'eut pas l'air de comprendre le jeu de mots.) En fait, on faisait les gratte-papier. On recevait une lettre de la Section Financière : le paiement de sept cents dollars à l'ordre d'Un tel est autorisé avec effet à dater du tant. Veuillez vous en occuper... Enfin, *grosso modo*, c'était ça. Ces bonnes femmes manipulaient un peu le truc, l'enregistraient, classaient, tamponnaient, et moi je signais le chèque ou je faisais transférer les fonds pour la banque.

— Quelle banque ?

1. Jeu de mots : Jeudi et Vendredi.

— Blatt et Rodney, une petite banque très chic de la Cité. Le Cirque se figure que les types sortis d'Eton sont spécialement discrets.

— Si je comprends bien, vous connaissiez les agents du monde entier par leur nom ?

— Pas nécessairement : c'est là l'astuce. Je signais le chèque, comprenez-vous, ou l'ordre de paiement à la banque, mais en laissant le nom du porteur en blanc. Par contre, l'accusé de réception, le reçu ou tout ce que vous voudrez, revenait normalement signé au Service des Expéditions.

— C'est-à-dire ?

— Le Service qui gère la comptabilité des agents, les gars qui inscrivent les noms sur les chèques et les expédient. Astucieux, hein ?

Peters paraissait déçu :

— En d'autres termes, vous n'aviez aucun moyen de savoir l'identité des agents ?

— En général, non.

— Mais à l'occasion ?

— De temps en temps, il s'en fallait d'un poil, c'est vrai. Mais tous ces micmacs entre la Section Bancaire, la Section Financière et le Service des Expéditions menaient généralement à des impasses. Trop compliqué, mais quelquefois on tombait sur du premier choix, ce qui épiçait un peu l'ordinaire. (Leamas se leva.) J'ai dressé, dit-il, une liste de tous les paiements dont je me souviens. Elle est dans ma chambre : je vais vous la chercher.

Il quitta la pièce du même pas traînant qu'il avait adopté depuis son arrivée en Hollande. À son retour, il tenait entre les mains deux feuillets de papier ligné arrachés à un calepin.

— J'ai noté ça hier soir avec l'idée de gagner du temps.

Peters prit les papiers qu'il lut attentivement.

— Bon ! Très bon ! fit-il d'un air impressionné.

— Ce qui m'avait le plus frappé, c'est un truc appelé « Rolling Stone[1] », qui m'avait valu plusieurs voyages à l'étranger, dont un à Copenhague et l'autre à Helsinki, uniquement pour coller du fric dans des banques.

— Combien ?

— Dix mille dollars à Copenhague et quarante mille Deutsche Mark à Helsinki.

Peters posa son crayon.

— Pour qui ?

— Dieu sait ! « Rolling Stone » fonctionnait suivant un système de comptes courants. Le Service m'a fourni un faux passeport britannique. Je me suis rendu à la Banque Royale de Scandinavie à Copenhague et à la Banque Nationale de Finlande d'Helsinki pour y verser l'argent. J'ai retiré un carnet de comptes établi pour un compte jumelé, moi sous un faux nom, et l'agent, je suppose, également sous un faux nom. J'ai donné à la banque un exemplaire de la signature du cotitulaire qui m'avait été communiqué par la Maison. Ensuite, l'agent a reçu le carnet et le faux passeport qui lui ont permis de retirer l'argent à la banque. Je ne connaissais donc que son pseudonyme.

1. Pierre qui roule.

128

En s'entendant parler, il se rendait compte à quel point tout cela pouvait paraître invraisemblable.

— Cette procédure était courante ?

— Non, rien que pour les paiements spéciaux ; celui-là comportait une liste dite « à diffusion limitée ».

— C'est-à-dire ?

— Une liste codée connue de très peu de gens.

— Codée sous quel nom ?

— Mais, « Rolling Stone »... Cette opération couvrait des paiements intermittents de dix mille dollars, en devises étrangères variées, et dans différentes capitales.

— Toujours dans des capitales ?

— Pour autant que je sache, oui. Je me souviens d'avoir vu sur la liste que d'autres paiements avaient été effectués par « Rolling Stone » avant mon arrivée. Mais ceux-là, la Section Bancaire avait dû les faire exécuter par le Résident local.

— Et *où* ont-ils été effectués, ces paiements ?

— Un à Oslo. Pour l'autre, je ne me souviens plus.

— L'agent gardait toujours le même pseudonyme ?

— Non. Et justement, c'était une mesure de sécurité supplémentaire. J'ai appris plus tard que nous avions emprunté la méthode aux Russes : c'est d'ailleurs le système de paiements le plus compliqué que j'aie jamais vu. De mon côté, j'employais toujours un nom d'emprunt différent et, bien entendu, un passeport nouveau pour chaque voyage.

« Voilà qui va lui plaire, songeait Leamas, ça va l'aider à combler certaines lacunes. »

— Ces faux passeports que l'on donnait aux agents pour pouvoir opérer leurs retraits, qu'est-ce que vous en saviez, au juste ? Comment devaient-ils être faits et comment les expédiait-on ?

— Oh, tout ce que je sais, c'est qu'ils devaient porter le visa du pays où le retrait était effectué, et qu'il leur fallait en plus le tampon d'entrée.

— *Le tampon d'entrée ?*

— Oui. On ne se servait pas de ces passeports pour pénétrer dans le pays étranger. Mais le cachet du poste frontière était néanmoins nécessaire pour l'identification, vous comprenez ? L'agent devait donc utiliser son passeport personnel pour pénétrer à l'étranger de façon tout à fait régulière et ne se servait du faux qu'à la banque. Du moins, c'est ce que je crois.

— Connaissez-vous la raison pour laquelle les premiers paiements ont été effectués par les Résidents et les derniers par un envoyé spécial de Londres ?

— Oui, car je l'ai demandé une fois à Thursday et Friday, de la Section Bancaire. Control avait peur de...

— *Control ?* Vous voulez dire que Control s'était chargé en personne de cette affaire ?

— Précisément ! Il avait peur que le Résident ne soit reconnu à la banque. Il utilisait donc un agent de liaison : moi.

130

— Quand avez-vous fait ces voyages ?

— À Copenhague, le 15 juin : je suis rentré en avion le soir même. À Helsinki, fin septembre. J'y suis resté deux nuits et suis rentré en avion vers le 28 : j'ai bien rigolé, à Helsinki, ajouta-t-il avec un large sourire, mais Peters n'eut pas l'air de le remarquer.

— Et les autres paiements ? Ils ont été faits à quelle date ?

— Je ne m'en souviens pas, désolé !

— De toute façon, il y en a eu un à Oslo ?

— Oui.

— Quel a été le délai entre les deux premiers paiements, ceux effectués par les Résidents ?

— Je n'en sais rien. Assez court, je crois. Un mois environ, ou un peu plus.

— Avez-vous l'impression que l'agent avait travaillé durant assez longtemps avant le premier paiement ? Est-ce que la fiche mentionnait ce détail ?

— Aucune idée. La fiche ne mentionnait strictement que les paiements effectifs. Premier versement début 59. Aucun autre détail. C'est toujours ce principe-là qui est mis en vigueur quand il s'agit d'un dossier à diffusion limitée. On établit diverses fiches dont chacune traite d'un aspect bien défini de ce cas spécial, et seul le possesseur de la fiche maîtresse peut reconstituer le puzzle et y voir clair.

Peters prenait tout en note. Leamas supposa qu'il devait y avoir un magnétophone dissimulé dans un coin, mais la retranscription prendrait pas mal de temps. Ce qu'écrivait Peters maintenant fournirait sans doute la base du télégramme qu'il allait envoyer à Moscou le soir même, alors qu'à l'ambassade d'Union soviétique à La Haye, les secrétaires passeraient la nuit à télégraphier le rapport *verbatim* à des heures convenues.

— Dites-moi un peu, continua Peters, il s'agit là de sommes énormes ; et le mode de paiement était fort compliqué et aussi fort onéreux. Qu'est-ce que vous en pensiez ?

Leamas haussa les épaules :

— Que vouliez-vous que j'en pense ? Je me disais que Control devait avoir dégotté un vrai filon, mais comme je ne voyais jamais les tuyaux fournis, je ne peux rien conclure. En tout cas, le système employé ne me disait rien qui vaille : trop subtil, trop compliqué, trop fignolé pour mon goût. Pourquoi ne pas rencontrer l'agent en personne et lui remettre l'argent de la main à la main ? Est-ce que l'agent passait vraiment la frontière avec dans sa poche un passeport ordinaire et un autre complètement truqué ? J'en doute.

Il était temps d'embrouiller un peu les pistes et d'envoyer Peters chasser le loup blanc.

— Qu'est-ce que vous voulez dire ?

— Je veux dire qu'à ma connaissance, l'argent n'était peut-être *jamais retiré des banques*. À supposer qu'il s'agît d'un agent haut placé derrière le rideau de fer, l'argent restait en dépôt à sa disposition en cas de besoin. C'est du moins ce que j'ai déduit. De toute façon, pourquoi m'en serais-je préoccupé ? Mon travail ne me permettait que

132

d'avoir des informations fragmentaires, vous le savez très bien. Si vous êtes trop curieux, dans ce métier, gare à vous !

— Mais si l'argent n'était pas vraiment touché, comme vous le laissez entendre, pourquoi toutes ces histoires de passeport ?

— Quand j'étais à Berlin, répondit Leamas, j'avais trouvé un arrangement pour Karl Riemeck, pour le cas où il lui faudrait filer subitement sans avoir pu me rencontrer. Mes services lui gardaient un faux passeport d'Allemagne occidentale à Düsseldorf. Il pouvait passer le prendre n'importe quand, suivant certaines conventions passées entre nous. Le passeport n'était jamais expiré, car la Section Déplacements le renouvelait à temps ainsi que les visas. Control a peut-être suivi le même processus avec cet homme ; je n'en sais rien, c'est une idée qui en vaut une autre.

— Comment savez-vous de façon certaine que les passeports étaient effectivement émis ?

— On en retrouvait trace sur la fiche qui passait de la Section Bancaire à la Section Déplacements, laquelle s'occupait des papiers d'identité et des faux visas.

— Je vois. (Peters réfléchit un instant.) Quel pseudonyme aviez-vous à Copenhague et à Helsinki ?

— Pour Copenhague, je m'appelais Robert Lang, ingénieur électricien né à Derby.

— Quand y êtes-vous allé ?

— Je vous l'ai déjà dit : le 15 juin. J'y suis arrivé le matin vers onze heures et demie.

— À quelle banque vous êtes-vous rendu ?

— Mais, nom de Dieu, vous l'avez déjà noté ! répliqua Leamas, soudain furieux.

— Je voulais simplement une confirmation, répondit l'autre d'un ton égal tout en continuant d'écrire. Et pour Helsinki, quel nom aviez-vous ?

— Stephen Bennet, ingénieur de la marine, de Plymouth. J'y suis arrivé, ajouta-t-il d'un ton sarcastique, à la fin de septembre.

— Et vous êtes passé à la banque le jour même ?

— Oui, le 24 ou le 25. Comme je vous l'ai déjà dit, je n'en suis pas sûr.

— Vous apportiez l'argent d'Angleterre ?

— Pas du tout ! Dans les deux cas, nous avons fait un virement au compte du Résident qui, lui, a retiré l'argent et me l'a apporté à l'aéroport dans une valise. Et moi je l'ai ensuite porté à la banque.

— Qui était le Résident à Copenhague ?

— Peter Jensen, bibliothécaire à l'Université.

— Et les pseudonymes de l'agent ?

— Horst Harlsdorf de Copenhague. Du moins je crois — oui, c'est ça ! Je me souviens même que je m'obstinais à l'appeler Karlsdorf.

— Profession ?

— Directeur commercial, de Klagenfurt, Autriche.

— Et celui d'Helsinki ?

— Fechtman, Adolf Fechtman de Saint-Gall, Suisse. Il portait un titre, ah oui, c'est ça : Doctor Fechtman, archiviste.

— Je vois : tous les deux de langue allemande.

— Oui : je l'ai aussi remarqué, mais il ne peut pas s'agir d'un Allemand.

— Et pourquoi ?

— J'étais à la tête du réseau de Berlin, non ? J'aurais été au courant. Un agent important en Allemagne de l'Est aurait été rattaché à Berlin. Je l'aurais donc su.

Leamas alla se servir un autre whisky au buffet sans se soucier de Peters.

— Vous avez vous-même dit qu'il y avait dans ce cas des mesures de sécurité exceptionnelles, des méthodes particulières. Peut-être ne tenait-on pas tellement à vous mettre au courant ?

— Ne soyez pas grotesque ! Bien sûr que je l'aurais su !

Il fallait absolument qu'il ne démorde à aucun prix de cette attitude, pour qu'ils s'imaginent en savoir plus long que lui et, de ce fait, accordent plus de créance au reste de ses renseignements. « Ils voudront tirer leurs déductions *personnelles* de ce que vous leur donnerez, lui avait dit Control. Bornons-nous à leur passer des tuyaux, en nous montrant sceptiques quant aux conclusions qu'ils en tirent. Misons sur leur intelligence, leur prétention et leur méfiance mutuelle. Voilà notre tactique. »

Peters acquiesça de la tête comme s'il confirmait une triste vérité.

— Vous êtes un homme très orgueilleux, Leamas, fit-il remarquer à nouveau.

Il quitta la pièce peu après, dit au revoir à Leamas et descendit la route qui menait à la mer. C'était l'heure du déjeuner.

10

Le troisième jour

Peters ne se montra pas cet après-midi-là, ni le lendemain matin. Leamas restait enfermé à attendre, sous le coup d'une irritation croissante, un message quelconque. Rien ne vint. Il demanda des renseignements à la logeuse qui se contenta de sourire et de hausser ses épaules dodues. Vers la fin de la matinée, un peu avant midi, il alla faire un tour au bord de l'eau, acheta un paquet de cigarettes et resta là à contempler la mer.

Sur la plage, une jeune fille qui lui tournait le dos jetait du pain aux mouettes. Le vent du large, qui jouait dans ses longs cheveux noirs et gonflait sa vareuse, donnait à sa silhouette la forme d'un arc bandé vers la mer. Alors il eut la révélation de ce que Liz lui avait donné, de ce qu'il lui faudrait à tout prix retrouver s'il lui arrivait de retourner en Angleterre : ce souci des petits détails de l'existence, cette foi dans la vie quotidienne, cette simplicité qui vous faisait déchiqueter menu un bout de pain dans un sac de papier pour aller sur la plage le jeter aux mouettes. C'était cela qui lui manquait, à lui, cette faculté de s'attacher à des banalités. Que ce fût du pain pour les mouettes, ou l'amour, il retournerait en Angleterre le chercher. Liz saurait le lui offrir à nouveau. Une semaine, deux semaines encore et il serait rentré dans son pays. Control lui avait dit qu'il pourrait garder tout l'argent qu'il tirerait de l'opération et cela leur suffirait largement. Avec quinze mille livres, une indemnité et une pension du Cirque, n'importe qui — aurait dit Control — peut raccrocher.

Après un petit détour, il rentra au bungalow vers midi moins le quart. La femme le fit entrer sans lui adresser la parole, mais, quand il eut gagné la pièce du fond, il l'entendit décrocher le téléphone et composer un numéro. La conversation ne dura que quelques secondes. À midi et demi, elle lui servit le déjeuner et lui apporta quelques journaux anglais dont il se délecta jusqu'à trois heures de l'après-midi. Leamas, qui ne lisait jamais rien, les éplucha consciencieusement, enregistrant dans sa mémoire, par réflexe quasi automatique, des détails insignifiants, tels le nom et l'adresse de parfaits inconnus qui faisaient l'objet d'entrefilets ou de faits divers.

Peters arriva à trois heures ; en voyant sa tête, Leamas comprit qu'il y avait du nouveau. Ils ne prirent pas place à la table. Peters n'ôta même pas son mackintosh.

— J'ai de mauvaises nouvelles à vous annoncer, dit-il. J'ai appris ce matin qu'on vous recherche en Angleterre et qu'on surveille tous les ports.

— Pour quel motif ? demanda Leamas, impassible.

— Théoriquement, pour ne pas vous être présenté à un commissariat de police dans les délais fixés après votre élargissement.

— Et en fait ?

— Le bruit court que vous avez violé les clauses de l'« Official Secret Act ». Votre photo est dans tous les journaux du soir, mais les légendes restent plutôt vagues.

Leamas semblait figé sur place.

Ainsi, Control avait déclenché la corrida ; aucune autre explication possible. Que Ashe et Kiever se soient fait épingler, qu'ils aient parlé même, cela ne changeait rien à l'affaire : c'était Control qui avait attaché le grelot. Une quinzaine de jours, avait-il dit. « J'ai l'impression qu'ils vont vous emmener quelque part pour l'interrogatoire, peut-être même à l'étranger. Mais d'ici quinze jours, vous devriez normalement en voir le bout. Après, il suffira de laisser les choses aller leur train. Il faudra vous mettre en veilleuse par ici, le temps que tout ça fermente un peu. Mais je ne pense pas que vous y voyiez un inconvénient. J'ai fait le nécessaire pour qu'on vous garde sur les feuilles d'émargement du Service Opérationnel jusqu'à ce que Mundt soit éliminé ; ça me semble le moyen le plus équitable. »

Et puis brusquement ce chambard.

Cela n'était pas prévu, ce n'était pas dans la règle du jeu. Comment était-il censé réagir ? S'il ramassait ses billes et refusait de suivre Peters, toute l'opération était dans le lac. Possible d'ailleurs que Peters lui ait raconté des blagues, histoire de le sonder. Raison de plus pour qu'il accepte de le suivre. D'un autre côté, s'il acceptait de franchir le rideau de fer, d'aller en Pologne, en Tchécoslovaquie, ou au diable vauvert, pourquoi le laisserait-on jamais repartir, lui, un fugitif recherché en Allemagne de l'Ouest ? Et surtout, pourquoi souhaiterait-il y retourner ?

Encore un coup de Control, pas d'erreur possible. Les termes du contrat étaient bien trop généreux ; il l'avait flairé tout de suite. L'Intelligence Service n'avait pas pour habitude de jeter l'argent par les fenêtres, sauf quand il craignait de vous perdre.

La cigarette du condamné, en somme. Et Leamas n'avait pas compris l'avertissement.

— Et comment diable l'ont-ils su ? demanda-t-il calmement à Peters. (Puis, comme mû par une idée soudaine :) Peut-être que votre ami Ashe, ou même Kiever...

— C'est possible, répondit Peters. Vous savez aussi bien que moi que ce sont des choses qui arrivent. Dans notre métier, on n'est jamais sûr. Ce qu'il y a de certain, ajouta-t-il en montrant une pointe d'agacement, c'est qu'à l'heure qu'il est, tous les pays occidentaux vous recherchent.

Leamas n'eut pas l'air d'avoir entendu.

— Maintenant, vous me tenez, hein, Peters ? fit-il. Vos amis doivent s'en payer une bonne tranche à mes dépens... À moins... à moins qu'ils ne m'aient dénoncé eux-mêmes ?

— Vous vous surestimez, fit Peters d'un ton aigre.

— Dans ce cas, pourquoi me faites-vous suivre, hein ? Ce matin je suis allé me balader le long du front de mer. Deux petits bonshommes en complets beiges m'ont suivi comme des caniches, à vingt mètres l'un derrière l'autre, et quand je suis rentré, la logeuse vous en a avisé par téléphone.

— Si nous nous en tenions aux faits ? suggéra Peters. La façon dont les autorités de votre pays vous ont repéré ne nous intéresse pas outre mesure. Mais le fait est que vous l'êtes, repéré.

— Vous avez ramené les journaux anglais du soir ?

— On ne les trouve pas ici. Nous avons été avertis par un télégramme de Londres.

— C'est faux ! Vous savez parfaitement que votre Service n'a le droit de communiquer qu'avec le Q.G.

— Dans le cas présent, nous avons été autorisés à communiquer avec d'autres relais, rétorqua Peters, irrité.

— Bon, bon, fit Leamas avec un sourire sarcastique. Vous devez décidément être une huile. Ou alors... (Une idée parut le frapper :) Le Q.G. n'est pas directement branché sur l'affaire ?

Peters éluda la question :

— Vous connaissez l'alternative : ou bien nous nous chargeons de vous, en assurant votre passage sans risque, ou bien vous vous défendez tout seul avec, comme perspective, la certitude d'être capturé, car vous n'avez ni faux papiers ni argent, rien. Votre passeport britannique expire dans dix jours.

— Il y a une troisième solution : vous me donnez un passeport suisse, un peu d'argent et vous me laissez filer. Je saurai bien m'en tirer.

— Je crains que celle-là ne puisse être envisagée.

— Vous voulez dire que l'interrogatoire n'est pas terminé et que, tant qu'il ne le sera pas, je ne dois pas prendre de risques ?

— En gros, c'est cela.

— Et après l'interrogatoire, qu'est-ce que vous ferez de moi ?

Peters haussa les épaules :

— Qu'est-ce que vous suggérez ?

— Une nouvelle identité. Peut-être un passeport scandinave. Du fric.

— Pour la forme, j'en ferai part à mes supérieurs. Alors ? Vous venez avec moi ?

Leamas hésita un instant, puis un sourire hésitant flotta sur ses traits :

— Si je ne marchais pas, qu'est-ce que vous feriez ? Après tout, j'ai une sacrée histoire à raconter, si je voulais, avouez ?

— Mais peu de preuves pour l'étayer. Je serai parti ce soir. Ashe et Kiever... (Il haussa les épaules.) Ils ne comptent guère, vous savez.

Leamas s'approcha de la fenêtre. L'orage menaçait sur l'étendue grise de la mer du Nord. Il regarda les mouettes qui zébraient le ciel plombé. La jeune fille était partie.

— Bon, d'accord, dit-il enfin. Arrangez mon départ.

— Il n'y a pas d'avion pour les pays de l'Est avant demain, mais il y a un vol pour Berlin dans une heure. Nous avons tout juste le temps.

Ce soir-là, son rôle étant désormais passif, Leamas put admirer la sobre précision et l'efficacité de Peters. Le passeport était prêt depuis longtemps — le Q.G. avait dû prévoir le coup. Il était établi au nom d'Alexandre Thwaite, représentant, et était muni des visas et timbres nécessaires. C'était le passeport typique du voyageur de commerce, abondamment manipulé. Le garde-frontière hollandais y apposa distraitement son tampon. Quant à Peters, deux ou trois places en arrière dans la queue, il parut se désintéresser totalement des formalités.

Au moment de pénétrer dans l'enceinte réservée aux passagers, Leamas repéra un éventaire de presse où s'étalait une vaste collection de journaux étrangers : *Le Monde, Neue Zürcher Zeitung, Le Figaro, Die Welt* et une bonne demi-douzaine d'hebdomadaires et quotidiens anglais. Rapidement, Leamas obliqua vers le stand et s'empara de *l'Evening Standard*.

— Combien ? demanda-t-il.

Il plongea la main dans sa poche et se rappela soudain qu'il n'avait pas d'argent hollandais sur lui.

— Trente centimes, répondit la jeune fille.

Elle était brune et plutôt jolie avec un visage réjoui.

— Je n'ai que deux shillings anglais ; ça fait un guilder. Vous le prenez ?

142

— S'il vous plaît, répondit-elle, et Leamas lui tendit le florin en jetant un coup d'œil derrière lui.

Peters, toujours au guichet des passeports, lui tournait le dos. Sans hésiter, Leamas se rua aux toilettes des hommes, feuilleta rapidement les pages du journal et le jeta ensuite dans la corbeille à papier, après quoi il sortit. C'était exact : sa photo s'y étalait, avec un petit texte dessous. Il se demanda si Liz avait lu l'article et regagna pensivement la salle d'attente. Dix minutes plus tard, ils montaient à bord de l'avion Hambourg-Berlin. Pour la première fois depuis le début de l'opération, Leamas avait peur.

11

Des amis d'Alec

Ce même soir, des hommes se présentèrent chez Liz.

La chambre qu'elle occupait dans Bayswater contenait pour tout mobilier deux petits lits et un élégant radiateur à gaz gris qui émettait un léger sifflement bien moderne au lieu du gargouillis démodé de ses ancêtres. Du temps où Leamas vivait chez elle, Liz restait souvent à regarder la flamme qui éclairait seule la pièce. Lui s'allongeait sur le lit le plus éloigné de la porte, celui de Liz, et elle s'asseyait à ses côtés pour l'embrasser ; quelquefois, joue à joue, ils s'absorbaient dans la contemplation de la rampe incandescente. Elle ne voulait pas trop penser à lui présentement, car alors elle oubliait ses traits. Elle laissait donc sa pensée l'évoquer de brefs instants, comme lorsqu'on effleure du regard l'horizon lointain, et puis un souvenir brusquement lui revenait, une petite chose qu'il avait dite ou faite, une façon de la regarder ou, plus fréquemment, de l'ignorer. C'était cela le plus pénible, l'absence de toute trace matérielle de lui : aucune photo, aucun souvenir, rien ; même

pas un ami commun, sauf Miss Crail, la bibliothécaire, dont la haine à son égard avait trouvé une
justification éclatante dans le départ spectaculaire
de Leamas. Un jour, Liz avait été visiter sa chambre et avait vu le propriétaire. Elle ne savait pas
très bien pourquoi elle l'avait fait, mais elle avait
pris son courage à deux mains et y était allée. Il
avait parlé d'Alec en termes fort courtois. M.
Leamas avait payé son loyer jusqu'au bout,
comme un véritable gentleman ; il n'était en retard que d'une quinzaine mais un de ses potes
était passé et avait payé haut la main, sans rechi-
gner, sans histoires ni rien. Il l'avait toujours dit,
de M. Leamas : Ça, c'était quelqu'un de comme y
faut. Peut-êt' pas sorti des grandes écoles, notez
bien, pas de chiqué, pas de grand tralala, mais
quelqu'un de bien. Un peu râleur, à l'occasion et,
bien sûr, il levait le coude, mais toujours correct
quand même, quand il rentrait. Et le particulier
qu'était venu, un drôle de petit binoclard tout timide, il lui avait dit que M. Leamas avait insisté
— mais ce qui s'appelle *insisté* — pour que le
loyer en retard soit payé rubis sur l'ongle. Et si ça
c'était pas digne d'un véritable gentleman, alors
là, il se demandait, quant à lui, ce qui pouvait bien
l'être ! Dieu sait où il avait dégotté l'argent, mais
ce qui était sûr, c'est que ce M. Leamas, c'était
quelqu'un de pas ordinaire, fallait pas s'y tromper. Et en cassant la gueule à Ford, l'épicier, il
n'avait pas fait autre chose que ce que plus d'un
rêvait de lui faire, depuis la fin de la guerre. La
chambre ? Déjà relouée à un Coréen qui était

venu deux jours à peine après que M. Leamas eut été mis à l'ombre.

C'est pour cette raison que Liz continuait son travail à la bibliothèque : là au moins, Leamas avait encore une existence ; échelles, rayons, livres et fiches étaient des choses qu'il avait connues et touchées, et, un jour, peut-être y reviendrait-il. Il avait prétendu le contraire, mais elle n'en croyait pas un mot : croire une chose pareille, c'était comme se persuader qu'on ne guérirait jamais. Miss Crail, elle, prétendait qu'il reviendrait : elle venait de découvrir qu'elle lui devait de l'argent (un solde d'appointements) et était furieuse à l'idée que le monstre avait poussé le cynisme jusqu'à ne pas venir le réclamer.

Depuis son départ, Liz ne cessait de se poser la même question : Pourquoi avait-il frappé M. Ford ? Bien sûr, il s'emportait facilement, mais il y avait autre chose. Il projetait déjà de le faire dès la minute où la fièvre l'avait quitté. Sinon pourquoi lui aurait-il fait ses adieux la veille au soir ? Parce qu'il avait l'intention de frapper M. Ford le lendemain. Elle refusait d'admettre la seule autre explication possible : qu'il en avait eu assez d'elle, l'avait donc quittée et le lendemain, sous le coup de l'émotion, s'était emporté et avait frappé l'épicier. Elle avait senti, dès le début, qu'il s'était voué à quelque chose, qu'il avait une mission à remplir : il le lui avait même laissé entendre. Mais de quoi s'agissait-il au juste ?

D'abord, elle avait pensé que cette altercation avec M. Ford était l'aboutissement d'une vieille haine. Une histoire de femme ou de famille, peut-être. Mais il suffisait de regarder Ford pour comprendre l'absurdité de cette hypothèse. Ford était le type même du petit-bourgeois, prudent, sûr de lui, vaniteux et méchant. Même si Alec avait eu un compte à régler avec lui, elle ne voyait pas bien pourquoi il aurait été le provoquer dans sa boutique, un samedi matin, en plein coup de feu, devant une foule de témoins.

À la réunion de cellule du Parti, on avait parlé de cette histoire : justement, George Hanby, le trésorier, était passé devant l'épicerie au moment de la bagarre ; il n'avait pas vu grand-chose à cause de la foule, mais il en avait discuté avec un particulier qui avait tout vu... et Hanby avait été tellement impressionné qu'il avait passé un coup de fil au *Daily Worker* et que le journal avait envoyé un correspondant au procès. C'est d'ailleurs pour cela qu'ils en avaient fait une pleine page. D'après le *Worker*, c'était tout simplement un exemple de revendication spontanée, une soudaine prise de conscience de classe en même temps qu'une poussée de haine contre la bourgeoisie dirigeante. D'après le type à qui Hanby avait parlé (un petit homme effacé, binoclard, genre travailleur en faux col), tout s'était passé de façon brusque — inopinée disons plutôt... — et prouvait si besoin était à quel point était fragile et inflammable la texture du système capitaliste. Pendant l'exposé de Hanby, Liz garda le silence : tout le monde, évidemment, ignorait les relations qu'elle entretenait avec Leamas. Elle se rendit compte qu'elle détestait George Hanby, petit homme sentencieux, à l'esprit mal tourné, qui n'arrêtait pas de la reluquer et d'essayer de la frôler.

Et puis les autres étaient venus.

Deux hommes, dans une voiture noire équipée d'une antenne. Elle les trouva un peu trop distingués pour appartenir à la police. L'un était courtaud, corpulent, avec des lunettes et un complet bien coupé un peu voyant. Il semblait à la fois aimable et soucieux. Sans trop savoir pourquoi, Liz lui fit immédiatement confiance. L'autre, avec son visage juvénile, bien qu'elle lui attribuât au moins la quarantaine, paraissait plus détendu. Tous deux se dirent envoyés des Services Spéciaux et ils exhibèrent des cartes imprimées munies d'une photo sous enveloppe de cellophane. C'est le petit gros qui tint le crachoir :

— Je crois que vous étiez très amis, avec Alec ? commença-t-il.

Elle allait se rebiffer, mais le petit homme avait une mine si franche qu'elle craignit de se rendre ridicule.

— Oui, répondit-elle. Comment l'avez-vous appris ?

— Nous l'avons découvert l'autre jour, tout à fait par hasard. En prison, n'est-ce pas... on doit donner le nom de son plus proche parent. Leamas a dit qu'il n'en avait pas. Ce qui, entre parenthèses, était un mensonge. Alors on lui a demandé le nom de la personne qu'il faudrait avertir en cas de malheur : il a donné le vôtre.

— Je vois.

— Personne d'autre n'est au courant de vos relations ?

— Non.

— Avez-vous assisté au procès ?

— Non.

— Personne n'est venu vous voir ? Journalistes, créanciers ? Absolument personne ?

— Non. Je vous l'ai dit. Personne n'était au courant, même pas mes parents, personne. Nous travaillions ensemble à la Bibliothèque de Recherches psychiques : mais seule Miss Crail, la bibliothécaire en chef, savait cela. Je ne pense pas qu'elle ait pu deviner qu'il y avait quelque chose entre nous. Elle est un peu bizarre, ajouta Liz en passant.

L'espace d'un instant, le petit homme replet scruta intensément son visage, puis il lui demanda :

— Est-ce que cela vous a surpris que Leamas se soit battu avec M. Ford ?

— Oui, bien sûr !

— Savez-vous pourquoi c'est arrivé ?

— Non. Peut-être que M. Ford ne voulait pas lui faire crédit ; mais j'ai toujours eu l'impression que c'était prémédité.

Elle se demanda si elle n'en disait pas trop, mais elle avait tellement envie de parler de lui, elle était si seule et, après tout, quel mal y avait-il à s'épancher ?

— La veille de l'incident, nous avions pas mal discuté. Nous avons mangé ensemble. Un dîner particulièrement soigné ; Alec y tenait et j'ai compris immédiatement que c'était notre dernière soirée ensemble. Il avait apporté une bouteille de vin rouge ; moi, je n'aime pas beaucoup ça, il l'a vidée presque tout seul. Et alors je lui ai demandé si tout était fini entre nous.

— Et qu'a-t-il répondu ?

— Il m'a dit qu'il avait quelque chose à faire. Mais je n'ai pas compris ce qu'il voulait dire.

Il y eut un long silence. Le petit homme paraissait encore plus soucieux.

— Vous y croyez ? s'enquit-il enfin.

— Je ne sais pas trop.

Sans savoir pourquoi, elle eut brusquement très peur pour Alec.

— Leamas vous a-t-il dit qu'il avait deux enfants de son mariage ? demanda le petit homme. (Liz resta silencieuse.) Et pourtant, c'est votre nom qu'il a donné. Selon vous, pourquoi a-t-il agi ainsi ?

L'homme avait l'air gêné de poser ce genre de questions et considérait ses mains boudinées, croisées sur ses genoux.

— J'étais amoureuse de lui, répondit Liz en rougissant.

— Et lui, il vous aimait ?

— Peut-être : je n'en sais rien.

— Vous l'aimez toujours ?

— Oui.

— Vous a-t-il jamais dit qu'il reviendrait ? demanda le plus jeune.

— Non.

— Mais il vous a bien dit adieu ? interrogea vivement l'autre.

— C'est bien « adieu » qu'il vous a dit ? insista lentement, paternellement, le petit homme. Maintenant, ajouta-t-il, il ne peut plus rien lui arriver de mal, je vous le promets. Mais nous voulons faire notre possible pour lui et si vous savez pourquoi il a frappé Ford, si vous en avez le moindre aperçu, à travers ses paroles ou ses actes, même inconscients, vous devez nous le dire : c'est dans l'intérêt d'Alec.

Liz hocha la tête :

— Allez-vous-en, je vous en prie, ne me posez plus de questions. Allez-vous-en, je vous en supplie !

Au moment d'atteindre la porte, le plus âgé sembla hésiter, puis il tira de sa poche une carte de visite qu'il déposa sur la table d'un geste délicat, comme s'il avait peur qu'elle ne fasse du bruit. « C'est fou ce qu'il est timide », songea Liz.

— Si vous avez besoin de notre aide, dit-il, si vous apprenez quoi que ce soit sur Leamas, ou bien... passez-moi un coup de fil, vous comprenez ?

— Qui êtes-vous ?

— Je suis un ami de Leamas. (Il hésita, puis :) Autre chose. Une dernière question. Alec savait que vous étiez, euh... enfin du Parti ?

— Oui ! répondit-elle, d'un air désemparé. Je le lui ai dit.

— Et le Parti est au courant de vos relations avec Alec ?

— Je vous l'ai dit : personne ne le sait. (Elle pâlit et soudain s'écria :) Où est-il ? Dites-moi où il est ? Pourquoi ne me le dites-vous pas ? Vous ne voyez pas que je peux l'aider ? Je prendrai soin de lui... Même s'il est fou ! Ça m'est égal, je vous le jure, ça m'est égal... Je lui ai écrit en prison. Je n'aurais pas dû, je sais. Je lui ai simplement dit qu'il pourrait revenir quand il voulait, que je l'attendrais... toujours...

Incapable de continuer, tant l'émotion lui serrait la gorge, elle restait plantée là à sangloter, son pauvre visage ravagé enfoui au creux de ses mains ; le petit homme l'observait sans rien dire.

— Il est parti à l'étranger, expliqua-t-il enfin avec douceur. Nous ne savons pas exactement où il est. Il n'est pas fou. Mais il n'aurait pas dû vous raconter tout ça. C'est dommage.

— Nous nous occuperons de vous, dit le plus jeune. Question argent et autres choses semblables.

— Qui êtes-vous ? demanda à nouveau Liz.

— Des amis d'Alec, répéta le plus jeune, de très bons amis.

Elle les entendit descendre l'escalier et sortir dans la rue. De la fenêtre, elle les vit monter dans la petite voiture noire et s'éloigner en direction du parc.

C'est alors que la carte de visite lui revint à l'esprit. Elle la prit sur la table pour l'examiner à la lumière. Du bristol, très cher sûrement, comme n'aurait pas songé à s'en offrir un simple policier. Gravée, de surcroît. Pas de titre, même pas d'indication d'un commissariat de police, rien. Seulement le nom, précédé de « Monsieur » — et « Chelsea ». Comme si un policier aurait jamais habité Chelsea !

« M. George Smiley, 9 Bayswater Street, Chelsea. »

Au-dessus, le numéro de téléphone.

Très bizarre, décidément.

12

À l'est du rideau de fer

L'air morne, il était assis dans l'avion, au niveau de l'aile. Sa voisine était une Américaine
portant des bottillons à talons hauts enveloppés
de nylon. L'idée l'effleura un instant de lui glisser
un petit billet à remettre à ses amis de Berlin,
mais il la rejeta aussitôt. Elle croirait sûrement
qu'il lui faisait du plat et d'ailleurs Peters s'en
apercevrait. De plus, à quoi cela servirait-il ? Control savait ce qui se passait. Il en était même la
cause. Qu'y faire ?

Il se demanda ce qui allait lui arriver. Control
n'en avait pas soufflé mot ; il n'avait été question
que des détails techniques de l'affaire.

« Ne lâchez pas le morceau d'un seul coup ;
laissez-les un peu se décarcasser de leur côté, lui
avait-il dit. Embrouillez-les sous une avalanche de
détails, omettez certaines choses, revenez sur ce
que vous avez dit, soyez irritable, insupportable,
buvez comme un trou. Ne cédez en rien, question
idéologie, ils ne vous croiraient pas. Ce qu'ils veulent, c'est traiter avec un type qu'ils ont acheté, ils
veulent un opposant, Alec, pas un vague converti.

Avant tout, ils veulent pouvoir tirer des déductions. Le terrain est tout préparé ; nous l'avons aménagé il y a longtemps, grâce à des indices semés çà et là, des pistes compliquées. Vous représentez le dernier épisode de la chasse au trésor. »

Il lui avait bien fallu accepter : on ne peut pas se dérober au combat décisif quand les escarmouches préliminaires ont déjà été livrées pour votre compte.

« La seule chose que je puisse vous promettre, c'est que le jeu en vaut la chandelle. C'est notre gros morceau qui est en jeu, Alec. Tâchez de rester en vie et nous aurons remporté une grande victoire. »

Il s'estimait incapable de résister à la torture. Il se rappelait un bouquin de Koestler où un vieux révolutionnaire essayait de s'habituer à la torture en s'enfonçant sous les ongles des bouts d'allumettes enflammés. Il n'avait pas lu beaucoup plus loin, mais ce passage-là, il s'en souvenait.

Le soir tombait quand ils atterrirent à Tempelhof. Leamas regarda les lumières de Berlin monter vers lui, sentit le choc lourd de l'appareil entrant en contact avec la piste et vit les agents des douanes et du Service de l'Immigration s'avancer.

Leamas détacha sa ceinture. On dit que les condamnés à mort éprouvent parfois des moments d'euphorie, comme si, semblables aux papillons dans la flamme, leur destruction s'accompagnait d'extase. Immédiatement après avoir pris sa décision, Leamas éprouva quelque chose d'identique ;

une sensation de soulagement, brève mais récon-
fortante, le soutint durant quelque temps. Puis
vinrent la peur et la faim.

Décidément, il baissait. Control avait vu juste.

Il s'en était rendu compte pour la première fois
au début de l'année précédente, durant l'affaire
Riemeck. Karl lui avait fait tenir un message ; il
avait des tuyaux de premier ordre à lui communiquer et justement il effectuait une de ses rares visites en Allemagne de l'Ouest, à l'occasion d'une
quelconque conférence juridique à Karlsruhe. Leamas avait pu se procurer une place dans l'avion de
Cologne, et une voiture l'attendait à l'aéroport.
Comme il était encore très tôt, il avait espéré éviter le gros du trafic à destination de Karlsruhe,
mais déjà les poids lourds s'étaient mis en branle.
Il avait fait soixante-dix kilomètres en une demi-
heure, en se faufilant parmi les camions, prenant
des risques pour gagner des minutes, lorsqu'une
petite voiture, sans doute une Fiat, se coula brusquement dans la voie de droite à moins de trente
mètres devant lui. Leamas écrasa la pédale de
freins, mit pleins phares, klaxonna et, par miracle,
parvint à l'éviter d'un dixième de seconde. À
peine l'avait-il dépassée qu'il entrevit, du coin de
l'œil, quatre enfants à l'arrière qui riaient et lui
faisaient signe et, en même temps, le visage défait,
stupide, de leur père au volant. Avec un juron, il
poursuivit sa route, et tout à coup la réaction se
produisit : ses mains furent prises de tremble-
ments fébriles, le feu lui monta au visage et son
cœur se mit à battre la chamade. Il réussit à se

garer sur le bas-côté, s'extirpa de la voiture et resta planté là, haletant, regardant avec épouvante déferler le torrent de mastodontes. Il eut une vision de la voiturette coincée au beau milieu, tamponnée, catapultée, réduite en bouillie et dont rien ne subsistait, rien d'autre que le frénétique concert de klaxons et les éclairs bleus des signaux lumineux ; et les corps des petits écrabouillés, comme ceux des réfugiés assassinés sur la route longeant les dunes.

Il fit le reste du chemin au ralenti et rata son rendez-vous avec Karl. Et jamais plus il ne lui arriva de conduire sans voir surgir, d'un recoin de sa mémoire, l'image des enfants échevelés qui lui faisaient signe et celle du père accroché à son volant comme un laboureur aux mancherons de sa charrue.

Control aurait appelé ça un accès de malaria.

Un instant, il craignit de rencontrer quelque vieille connaissance à l'aéroport. Puis, tandis qu'il suivait aux côtés de Peters d'interminables couloirs et se soumettait aux diverses formalités du bureau de douane et d'immigration, ne connaissant aucun visage familier, il se rendit compte qu'en fait, sa crainte était bel et bien de l'espoir, l'espoir que, d'une façon ou d'une autre, sa décision tacite de continuer serait annulée par les circonstances.

Ils traversaient le grand hall de réception quand Peters sembla soudain changer d'idée et obliqua vers une petite porte latérale donnant sur un parking et une station de taxis. Là, sous la lumière de l'applique qui surmontait la porte, Peters hésita un instant, posa sa valise à côté de lui, prit d'un geste délibéré le journal qu'il tenait sous son bras, le plia, l'enfonça dans la poche gauche de son imperméable et reprit sa valise. Instantanément, des phares s'allumèrent dans le parking, passèrent en code et s'éteignirent.

— Venez ! dit Peters en traversant à vive allure l'esplanade.

Leamas le suivit plus lentement. Comme ils atteignaient la première rangée de voitures, la porte arrière d'une Mercedes noire s'ouvrit de l'intérieur et le plafonnier s'alluma. Devançant Leamas d'une dizaine de mètres, Peters se pencha vers la portière, murmura quelque chose au chauffeur et appela Leamas :

— C'est notre voiture ! Dépêchez-vous !

C'était une vieille Mercedes 180. Leamas y monta sans mot dire et Peters prit place à côté de lui, à l'arrière. À la sortie du parking, ils dépassèrent une petite DKW occupée par deux hommes. Vingt mètres plus loin, au bord de la route, se dressait une cabine téléphonique. Un homme, l'écouteur à l'oreille, les regarda passer sans interrompre sa conversation. Leamas jeta un coup d'œil par la vitre arrière et vit la DKW qui les suivait. « Parlez d'une réception », se dit-il.

Ils roulaient à petite allure. Leamas, les mains sur les genoux, regardait droit devant lui ; il ne tenait pas à voir Berlin, ce soir-là. C'était sa dernière chance, il le savait. De sa place, il aurait fort bien pu assener une manchette à la gorge de Pe-

ters et lui écraser la trachée. Ensuite, bondir au-
dehors et se sauver en zigzaguant pour éviter le tir
des occupants de la voiture suivante. Il serait libre
— les amis ne lui manquaient pas à Berlin pour
l'aider — il aurait pu s'en tirer.

Il ne bougea pas.

Le passage en secteur communiste ne posa aucun
problème : Leamas n'aurait jamais cru l'opération
si simple. Ils circulèrent un moment au hasard.
Leamas conclut qu'ils devaient traverser à une
heure fixée d'avance. Comme ils s'approchaient
du poste frontière, la DKW déboîta pour les doubler dans un ronflement arrogant de moteur soufflé et s'arrêta devant la baraque de police. La
Mercedes attendit, un peu en arrière. Deux minutes après, le poteau blanc strié de rouge se leva
pour livrer passage à la DKW. Simultanément, le
chauffeur de la Mercedes embraya, passa en seconde et, dans un grincement strident de moteur,
l'homme — arc-bouté au volant et plaqué contre
le siège — franchit en trombe la frontière derrière
la DKW.

Entre les cinquante mètres qui séparaient les
deux points de passage, Leamas eut juste le temps
d'entrevoir vaguement les nouvelles fortifications
qui, en secteur communiste, s'étaient élevées autour
du Mur : redans, tours d'observation et doubles
chicanes de barbelés. La situation s'aggravait.

La Mercedes ne s'arrêta pas au deuxième poste,
les barrières étaient déjà relevées. Ils s'engouffrè-
rent dans Berlin-Est sous le regard des Vopos qui
les observaient à la jumelle. La DKW avait dis-

paru et quand Leamas la repéra de nouveau, elle avait repris sa place derrière eux. Ils roulaient maintenant à toute allure. Leamas avait pensé qu'ils allaient s'arrêter dans Berlin pour changer de voiture, par exemple, et se congratuler sur le succès de l'opération, mais ils traversèrent la ville et poursuivirent leur route vers l'est.

— Où allons-nous ? demanda-t-il à Peters.

— Nous y sommes, République Démocratique Allemande. On vous a réservé un logement.

— Je pensais que nous allions plus loin, à l'est.

— Oui. Mais nous passerons d'abord un ou deux jours ici. Nous nous sommes dit que les Allemands seraient contents de faire votre connaissance.

— Je vois.

— Après tout, vous vous êtes surtout occupé du problème allemand ; et je leur ai envoyé quelques extraits de votre déclaration.

— Et ils ont demandé à me voir ?

— Ils n'ont jamais eu la chance de mettre la main sur quelqu'un comme vous, sur quelqu'un d'aussi... bien informé. Mes compatriotes ont trouvé normal de leur donner l'occasion de vous voir.

— Et de là ?

— Nous poursuivrons notre route vers l'est.

— Qui verrai-je du côté allemand ?

— Cela vous semble important ?

— Pas spécialement. Je connais le nom de la plupart des gens de l'Abteilung, c'est tout. Je me demandais, simplement.

160

— Qui vous attendez-vous à voir ?

— Fiedler, répondit vivement Leamas, le chef des Services de Sécurité. L'homme de Mundt : chargé des interrogatoires importants. Un vrai salaud !

— Pourquoi donc ?

— Une sale petite brute ! J'ai entendu parler de lui. Un jour, il a attrapé un agent de Peter Guillam et il a bien failli le tuer, l'ordure !

— L'espionnage n'est pas une partie de plaisir, fit remarquer Peters d'un ton aigre.

Il y eut un long silence. « C'est donc Fiedler », pensa Leamas.

Leamas connaissait effectivement Fiedler par les photographies du fichier et les rapports de ses anciens subordonnés : un homme mince, net, jeune d'allure, au visage lisse. Cheveux bruns, des yeux marron très brillants. Intelligent et féroce. Corps souple et vif, esprit patient et mémoire fidèle ; en apparence sans ambition personnelle mais prêt à détruire les autres sans le moindre remords. À l'Abteilung, Fiedler était un phénomène rare, ne prenant aucune part aux intrigues et semblant s'accommoder de sa position terne à l'ombre de Mundt, sans espoir de promotion. Il était impossible de l'étiqueter comme membre de tel ou tel clan ; même ses collaborateurs les plus proches ne pouvaient dire quelle place il tenait dans les rivalités du pouvoir. Fiedler était un solitaire ; il inspirait la crainte et la méfiance et n'était aimé de personne.

— Fiedler est l'homme sur lequel il nous faut

miser, avait expliqué Control. (Ils étaient tous les trois assis à table : Leamas, Control et Peter Guillam dans cette petite maison du Surrey où Control vivait avec son épouse idiote aux yeux de boutons de bottine, parmi les tables sculptées à plateau de cuivre.) Fiedler est l'acolyte qui, un jour, poignardera le grand prêtre dans le dos, le seul rival de Mundt qui soit à la hauteur. De plus, il le hait ; Fiedler est juif, bien sûr, et Mundt de l'autre bord. Un mélange plutôt détonant. Notre travail, dit-il en désignant Guillam et lui-même, a consisté à donner à Fiedler l'arme qui lui permette d'abattre Mundt : vous, mon cher Leamas, vous l'encouragerez à s'en servir. Indirectement, bien sûr, parce que vous ne le verrez pas ; du moins, je vous le souhaite vivement !

Ils s'étaient tous esclaffés à ce qui leur avait semblé, sur le moment, une bonne plaisanterie. Control, en tout cas, la trouvait à son goût.

Il devait être minuit passé.

Depuis un bon moment, ils roulaient sur un chemin défoncé, tantôt à travers bois, tantôt en rase campagne. Enfin, ils s'arrêtèrent, pour être rejoints peu après par la DKW. En descendant de voiture, Leamas remarqua qu'elle transportait maintenant trois passagers. Déjà deux en sortaient, tandis que, sur la banquette arrière, le troisième, vague silhouette dans l'ombre diffuse, compulsait des papiers à la lumière du plafonnier.

Ils s'étaient garés à proximité d'écuries désertes ; dans le faisceau des phares, Leamas aperçut une ferme basse aux murs peints à la chaux. La lune, haute dans le ciel, détachait nettement la crête des collines boisées qui se profilaient sur l'horizon nocturne. Leamas et Peters gagnèrent la maison à pied, suivis des deux autres hommes. Le troisième personnage, toujours en train de lire dans la DKW, n'avait pas bougé.

Comme ils atteignaient la porte, Peters s'arrêta pour attendre les deux autres individus, dont l'un portait un trousseau de clefs à la main, tandis que le second, les mains dans les poches, se tenait légèrement en retrait pour couvrir son compagnon.

— Ils ne prennent pas de risques, observa Leamas. Qu'est-ce qu'ils s'imaginent ?

— On ne les paie pas pour penser, répondit Peters en se tournant vers eux. Il arrive ? leur demanda-t-il en allemand.

L'homme haussa les épaules :

— Il viendra, n'ayez crainte ! Il aime bien s'amener tout seul.

Ils pénétrèrent à sa suite dans le bâtiment apparemment aménagé en rendez-vous de chasse, mi-neuf, mi-ancien, mal éclairé par des lampes jaunâtres. Cela sentait vaguement le renfermé, le moisi, comme si la maison n'avait été ouverte que pour cette circonstance. Çà et là, certains indices révélaient un côté officiel : un avis concernant les mesures à prendre en cas d'incendie, le vert administratif de la porte, les lourdes serrures à ressort ; et, dans le confortable salon au lourd mobilier de bois sombre abondamment éraillé, s'alignaient aux murs les inévitables portraits des leaders so-viétiques.

Pour Leamas, ces petites touches, cet abandon occasionnel de l'anonymat signifiaient l'identifica-tion involontaire de l'Abteilung avec la bureaucra-tie. Le Cirque l'avait habitué à ce genre de chose.

Peters s'assit et Leamas l'imita. Ils attendirent une dizaine de minutes, peut-être plus ; finale-ment, Peters s'adressa à l'un des deux hommes qui se tenaient plantés comme des ours à l'autre bout de la pièce :

— Allez lui dire qu'on l'attend. Et trouvez-nous à manger, nous avons faim... (L'homme s'éloigna vers la porte, mais Peters le rappela.) Et du whisky : dites-leur d'apporter du whisky et des verres.

Le garde haussa ses massives épaules d'un air sceptique et sortit sans refermer la porte.

— Vous êtes déjà venu ici ? demanda Leamas.

— Oui, répondit Peters, plusieurs fois.

— Pour quoi faire ?

— Ce même genre de chose. Pas tout à fait pa-reil, mais toujours pour des questions de travail.

— Avec Fiedler ?

— Oui.

— Il est bien ?

Peters haussa les épaules :

— Pas mal, pour un Juif.

Leamas entendit un bruit à l'extrémité de la pièce, se retourna et aperçut Fiedler dans l'enca-drement de la porte. D'une main, il tenait une

164

bouteille de whisky et de l'autre, des verres et de l'eau minérale. De taille au-dessous de la moyenne, il portait un complet droit bleu marine au veston coupé trop long. Des yeux bruns, vifs. Une certaine allure, mais avec quelque chose d'animal en lui. Il ne les regardait pas, mais dévisageait le garde posté près de la porte.

— Va-t'en ! lui dit-il d'un ton où perçait un léger accent saxon. Va-t'en et dis à l'autre de nous apporter à manger.

— Je le lui ai déjà dit, intervint Peters. Mais ils n'ont rien apporté.

— Ce sont d'affreux snobs ! observa laconiquement Fiedler en anglais ; ils estiment que, pour la nourriture, nous devrions avoir des larbins... (Fiedler avait passé toute la guerre au Canada. Leamas s'en souvenait, maintenant qu'il avait détecté l'accent. Ses parents étaient des réfugiés israélites marxistes, et c'est seulement en 1946 que la famille était retournée au pays, désireuse de participer, quoi qu'il leur en coûtât personnellement, à l'édification de l'Allemagne de Staline.) Bonsoir, ajouta-t-il négligemment à l'adresse de Leamas. Content de vous voir.

— Salut, Fiedler.

— Vous voilà au terminus.

— Qu'est-ce que ça signifie ? demanda vivement Leamas.

— Ça signifie que, contrairement à ce que Peters a pu vous dire, vous n'allez pas plus loin. Désolé, ajouta-t-il d'un ton légèrement ironique.

Leamas se retourna vers Peters.

— C'est vrai ? (Sa voix frémissait de fureur.) C'est vrai ? Dites-moi !

Peters acquiesça de la tête.

— Oui. Je ne suis qu'un intermédiaire. Nous avons été obligés d'agir ainsi. Désolé, ajouta-t-il.

— Et pourquoi ?

— *Force majeure**[1], interrompit Fiedler. Votre premier interrogatoire a eu lieu à l'Ouest, où seule une ambassade pouvait constituer le maillon dont nous avions besoin. Or, la République Démocratique Allemande n'a pas d'ambassade à l'Ouest. Pas encore. C'est donc notre Service de Liaison qui s'est arrangé pour nous procurer les moyens de communication et l'immunité qui nous sont pour l'instant refusés.

— Salaud ! siffla Leamas. Espèce de salaud ! Vous saviez parfaitement que je ne me serais jamais confié à votre Service de pourris ! C'est pour ça, n'est-ce pas ? C'est pour ça que vous avez utilisé un Russe !

— Nous nous sommes servis de l'ambassade d'U.R.S.S. à La Haye. Que pouvions-nous faire d'autre ? Jusqu'alors, cette opération ne concernait que nous. Ça me paraît logique, non ? Personne ne pouvait prévoir qu'ils vous repéreraient aussi vite.

— Ah non ? Même pas après les avoir vous-mêmes mis à mes trousses ? Ça ne s'est pas passé comme ça, Fiedler ? Allons, avouez ! Oui, ou non ?

---

1. Les expressions en italique suivies d'un astérisque sont en français dans le texte.

« N'oubliez pas de les détester, avait recommandé Control. Ils attacheront d'autant plus de valeur à ce qu'ils tireront de vous. »

— Absurde ! répondit sèchement Fiedler.

Avec un coup d'œil à Peters, il ajouta quelque chose en russe. Peters opina du bonnet et se leva.

— Adieu, Leamas, bonne chance !

Il eut un sourire las, fit un signe de tête à Fiedler, se dirigea vers la porte et s'immobilisa sur le seuil. « Bonne chance », répéta-t-il. Il semblait attendre que Leamas dise quelque chose, mais celui-ci n'eut pas l'air d'entendre. Il avait blêmi et tenait ses mains négligemment croisées devant lui, les pouces en l'air, comme s'il s'apprêtait à attaquer. Peters, planté sur le seuil, attendait toujours.

— J'aurais dû m'en douter, fit Leamas du même ton exaspéré. J'aurais dû deviner que vous n'auriez pas le courage de faire votre sale boulot tout seul, Fiedler. C'est typique de votre moitié de pays pourri et de votre infect petit Service d'Espionnage. Vous allez chercher le gros oncle russe pour faire le maquereau à votre place. Vous n'êtes même pas une nation, même pas un gouvernement, vous n'êtes qu'une dictature à la manque de politiciens détraqués ! (Braquant un doigt accusateur vers Fiedler, il haussa le ton :) Je vous connais, espèce de sadique ! Vous étiez au Canada pendant la guerre, non ? C'était bien commode, hein ? Je parie que vous planquiez votre sale gueule dans les jupes de votre mère chaque fois que vous entendiez voler un avion. Et qui êtes-vous maintenant ? Un minable grouillot de Mundt, avec vingt-deux divisions russes pour monter la garde devant la maison de votre mère ! Le jour où vous vous réveillerez et qu'ils seront partis, ce jour-là, je vous plains, Fiedler ! Il y aura du sport ! Et ni Maman ni gros Nounours ne vous empêcheront de récolter ce que vous méritez !

Fiedler haussa les épaules :

— Dites-vous que vous êtes chez le dentiste. Plus vite ce sera terminé, et plus vite vous serez chez vous. Mangez donc quelque chose et allez vous coucher.

— Vous savez très bien que je ne peux pas rentrer chez moi, rétorqua Leamas. Vous avez veillé à ça ! Vous m'avez lessivé de belle manière, en Angleterre. Vous y étiez obligés, tous les deux. Vous saviez bougrement bien que je ne serais pas venu si on ne m'y avait pas amené de force.

Fiedler considéra ses longs doigts musclés.

— Le moment est mal choisi pour philosopher, dit-il, mais entre nous, vous auriez mauvaise grâce à vous plaindre. Tout notre travail — le vôtre et le mien — est fondé sur la théorie d'après laquelle l'ensemble importe plus que l'individu. C'est pourquoi un communiste voit dans les Services Secrets un prolongement naturel de son propre bras, alors que chez vous on voile la chose sous une sorte de *pudeur anglaise**. L'exploitation de l'individu ne se justifie que par le besoin collectif, non ? Vous êtes un peu ridicule avec vos indignations. Nous ne sommes pas ici pour observer le code moral du gentleman-farmer anglais. D'autant

168

qu'après tout, ajouta-t-il d'un ton doucereux, en se plaçant d'un point de vue puriste, votre conduite n'a pas été strictement irréprochable !

Leamas observait Fiedler d'un air dégoûté :

— Je les connais, vos histoires ! Vous êtes le caniche de Mundt, pas vrai ? Il paraît que vous voulez sa place. J'imagine que vous allez l'avoir, maintenant. Il est temps que le règne de Mundt finisse ; c'est peut-être ce coup-là qui va le liquider.

— Je ne vous comprends pas.

— Je suis votre atout maître, hein ? ricana Leamas.

Fiedler réfléchit un instant, puis il haussa les épaules et dit :

— Le coup a réussi, c'est tout ce qu'on peut dire. Que vous soyez ou non un atout valable, cela reste à voir. De toute façon, l'opération est positive. Elle est justifiée d'après le critère de notre profession : la réussite.

— J'imagine que c'est vous qui en tirez le bénéfice, insista Leamas en jetant un regard en coin à Peters.

— Pas question de bénéfice à tirer, répondit Fiedler d'un ton sec. Absolument pas. (Il s'assit sur un bras du sofa et considéra Leamas d'un air pensif.) Vous avez tout de même raison de vous indigner. Qui a dit à ceux de chez vous que nous vous avions ramassé ? Pas nous. Croyez-le ou non, c'est la vérité. Nous ne leur avons rien dit. Nous ne voulions même pas qu'ils l'apprennent. Notre idée était de vous faire travailler pour nous par la suite, idée qui paraît maintenant bien ridicule, évidemment. Donc, qui les a mis au courant ? Vous étiez perdu, à la dérive, sans adresse, sans attaches, sans amis. Comment diable ont-ils pu apprendre que vous étiez parti ? Quelqu'un le leur a dit... Ashe ou Kiever, ça m'étonnerait, puisqu'ils sont tous les deux arrêtés.

— Arrêtés ?

— Ça m'en a tout l'air. Pas précisément à cause de vous, d'ailleurs, mais pour d'autres raisons...

— Tiens, tiens !

— C'est vrai, ce que je viens de vous dire. Nous nous serions contentés du rapport de Peters établi en Hollande et vous auriez pu toucher votre argent et filer. Mais vous ne nous avez pas *tout* dit, et je veux tout savoir. Après tout, votre présence ici nous pose à nous aussi des problèmes, vous savez ?

— Eh bien, vous avez fait une boulette. Vous savez tout ce que je sais — et grand bien vous fasse !

Il y eut un long silence, durant lequel Peters, avec un signe de tête fort peu aimable à l'intention de Fiedler, sortit sans bruit de la pièce.

Fiedler prit la bouteille de whisky et en versa un peu dans chaque verre.

— Nous n'avons pas de soda, malheureusement. Aimez-vous l'eau plate ? Je leur ai demandé du soda, mais ces idiots m'ont apporté une cochonnerie de limonade.

— Oh merde ! Allez vous faire foutre ! fit Leamas, soudain à bout de fatigue.

Fiedler secoua la tête.

— Vous êtes un homme rongé d'orgueil, fit-il remarquer, mais passons. Mangez donc et allez vous coucher.

L'un des gardes entra avec un plateau : pain noir, saucisse et salade verte.

— C'est un menu sommaire, mais suffisant, reprit Fiedler. Il n'y a pas de pommes de terre ; pour l'instant, nous en manquons.

Ils se mirent à table en silence ; Fiedler mangeait avec soin, comme un homme qui compte ses calories.

Les gardes conduisirent Leamas dans sa chambre. Ils le laissèrent porter ses valises — celles que Kiever lui avait données à son départ d'Angleterre. Il les suivit le long du couloir central qui, depuis la porte d'entrée, traversait la maison tout entière. Arrivés devant une double porte peinte en vert foncé, un des gardes la déverrouilla ; puis ils lui firent signe d'entrer. Leamas poussa la porte et se trouva dans une petite chambre de caserne qui comportait pour tout mobilier deux lits de camp, une chaise et un bureau rudimentaire. La pièce ressemblait à une cellule. Aux murs étaient accrochées des photos de filles et les fenêtres étaient condamnées. Au fond, il y avait une autre porte. Ils lui firent à nouveau signe d'avancer. Leamas posa ses bagages et pénétra dans la deuxième chambre. Identique à la première, elle ne contenait qu'un seul lit et les murs étaient nus.

— Apportez-moi mes valises ! dit-il. Je suis crevé.

Il s'allongea tout habillé sur le lit. Quelques minutes après, il sombrait dans un profond sommeil.

Une sentinelle le réveilla pour lui apporter son petit déjeuner : pain noir et ersatz de café. Il sortit du lit et alla à la fenêtre.

La maison se dressait au faîte d'une haute colline. De sa fenêtre qui dominait une pente abrupte, il voyait poindre la cime des sapins, au-delà de la crête, et dans le lointain s'étageaient, avec une symétrie frappante, collines sur collines chargées de sapins. Çà et là, une coulée d'abattage ou une trouée coupe-feu formait entre les arbres une mince ligne brune qui, semblable à la verge d'Aaron, paraissait renouveler le miracle d'écarter les flots de cette forêt envahissante. Nulle trace de vie humaine, ni d'habitation, pas une église, pas même une ruine : rien que la route jaune et défoncée, tracée comme au crayon, qui longeait le fond de la vallée. Pas un bruit. C'était étrange qu'une pareille immensité fût à ce point silencieuse. La journée était froide mais claire. Sans doute avait-il plu pendant la nuit, car la terre était humide et le paysage tout entier se détachait contre la blancheur du ciel avec une telle netteté que Leamas pouvait distinguer des arbres solitaires sur les crêtes les plus éloignées.

Il s'habilla sans hâte, tout en buvant son café amer. Il était presque prêt et s'apprêtait à manger le pain quand Fiedler entra.

— Bonjour ! dit-il, jovial. Je ne voudrais pas interrompre votre petit déjeuner.

Il s'assit sur le lit.

Leamas était obligé d'en convenir : Fiedler avait du cran. Bien sûr, il ne risquait pas grand-chose en venant le voir — les sentinelles devaient être dans la pièce à côté. Mais l'homme montrait une endurance, un acharnement dans la poursuite de son objectif auxquels un homme de métier, comme Leamas, ne pouvait pas être insensible.

— Vous nous posez un grave problème, dit-il.

— Je vous ai dit tout ce que je savais.

— Oh non ! (Il sourit.) Vous nous avez dit tout ce que vous étiez *conscient* de savoir.

— Très astucieux ! marmonna Leamas en repoussant la nourriture pour allumer une cigarette — la dernière.

— Laissez-moi vous poser une question, dit Fiedler, du ton débonnaire de quelqu'un qui vous propose de participer à un jeu de société. Dites-moi ce que *vous*, en tant qu'officier de S.R. *expérimenté*, vous feriez des tuyaux que vous nous avez passés ?

— Quels tuyaux ?

— Mon cher Leamas, vous ne nous avez fourni qu'un seul renseignement valable. Vous nous avez parlé de Riemeck : nous étions déjà au courant. Vous nous avez parlé de l'organisation de votre réseau de Berlin, de ses hommes et de ses agents.

Tout ceci, passez-moi l'expression, c'est du ré-
chauffé. Exact, je concède ! Excellent arrière-
plan, passionnant à lire, d'accord, çà et là quelques preuves, et de temps en temps un petit poisson que nous allons nous empresser de pêcher.
Mais tout ça, si vous me permettez d'être franc,
ne vaut pas quinze mille livres. En tout cas,
ajouta-t-il avec un sourire, pas au tarif normal.

— Écoutez, dit Leamas. Qui est-ce qui a proposé le marché ? Vous... Vous, Kiever et Peters.
Ce n'est pas moi qui suis venu ramper aux pieds
de vos tantouses de petits copains pour leur four-
guer une camelote défraîchie. C'est vous qui
m'avez couru après, Fiedler. C'est vous qui avez
fixé la somme et pris les risques. En plus de ça, je
n'ai toujours pas reçu le moindre foutu centime.
Alors, ne venez pas me faire des reproches si
l'opération est un fiasco.

« Oblige-les à te faire des avances », se disait
Leamas.

— L'opération n'est pas un fiasco, répliqua Fiedler. Elle n'est pas terminée — c'est impossible.
Vous ne nous avez pas dit ce que vous savez *réellement*. Je vous le répète, vous n'avez lâché qu'un
morceau du gâteau. Je parle de « Rolling Stone ».
Et je vous repose la question : Qu'auriez-vous fait
si moi ou Peters ou n'importe qui d'autre vous
avions servi une histoire pareille ?

Leamas haussa les épaules :

— Je serais plutôt gêné aux entournures. Le cas
s'est déjà produit : un beau jour, un indice, disons,
ou plusieurs, vous donne à penser qu'il y a un es-

174

pion quelque part dans un secteur ou une sphère quelconque. Et alors ? On ne peut pas arrêter toute la baraque. Tendre des pièges à tous les ronds-de-cuir des Services ? Non. La seule chose à faire c'est d'ouvrir l'œil, patienter et toucher du bois. Mettez-vous bien ça dans le crâne : Pour « Rolling Stone », il n'y a même pas moyen de savoir dans quel pays il travaille.

— Vous êtes un actif, Leamas, fit remarquer Fiedler avec un petit rire, pas un spéculatif, c'est clair. Laissez-moi vous poser quelques questions élémentaires.

Leamas resta muet.

— Le dossier... de l'opération « Rolling Stone », quelle était sa couleur ?

— Grise, avec une croix rouge dessus. Autrement dit : diffusion restreinte.

— Y avait-il quelque chose d'attaché au dossier ?

— Oui. L'étiquette *Caveat* précisant : « Toute personne non autorisée se trouvant par hasard en possession de ce dossier, alors que son nom n'y figure pas, doit le retourner immédiatement et sans l'ouvrir à la Section Bancaire. »

— Qui était inscrit sur la liste de diffusion de « Rolling Stone » ?

— L'assistant de Control, Control, et sa secrétaire. Pour la Section Bancaire, Miss Bream, du Bureau Spécial d'Enregistrement et Satellites Quatre. C'est tout, je crois bien. Et aussi le Service Spécial des Expéditions, je suppose, mais je n'en suis pas sûr.

— Satellites Quatre ? Qu'est-ce qu'ils font ?

— Ils s'occupent des pays d'au-delà du rideau de fer, U.R.S.S. et Chine mises à part. L'ensemble de la Zone.

— Vous voulez dire la R.D.A. ?

— Je veux dire la Zone.

— Ce n'est pas normal qu'une section entière figure sur une liste de diffusion restreinte ?

— Si, peut-être. Je n'en sais trop rien ; je ne me suis jamais occupé d'affaires à diffusion limitée. Sauf à Berlin, bien sûr, mais c'était autre chose.

— Qui était à Satellites Quatre à cette époque ?

— Oh, bon Dieu ! Guillam, Haverlake, De Jong, je crois. Il rentrait juste de Berlin.

— Ils avaient *tous* accès au dossier ?

— Je n'en sais foutre rien, Fiedler, rétorqua Leamas avec irritation, et moi à votre place...

— Enfin, vous ne trouvez pas bizarre que toute une Section ait pu être inscrite en bloc sur la liste alors que tous les autres étaient des particuliers ?

— Comment voulez-vous que je sache ? Je n'étais qu'un gratte-papier, moi, dans tout ça.

— Qui faisait passer le dossier d'un intéressé à l'autre ?

— Des secrétaires, je suppose... Je ne m'en souviens plus. Ça fait des mois et des mois que...

— Et pourquoi les secrétaires ne se trouvaient-elles pas sur la liste, alors que celle de Control y figurait ?

Il y eut un silence.

— Non, vous avez raison... Je me souviens, maintenant, dit Leamas, l'air surpris. Nous nous le passions de la main à la main.

176

— Qui d'autre à la Section Bancaire avait accès à ce dossier ?

— Personne. C'était mon bébé à moi. Une des femmes s'en était occupée avant mon arrivée. Mais j'en ai été tout de suite chargé et on l'a rayée de la liste.

— Donc, vous étiez seul à le passer au suivant, de la main à la main ?

— Oui... oui, il me semble bien.

— Et à qui le passiez-vous ?

— Euh... je ne m'en souviens pas.

— *Réfléchissez !*

Fiedler n'avait pas élevé la voix, mais le ton s'était fait tellement pressant que Leamas en fut surpris.

— Au second de Control, je crois.

— Qui apportait le dossier ?

— Comment ça ? fit Leamas, apparemment interloqué.

— Qui est-ce qui vous remettait le dossier ? Quelqu'un devait bien vous le passer. Quelqu'un qui figurait sur la liste.

Leamas effleura sa joue du bout de ses doigts, d'un geste involontaire de nervosité.

— Oui, bien sûr. C'est difficile à dire, comprenez-vous, Fiedler. Je picolais terriblement à l'époque. (Il ajouta, d'un ton bizarrement conciliant :) Vous n'avez pas l'air de vous rendre compte du problème que vous...

— Je vous répète : réfléchissez ! Qui vous apportait le dossier ?

Leamas s'assit à la table et secoua la tête :

— Je ne m'en souviens pas. Ça peut me revenir. Pour l'instant, ça m'est sorti de la tête, franchement. Pas la peine de me torturer les méninges.

— Ça ne pouvait pas être la secrétaire de Control, n'est-ce pas ? Vous ne faisiez que lui *rendre* le dossier. C'est vous qui l'avez dit. Ceux qui figuraient sur la liste devaient donc le voir *avant* Control.

— En effet, oui, c'est probable.

— Et cette femme du Bureau Spécial d'Enregistrement, Miss Bream ?

— Elle ne s'occupait que de la chambre forte où on enfermait les dossiers à diffusion restreinte lorsqu'ils n'étaient pas en circulation.

— Alors, conclut Fiedler d'un ton doucereux, ça devait être Satellites Quatre qui vous l'apportait, hein ?

— Possible, soupira Leamas d'un ton désemparé, feignant d'être subjugué par la perspicacité de Fiedler.

— Et à quel étage était installé Satellites Quatre ? reprit celui-ci.

— Au troisième.

— Et la Section Bancaire ?

— Au cinquième, à côté de l'Enregistrement Spécial.

— Vous rappelez-vous qui vous montait le dossier ? Ou par exemple, vous souvenez-vous d'avoir jamais descendu les escaliers pour récupérer le dossier chez eux ?

Complètement à bout, Leamas secoua la tête ; puis, il se retourna brusquement vers Fiedler :

— Oui, oui, je me souviens ! Mais oui, bien sûr ! C'est Peter qui me le donnait ! (Leamas parut se réveiller subitement. D'émotion, son visage s'empourpra.) C'est ça !… J'ai un jour repris le dossier à Peter dans son bureau. Nous avons parlé de la Norvège. Nous y avions servi tous les deux pendant la guerre, vous comprenez ?

— Peter Guillam ?

— Oui, Peter… Je l'avais complètement oublié ! Il était revenu d'Ankara quelques mois plus tôt. Lui aussi était sur la liste ! Peter était… mais bien sûr ! C'est ça ! Satellites Quatre et P. G. entre parenthèses. Ses initiales. Quelqu'un l'avait déjà fait avant lui et le Service Spécial d'Enregistrement avait collé par-dessus les initiales de Peter Guillam.

— À quelle région Peter était-il affecté ?

— La Zone : l'Allemagne de l'Est. Informations économiques ; une Section secondaire, une sorte de voie de garage. C'était bien lui ! Il n'avait pas d'agents sous sa coupe, pourtant. D'ailleurs, je ne sais pas trop ce qu'il venait faire là-dedans ; avec quelques autres, il faisait une enquête sur la pénurie de nourriture en R.D.A. Plutôt un travail d'estimation, en réalité.

— Vous n'en avez jamais discuté avec lui ?

— Non, c'est tabou. Silence de rigueur dans ce domaine. Je me suis d'ailleurs fait sermonner par cette bonne femme, Miss Bream, à ce propos : pas de questions, pas de discussions là-dessus.

— Mais, compte tenu du luxe de précautions prises concernant « Rolling Stone », il est possible, j'imagine, que le soi-disant travail de recherche de Guillam ait en réalité comporté la tutelle partielle de l'agent dit « Rolling Stone ».

— Je l'avais *dit* à Peters, bon Dieu ! vociféra Leamas, en cognant le poing sur la table. C'est grotesque d'imaginer qu'une opération quelconque ait pu être déclenchée contre l'Allemagne de l'Est à mon insu — sans que l'Organisation de Berlin le sache. J'aurais été obligatoirement au courant, vous comprenez ? Combien de fois faudra-t-il que je vous le répète ? Je l'aurais su !

— Mais bien sûr ! fit suavement Fiedler. Vous l'auriez su. (Il se leva et alla regarder par la fenêtre.) Vous devriez voir le paysage en automne, dit-il, quand les hêtres changent de couleur, c'est magnifique.

13

Trombones ou épingles

Fiedler adorait poser des questions. Parfois, sa formation de juriste reprenant le dessus, il les posait pour le seul plaisir de souligner les contradictions existant entre la preuve irréfutable et une vérité toujours perfectible. Il possédait néanmoins cette curiosité inlassable qui, chez les journalistes et hommes de loi, est une fin en soi.

Cet après-midi-là, ils allèrent faire un tour ; après avoir suivi le chemin de terre au fond de la vallée, ils obliquèrent vers la forêt, le long d'une large piste pleine de fondrières et d'arbres abattus. Et, tout en marchant, Fiedler poursuivait inlassablement son interrogatoire, sans jamais se livrer, questionnant Leamas sur l'immeuble de Cambridge Circus, sur ses occupants, leur classe sociale, les quartiers de Londres où ils habitaient : maris et femmes travaillaient-ils dans les mêmes services ? Tout y passait : salaires, vacances, moralité, cantine, histoires de cœur, cancans, mode de vie et convictions. Il insista beaucoup sur leur philosophie de l'existence.

Pour Leamas ce dernier point était le plus ardu à élucider :

— Qu'entendez-vous par philosophie ? Nous ne sommes pas marxistes. Nous ne sommes rien du tout, rien que des gens.

— Des chrétiens, alors ?

— Une petite minorité. Personnellement, je n'en connais guère.

— Alors, qu'est-ce qui les pousse dans la vie ? insista Fiedler. Ils doivent bien avoir une conviction quelconque ?

— Et pourquoi ça ? Peut-être qu'ils ne savent pas eux-mêmes, ou peut-être qu'ils s'en foutent. Il n'est pas donné à tout le monde d'avoir une conception philosophique de l'existence.

— Alors, expliquez-moi le vôtre, de point de vue sur l'existence.

— Oh ! merde ! Parlez d'un intérêt ? aboya Leamas.

Ils continuèrent leur chemin en silence, mais Fiedler était un homme tenace :

— S'ils ne savent pas ce qu'ils veulent, comment peuvent-ils être aussi sûrs d'avoir raison ?

— Qui a jamais prétendu qu'ils l'étaient ? répliqua Leamas, excédé.

— Enfin, comment les gens de chez vous peuvent-ils se justifier ? Pour nous, c'est assez simple, comme je vous l'ai expliqué hier soir : Abteilung et organismes similaires ne sont qu'une ramification du Parti, la pointe du combat pour la Paix et le Progrès. Ils sont au Parti ce que le Parti est pour le socialisme : *L'Avant-Garde*. Staline l'a dit... (Il eut un bref sourire.) Je sais que c'est démodé de citer Staline, mais c'est lui qui a dit : « La liquidation de 500 000 personnes relève de la statistique, alors qu'un individu tué dans un accident de voiture est une catastrophe nationale. » Bien sûr, il plaisantait, il se moquait de la sensiblerie petite-bourgeoise. Staline était un grand cynique, mais il n'avait pas tort : un mouvement qui se défend des contre-révolutions ne peut pas, Leamas, s'arrêter à l'exploitation, voire à l'élimination de quelques individus. Tout se tient ; nous n'avons jamais prétendu être constamment juste au cours du processus de rationalisation de la société. C'est un Romain qui l'a dit, je crois, dans l'Évangile : il est raisonnable qu'un homme meure pour le bien du plus grand nombre.

— C'est bien possible, répondit Leamas d'un ton las.

— Alors, qu'est-ce que vous en pensez, dites-moi ? Quelle est votre philosophie de l'existence ?

— Je pense que vous êtes une belle bande de salauds, c'est tout, riposta Leamas, rageur.

— C'est un point de vue, admit Fiedler en acquiesçant de la tête. Primitif, négatif et parfaitement idiot, mais c'est un point de vue qui existe. Et les gens du Cirque ?

— J'en sais rien. Comment le saurais-je ?

— Vous n'avez jamais discuté philosophie avec eux ?

— Non. Nous ne sommes pas allemands. (Il hésita, puis ajouta vaguement :) J'ai l'impression

que le communisme ne doit pas leur plaire beaucoup.

— Et le fait que cela ne leur plaise pas justifie-
rait par exemple la suppression de vies humaines ? Un attentat à la bombe dans un restaurant
regorgeant de monde ? Le pourcentage de pertes
de vos agents ? Et le reste ?

— Je suppose, oui, répondit Leamas en haussant les épaules.

— Eh bien, voyez-vous, pour moi aussi. Je n'hé-
siterais pas à jeter une bombe dans un restaurant
si cela faisait avancer notre cause. Après quoi, je
ferais le bilan : tant de femmes, tant d'enfants tués
contre tant de pas en avant. Mais vous vivez dans
une société chrétienne — et un chrétien n'a pas le
droit de calculer de la sorte.

— Et pourquoi ? Il faut bien se défendre, non ?

— Mais vous, vous croyez au caractère sacré de
la vie humaine. Vous croyez que chaque individu
possède une âme qui peut être sauvée, vous
croyez à la vertu du sacrifice.

— Je ne sais pas : d'ailleurs je m'en fous un peu.
Staline aussi s'en foutait, non ?

Fiedler sourit et dit, presque en aparté :

— J'aime beaucoup les Anglais. Mon père aussi
les aimait bien. Il avait pour eux une véritable af-
fection.

— Vous ne pouvez pas savoir comme ça me ré-
chauffe le cœur, fit Leamas, après quoi le silence
retomba entre eux.

Le chemin commençait à grimper ; Leamas,
heureux de prendre de l'exercice, allait à grandes

enjambées, les épaules en avant. Fiedler le suivait, agile et souple comme un fox-terrier derrière son maître. Ils devaient marcher depuis plus d'une heure quand soudain, débouchant dans une clairière, le ciel leur apparut. Ils avaient atteint le sommet de la colline et dominaient un océan de sapins d'où émergeaient çà et là les îlots gris des hêtres. Leamas entrevit la masse plate et sombre du rendez-vous de chasse, un peu au-dessous de la crête opposée. Au centre de la clairière, à côté d'un tas de rondins et de cendres humides de feu de bois, se trouvait un banc grossier.

— On va s'asseoir un instant, suggéra Fiedler. Ensuite, il faudra rentrer. Dites-moi, ajouta-t-il après un moment de silence, cet argent, ces grosses sommes déposées dans les banques étrangères... À quoi pensez-vous qu'elles étaient destinées ?

— Comment ça ? Je vous l'ai déjà dit, ces sommes étaient destinées à un agent.

— Un agent de l'autre bord ? De derrière le rideau de fer ?

— Oui, je crois.

— Qu'est-ce qui vous le faisait croire ?

— D'abord, ça faisait un paquet de fric. Ensuite, toutes ces complications, pour les règlements, ces précautions spéciales... Et, bien sûr, le fait que Control était dans le coup.

— Selon vous, qu'est-ce que l'agent faisait de pareilles sommes ?

— Oh, écoutez ! Je vous l'ai déjà dit : je n'en sais rien ! Je ne sais même pas s'il le touchait, ce pognon. Je n'étais qu'un foutu garçon de courses, après tout.

— Et le carnet de comptes, qu'est-ce que vous en faisiez ?

— Je le rendais dès mon retour à Londres, en même temps que le passeport.

— Les banques de Copenhague et d'Helsinki ne vous ont jamais écrit à Londres... enfin, à votre pseudonyme ?

— Je n'en sais rien. De toute façon le courrier aurait été immédiatement remis à Control.

— Et les signatures sous lesquelles vous vous faisiez ouvrir les comptes en banque, Control en avait des exemplaires ?

— Oui. Je m'exerçais beaucoup et ils en gardaient des copies.

— Plusieurs ?

— Oui, des pages entières.

— Je vois. Donc, il se peut fort bien qu'on ait envoyé d'autres lettres aux banques après l'ouverture des comptes sans que vous soyez au courant. En imitant les signatures.

— Possible. Oui, bien sûr. C'est ce qui a dû se passer. Je signais aussi beaucoup de feuilles en blanc. J'ai toujours supposé que quelqu'un se chargeait de la correspondance.

— Mais vous n'avez jamais eu la *certitude* que cette correspondance existait ?

Leamas secoua la tête :

— Vous n'y êtes pas du tout ! Vous faites un monde de pas grand-chose ! Il circulait des masses de papiers, tous les jours. La routine, quoi. Pourquoi m'y serais-je intéressé ? C'était secret, d'accord, mais j'ai passé ma vie à m'occuper d'affaires dont je ne connaissais presque rien et dont les autres savaient le reste. En plus, la paperasserie m'a toujours rasé. Je n'allais pas me casser la tête à chercher midi à quatorze heures. Les voyages, c'était agréable, je ne dis pas non, mais vous pensez bien que je ne passais pas mes journées le cul sur ma chaise à me creuser les méninges au sujet de « Rolling Stone ». (Il ajouta d'un ton un peu gêné :) Sans compter qu'à l'époque je picolais déjà pas mal.

— Vous me l'avez déjà dit... Et, bien entendu, je vous crois.

— Que vous me croyiez ou non, je m'en fous ! rétorqua Leamas, exaspéré.

Fiedler sourit :

— Parfait. À mes yeux, voyez-vous, c'est là qu'est votre principale qualité : l'indifférence. Votre indifférence même est un gros atout pour moi. Vous vous rebiffez de temps en temps ; çà et là une pointe d'orgueil, mais tout cela n'est rien : rien de plus que les déformations d'une bobine de magnétophone. L'important, c'est que vous êtes objectif. (Fiedler marqua un temps d'arrêt :) À mon idée, vous devriez pouvoir nous aider à découvrir si oui ou non les fonds en question ont été retirés. Rien ne vous empêche par exemple d'écrire à ces deux banques pour leur demander un état de votre compte. Nous pourrions dire que vous résidez en Suisse et leur donner une adresse de complaisance. Vous y voyez une objection quelconque ?

— Ça pourrait marcher. À moins que Control n'ait correspondu de son côté avec la banque en utilisant mes fausses signatures. Là, ça pourrait ne pas coller.

— En tout cas, je ne vois pas ce que nous avons à perdre.

— Et qu'est-ce que vous avez à gagner ?

— Si l'argent a été retiré, ce qui, je le concède, est peu probable, nous saurons où se trouvait l'agent tel ou tel jour. Il me semble que c'est assez utile à savoir.

— Vous rêvez ! Jamais vous ne le trouverez, Fiedler, pas d'après ce genre d'indice. Une fois en zone occidentale, il lui suffit d'aller dans n'importe quel consulat, même de petite ville, et de s'y procurer un visa pour un autre pays. Vous seriez bien avancé. Vous ne savez même pas si cet agent est un Allemand de l'Est. Qui cherchez-vous, et où ?

Fiedler garda un instant le silence. Il considérait la vallée d'un œil distrait.

— Vous m'avez dit qu'en général vous n'étiez que partiellement informé, et je ne peux pas répondre à votre question sans vous en dire trop. (Il hésita avant de poursuivre :) Mais « Rolling Stone » était une opération montée contre nous, ça, je peux le garantir.

— Nous ?

— La R.D.A. (Il sourit.) La Zone, si vous préférez. Je ne suis pas à ce point susceptible.

Leamas observait Fiedler avec attention, le scrutant pensivement de ses yeux bruns.

— Et moi, qu'est-ce que je deviens ? fit-il. Supposons que je n'écrive pas de lettres ? (Il haussa le ton :) Il serait peut-être temps de s'occuper un peu de moi ?

— Pourquoi pas ? répondit aimablement Fiedler.

— Écoutez, Fiedler, j'ai fait mon boulot. Entre vous et Peters, vous m'avez soutiré tout ce que je savais. Je n'ai jamais convenu d'écrire des lettres aux banques... ça pourrait être vachement dangereux, une chose pareille. Bien sûr, vous, ça ne vous empêche pas de dormir. Pour vous, ma peau ne vaut pas cher.

— Écoutez, je vais être franc. L'interrogatoire d'un transfuge se déroule en deux temps, vous le savez. Dans votre cas, le premier stade est à peu près terminé : vous nous avez raconté en gros tout ce que nous voulions savoir. Vous ne nous avez pas dit si votre Service préférait les trombones aux épingles pour fixer les dossiers parce que nous ne vous l'avons pas demandé ; et parce que de toute façon vous n'auriez pas jugé ce tuyau digne d'intérêt. Vous comprenez, il y a un processus de sélection inconscient qui se déroule en vous comme en moi. Et il est toujours possible, Leamas, et c'est ce qui me tracasse, que dans un mois ou deux nous ayons un besoin urgent, impérieux de tout savoir sur les trombones et sur les épingles. C'est cela qui est normalement prévu au deuxième stade de l'interrogatoire, cette partie du marché que vous avez refusé d'accepter en Hollande.

— En somme, vous comptez me garder encore longtemps au frigo ?

— La profession de transfuge, fit remarquer Fiedler, avec un sourire, exige beaucoup de patience. Très peu en sont capables.

— Combien de temps ? insista Leamas.

Fiedler ne répondit pas.

— Alors ?

— Je vous donne ma parole, répondit enfin Fiedler avec conviction, que, dès que possible, je répondrai à votre question. Voyons... je pourrais fort bien vous raconter des histoires, n'est-ce pas ? Je pourrais vous dire un mois ou deux, simplement pour vous maintenir dans de bonnes dispositions. Je vous dis que je n'en sais rien parce que c'est la vérité. Vous nous avez fourni certaines indications. Jusqu'à ce que nous les ayons exploitées à fond, je ne veux pas entendre parler de votre départ. Mais après, si les choses se passent comme je le pense, vous aurez besoin d'un ami, et cet ami, ce sera moi. Je vous en donne ma parole d'honneur d'Allemand.

Leamas était tellement abasourdi qu'il en resta un moment bouche bée.

— D'accord, dit-il enfin, je marche. Mais attention, Fiedler, si vous essayez de me rouler, d'une façon ou d'une autre, je vous casse la figure.

— Ce ne sera peut-être pas nécessaire, répondit calmement Fiedler.

L'homme qui tient un rôle, non pas aux yeux des autres, mais vis-à-vis de lui-même, encourt des dangers psychologiques évidents. En soi, la pratique du mensonge n'a rien de particulièrement éprouvant ; c'est une question d'habitude professionnelle, une ressource que la plupart des gens peuvent acquérir. Mais alors que l'aigrefin, l'acteur de théâtre ou le joueur professionnel peuvent rejoindre les rangs de leurs admirateurs après la représentation, l'agent secret, lui, ne peut pas se payer le luxe de la détente. Pour lui, l'imposture est avant tout de l'autodéfense. Il doit se protéger non seulement des dangers extérieurs, mais aussi du dedans, et contre les plus naturelles des impulsions ; bien qu'il gagne parfois des fortunes, son rôle peut lui interdire l'achat d'un rasoir. Érudit, il peut se voir astreint à ne prononcer que des banalités. Mari et père de famille dévoué, il lui faut, en toute circonstance, refréner son envie de se confier aux siens.

Conscient des défaillances qui guettent l'homme vivant en permanence un rôle, Leamas s'était contraint à rester, même quand il était seul, dans la peau de son personnage. On dit que Balzac, sur son lit de mort, s'inquiétait de l'état de santé et de la prospérité de ses créatures. Ainsi, Leamas, sans abandonner rien de sa faculté d'invention, s'identifiait à ce qu'il avait inventé. Les traits qu'il avait exhibés devant Fiedler, cette incertitude agitée, ce ton arrogant et protecteur qui cachait de la gêne, étaient non des fantaisies, mais des prolongements de ses propres traits ; d'où la légère claudication, l'aspect négligé, l'indifférence pour la nourriture et une dépendance de plus en plus marquée envers l'alcool et le tabac : il lui arrivait même de les exagérer un peu, comme par exemple lorsqu'il marmonnait tout seul à propos des iniquités du métier et de son service.

Et c'est seulement en de rares occasions qu'il se permettait — comme ce soir en allant se coucher — le luxe dangereux de contempler, les yeux grands ouverts, le mensonge énorme qu'il vivait.

Control s'était montré infaillible de bout en bout. Fiedler marchait comme un somnambule, droit vers le piège qu'il lui avait tendu. C'était étrange de voir comme les intérêts de Fiedler et de Control peu à peu convergeaient pour finalement s'identifier ; à croire que, d'un commun accord, ils avaient adopté le même plan et que Leamas avait été chargé de l'exécuter.

Peut-être touchait-il là à la solution du problème ? Peut-être était-ce Fiedler cet « Intérêt tout Spécial » que Control s'efforçait à tout prix de sauvegarder ? Il ne voulait pas le savoir. Pour ces choses-là, il ne montrait pas la moindre curiosité, sachant d'avance que ses déductions ne pourraient le mener à rien de bon. Néanmoins il souhaita ardemment avoir vu juste. Dans ce cas, et dans ce cas seulement, il lui restait une chance de pouvoir un jour retourner chez lui.

14

Lettre à un client

Leamas était encore au lit, le lendemain matin, quand Fiedler lui apporta les lettres à signer ; l'une était rédigée sur un mince papier bleu de l'Hôtel Seiler Alpenblick, Lac Spiez, Suisse ; l'autre portait comme en-tête, Palace Hotel, Gsaad.

Leamas lut la première :

> *À Monsieur le Directeur*
> *de la Banque Royale*
> *de Scandinavie, Copenhague*

Cher Monsieur,
Étant en voyage depuis quelques semaines, je n'ai pu recevoir aucun courrier d'Angleterre. Et aucune réponse à ma lettre du 3 mars, dans laquelle je vous demandais l'état de mon compte, dont M. Harlsdorf est cotitulaire. Pour éviter tout retard, je vous serais très reconnaissant de bien vouloir m'envoyer un duplicata de votre réponse à l'adresse suivante, où je serai pour deux semaines à partir du 21 avril :

c/o Madame Y. de Sanglot,
3, avenue des Colombes
Paris 12ᵉ.
France.
Avec toutes mes plus sincères excuses, je vous
prie, Monsieur, de bien vouloir agréer l'expression
de mes sentiments distingués.

ROBERT LANG

— Qu'est-ce que c'est que cette histoire de lettre du 3 mars ? demanda-t-il. Je ne leur ai jamais
écrit quoi que ce soit !

— Non, bien sûr. Pour autant que je sache, personne ne leur a écrit : donc la banque va s'inquié-
ter. Si cette lettre contredit une lettre éventuelle
de Control, ils se diront sûrement que la solution
réside dans cette lettre manquante du 3. Leur première réaction sera de vous envoyer l'état de
votre compte ainsi que vous le leur demandez, le
tout accompagné d'un mot dans lequel ils expri-
meront le regret de n'avoir pas reçu votre demande en date du 3.

La deuxième lettre était identique à la première : seuls les noms avaient changé ; l'adresse
parisienne était la même. Leamas prit une feuille
de papier blanc, son stylo, et s'exerça une bonne
demi-douzaine de fois à parapher Robert Lang
d'une main légère, après quoi il signa la première.
Inclinant son stylo de l'autre côté, il s'entraîna un
moment à imiter la signature de Stephen Bennet
qu'il apposa au bas de la seconde lettre.

194

— Admirable, fit remarquer Fiedler, tout à fait admirable.

— Et maintenant, qu'est-ce qu'on fait ?

— Elles seront postées en Suisse demain, l'une à Interlaken et l'autre à Gstaad. Nos gens de Paris me télégraphieront les réponses dès réception. Il faut compter une semaine.

— Et jusque-là ?

— Jusque-là nous n'allons guère nous quitter. Je sais que cela ne vous enchante pas et je m'en excuse. J'ai pensé que nous pourrions aller nous promener, faire des balades en voiture dans les collines avoisinantes, histoire de tuer le temps et de vous détendre. Je voudrais que vous vous laissiez aller, que vous parliez de Londres, du Cirque et de votre travail. Racontez-moi les cancans, les histoires de salaire, de vacances, parlez-moi des bureaux, des paperasses, des gens. Les épingles et les trombones. Je veux tout savoir, surtout les choses sans importance. À propos...

Le ton de sa voix changea.

— Oui ?

— Nous offrons des euh... facilités aux gens qui... enfin aux gens qui passent un certain temps chez nous. Des facilités de... disons de diversion et des choses de ce genre.

— Vous me proposez une femme ?

— Oui.

— Non, merci bien. Contrairement à vous, je n'en suis pas encore à avoir besoin d'un maquereau.

Sa réponse parut laisser Fiedler indifférent. Il enchaîna vivement :

— Mais vous aviez une amie, en Angleterre, non ? Cette fille de la bibliothèque ?

Leamas fit volte-face, les poings serrés.

— Écoutez-moi bien ! explosa-t-il. Une chose à quoi je tiens : ne revenez plus jamais là-dessus, même pour blaguer, même comme moyen de chantage, Fiedler ! Ça ne marcherait pas. Autant me couper la langue. Je la bouclerais une fois pour toutes, vous saisissez ? Dites-leur ça, Fiedler, à Mundt et à Stammberger ou à n'importe lequel de ces salopards qui vous a suggéré cette allusion. Allez-y, dites-le-leur.

— Ce sera fait, répondit Fiedler. Mais il se peut qu'il soit déjà trop tard.

Cet après-midi-là, ils allèrent à nouveau faire un tour. Le ciel était sombre et l'air tiède.

— Je n'ai été en Angleterre qu'une fois, dit négligemment Fiedler. Je me rendais au Canada avec mes parents. C'était avant la guerre, j'étais tout gosse, naturellement. Nous y sommes restés deux jours.

Leamas hocha la tête.

— Et je peux vous le dire, maintenant, j'ai bien failli y retourner, il y a quelques années. Je devais remplacer Mundt à la Mission Sidérurgique... Vous saviez qu'il a été à Londres ?

— Je le savais, fit laconiquement Leamas.

— Je me suis toujours demandé ce que pouvait être ce genre de travail.

— Oh... toujours la même histoire, répondit Leamas d'un ton blasé, se mêler aux groupes du même bloc, se frotter un peu aux milieux d'affaires anglais... mais fort peu.

— Pourtant Mundt ne s'est pas mal débrouillé : le travail lui a même paru enfantin.

— Il semble, oui... Il en a même profité pour bousiller deux types.

— Ah bon, vous savez ça aussi ?

— Je le tiens de Peter Guillam. Il était dans le coup avec George Smiley. D'ailleurs Mundt a bien failli tuer George aussi.

— L'histoire Fennan, reprit Fiedler songeur. Curieux tout de même que Mundt ait réussi à s'en sortir, non ?

— Sans doute.

— On ne s'imaginerait pas qu'un homme qui est fiché, photo et tout, au Foreign Office, comme membre d'une Mission Étrangère, aurait la moindre chance de filer entre les pattes de toute la police secrète britannique.

— D'après ce que j'ai compris, on ne s'est pas donné tellement de mal pour le pincer.

Fiedler sursauta :

— Qu'est-ce que vous dites ?

— Peter Guillam m'a confié qu'à son avis on n'avait pas sérieusement tenté de cueillir Mundt, c'est tout. À l'époque, notre organisation était différente : à notre tête se trouvait un conseiller au lieu d'un chef opérationnel — un nommé Maston.

Dès le départ, ce Maston avait fait un sacré foutu gâchis de l'histoire Fennan. Du moins c'est ce que m'a dit Guillam. La capture de Mundt aurait fait de drôles de vagues : on l'aurait jugé et probablement pendu. Mais la boue que ça aurait remuée aurait foutu la carrière de Maston en l'air. Peter n'a jamais su exactement ce qui s'était passé, mais il est certain qu'on ne s'est pas décarcassé pour épingler Mundt. On n'a pas mis en place le dispositif de sécurité Numéro Un.

— Vous en êtes sûr ? Guillam vous l'a dit en ces termes : On n'a pas mis en place le dispositif de sécurité Numéro Un ?

— Parfaitement.

— Guillam ne vous a jamais laissé entendre qu'il pouvait y avoir d'autres raisons de le laisser filer ?

— Comment ça ?

Fiedler secoua la tête et ils se remirent en marche le long du sentier.

— La Mission Sidérurgique a fermé boutique après l'histoire Fennan, déclara Fiedler, c'est pour ça que je ne suis pas parti.

— Mundt devait être cinglé ! On peut se sortir d'une histoire d'assassinat dans les Balkans... ou ici, mais pas à Londres.

— Et pourtant, il s'en est tiré, n'est-ce pas ? ajouta vivement Fiedler. Et il a fait du bon travail.

— Recruter des zèbres comme Kiever et Ashe ? Parlons-en !

— Ils ont tout de même utilisé la femme de Fennan pendant pas mal de temps.

Leamas haussa les épaules.

— Dites-moi encore, reprit Fiedler, ce Karl Riemeck, il a vu Control une fois, n'est-ce pas ?

— Oui, à Berlin, il y a un an ; peut-être un peu plus.

— Où se sont-ils rencontrés ?

— Nous nous sommes vus tous les trois chez moi.

— Pourquoi ?

— Control adorait s'amener lors du partage des lauriers. Karl avait fourni un tas de tuyaux vachement intéressants et je pense que ça avait dû faire impression à Londres. Control est venu à Berlin et m'a demandé d'arranger une entrevue.

— Ça vous dérangeait ?

— Et pourquoi donc ?

— C'était votre agent, non ? Vous auriez fort bien pu trouver un inconvénient à ce qu'il en rencontre d'autres.

— Control n'opère pas en personne : il est la tête du Service. Karl le savait et ça chatouillait son amour-propre de lui être présenté.

— Vous êtes restés ensemble tout le temps ?

— Oui... Enfin, pas exactement. Je les ai laissés seuls à peu près un quart d'heure. Control voulait quelques minutes de tête-à-tête avec Karl. Dieu sait pourquoi ! Alors j'ai quitté l'appartement sous un prétexte quelconque... Je ne me souviens plus lequel. Ah si ! c'est ça : j'ai fait semblant d'être à court de scotch. J'ai même été en chercher une bouteille chez De Jong.

— Savez-vous ce qu'ils ont dit en votre absence ?

— Comment l'aurais-je su ? De toute façon, ça ne m'intéressait pas tellement.

— Karl ne vous en a jamais soufflé mot par la suite ?

— Je ne lui ai rien demandé. Karl était un petit esbroufeur, par certains côtés, toujours en train de prétendre qu'il en savait plus que moi. Je n'aimais pas non plus sa façon de pouffer, après le départ de Control. Notez bien que ça pourrait paraître justifié : il y avait en effet de quoi rigoler. Je ne m'en suis d'ailleurs pas privé, moi non plus ; Control s'était montré un tantinet ridicule. Et puis ça n'aurait rimé à rien de piquer la susceptibilité de Karl ; la réunion avait justement pour but de le stimuler.

— Karl était déprimé, à l'époque ?

— Non, loin de là. Il était déjà pourri. On le payait trop, on l'aimait trop, on lui faisait trop confiance. C'était en partie ma faute, en partie celle de Londres. Si nous ne l'avions pas autant gâté, il n'aurait pas été parler de son réseau à sa foutue bonne femme.

— Elvira ?

— Oui.

Ils marchèrent en silence un moment. Puis Fiedler interrompit sa rêverie pour déclarer :

— Vous commencez à me plaire, Leamas. Mais il y a un petit détail qui me tracasse, c'est bizarre... Avant de vous connaître, ça ne me gênait pas du tout.

— Quoi donc ?

— Pourquoi êtes-vous venu chez nous ? Pourquoi avez-vous trahi ? (Leamas allait répondre
quand Fiedler se mit à rire.) Ce n'est pas le tact
qui m'étouffe, hein ? dit-il.

Ils passèrent la semaine à se promener dans les
collines. Le soir, ils rentraient au pavillon, ava-
laient un repas médiocre, arrosé d'un vin blanc râ-
peux et passaient le soir de longues heures devant
le feu, leur chope de bière à la main. Leamas ne
détestait pas ces soirées. Après les séjours prolongés au grand air, devant les bûches crépitantes, il
parlait librement de son service passé. Il se doutait que toute la conversation était enregistrée,
mais il s'en moquait...

À mesure que les jours passaient, Leamas crut
remarquer que son compagnon devenait de plus
en plus nerveux, plus tendu. Un soir, très tard, ils
sortirent avec la DKW et s'arrêtèrent à une cabine téléphonique. Fiedler laissa Leamas dans la
voiture avec la clef de contact et fit un appel prolongé. À son retour, Leamas lui demanda :

— Pourquoi n'avez-vous pas appelé de la maison ?

Fiedler se contenta de hocher la tête :

— Il faut être prudent, répondit-il. Vous aussi,
d'ailleurs, vous devez être prudent.

— Pourquoi ? Qu'est-ce qui se passe ?

— L'argent que vous avez versé à la banque de Copenhague : nous avons écrit, vous vous souvenez ?

— Bien sûr que je m'en souviens.

Fiedler ne sembla pas vouloir en dire plus long ; il reprit la voiture et, en silence, prit la route des collines. Peu après, ils firent halte. Plus bas, à demi masquées par la masse spectrale et changeante des sapins, deux grandes vallées se rejoignaient. Les flancs abrupts et boisés des collines peu à peu cédaient leurs teintes à l'ombre envahissante et devenaient gris et inanimés dans le crépuscule.

— Quoi qu'il arrive, dit Fiedler d'un ton persuasif, en posant une main rassurante sur le bras de Leamas, ne vous inquiétez pas. Tout s'arrangera, vous comprenez ? Vous serez peut-être obligé d'ouvrir l'œil et de vous tenir sur vos gardes durant quelque temps, mais ça ne sera pas long, vous comprenez ?

— Absolument pas ! Et puisque vous ne voulez rien me dire, il ne me reste qu'à attendre et voir venir. Mais ne vous faites pas trop de souci pour ma peau, Fiedler.

Il tenta de dégager son bras, car il détestait qu'on le touche. Mais Fiedler ne le lâcha pas.

— Vous connaissez Mundt ? Vous êtes bien renseigné sur lui ?

— Nous avons déjà parlé de lui, dit Leamas.

— Oui, nous avons parlé de lui. C'est l'homme qui tire d'abord et pose les questions après. La méthode préventive. Dite de discussion. Méthode bizarre dans un métier où les questions sont toujours censées avoir plus d'importance que les balles.

Leamas comprit ce que Fiedler voulait lui dire.

— C'est une méthode bizarre, reprit l'autre, *à moins* qu'on n'ait peur d'entendre les réponses, conclut-il dans un murmure.

Leamas attendait. Fiedler fit une pause, puis il poursuivit :

— Jamais Mundt n'a pris d'interrogatoire en main, il me les a toujours laissés jusqu'ici en me disant : « C'est vous qui les interrogez, Jens. Personne ne le fait aussi bien que vous. Moi, je les attrape et vous, vous vous chargez de leur faire pousser la chansonnette. » Il prétendait que les agents du contre-espionnage sont comme des peintres. Il leur faut derrière eux quelqu'un armé d'un marteau pour leur en flanquer un bon coup quand ils ont fini leur travail — sinon, ils oublient ce qu'ils voulaient faire au juste. « C'est moi qui serai votre marteau », me disait-il. Au début, c'était même un gag entre nous. Et puis c'est devenu sérieux : quand il s'est mis à tuer, à tuer les types avant même qu'ils aient parlé. Je lui ai demandé, je l'ai supplié : « Pourquoi ne pas les arrêter ? Pourquoi ne me les confiez-vous pas pendant un mois ou deux ? À quoi peuvent-ils bien servir, quand ils sont morts ? » Il me répondait par un hochement de tête et me citait le vieux proverbe : « Il faut couper la tête aux chardons avant qu'ils fleurissent. » J'ai même eu l'impression qu'il avait prévu ma question et préparé cette réponse à l'avance. C'est un agent remarquable — très bon pour le travail opérationnel, il a fait des prodiges à l'Abteilung, vous le savez comme moi. Il a ses théories là-dessus. Je lui en ai parlé, quelquefois, tard le soir. Du café, il ne boit que ça, tout le temps du café. Selon lui, les Allemands ruminent trop, ils ont l'esprit trop analytique pour faire de bons espions, car, en fin de compte, tout ça se déballe devant le contre-espionnage. Il prétend aussi que les gens du contre-espionnage sont des loups qui s'acharnent sur des os déjà rongés — il faut leur enlever les os et les forcer à chercher une autre proie. Je comprends tout cela. Je vois ce qu'il veut dire. Mais il a été vraiment trop loin. Pourquoi a-t-il tué Viereck ? Pourquoi me l'a-t-il enlevé ? Viereck, c'était une proie toute fraîche, nous n'avions même pas commencé à détacher la viande des os, comprenez-vous ? Alors pourquoi l'a-t-il supprimé ? Pourquoi, Leamas, pourquoi ?

Dans l'obscurité de la voiture, incapable de se maîtriser, il étreignit avec violence le bras de Leamas.

— J'y ai pensé jour et nuit. Depuis la mort de Viereck, je cherche une raison. Au début, ça m'a paru fantastique. J'avais beau me dire que j'étais jaloux, que le surmenage, le métier me montaient à la tête, que je voyais des traîtres cachés derrière tous les arbres. On finit par devenir comme ça, chez nous. Mais ça me hantait, Leamas. Il fallait que je tire ça au clair. Il s'était déjà passé des choses bizarres. En fait, il avait peur... Mundt avait peur que nous ne mettions la main sur un type qui aurait la langue trop longue !

— Qu'est-ce que vous me chantez là ! Vous délirez ! s'exclama Leamas avec une nuance d'effroi dans la voix.

— Tout se tenait, vous comprenez. Mundt, qui avait filé si facilement d'Angleterre. Vous l'avez souligné vous-même. Et qu'est-ce que ce Guillam vous a dit ? Qu'on ne *voulait pas* l'attraper ! Pourquoi ? Je vais vous le dire, moi : Mundt est vendu à Londres. Ils l'ont retourné... Ils l'avaient pris, comprenez-vous ? Et c'était le prix de sa liberté... Ça et tout l'argent qu'on lui versait.

— Mais vous êtes complètement fou ! s'exclama Leamas d'un ton méprisant. Si jamais l'idée effleure Mundt que vous inventez des histoires pareilles, il vous liquidera. C'est tout cuit, Fiedler. Fermez-la et rentrons !

Fiedler lâcha enfin le bras de Leamas.

— C'est là que vous vous trompez, dit-il. Et c'est vous-même qui m'avez ouvert les yeux, Leamas. Voilà pourquoi nous avons besoin l'un de l'autre.

— C'est faux ! s'écria Leamas. Je vous l'ai dit et répété. Ils n'ont pas pu faire ça. Jamais le Cirque ne l'aurait employé contre la Zone à mon insu. C'était administrativement impossible. Vous voulez me faire croire que Control manœuvrait le chef de l'Abteilung sans que l'Agence de Berlin en sache rien ? Vous êtes cinglé, Fiedler ! Vous déraillez complètement !

Et soudain il se mit à rire, doucement :

— Il se peut que vous vouliez sa place, mon pauvre vieux : ça s'est déjà vu, entre nous. Mais avouez que c'est un peu gros, votre histoire.

Ils restèrent un moment silencieux.

— Cet argent, reprit Fiedler, la Banque de Copenhague a répondu à votre lettre : le directeur se demande avec inquiétude s'il y a eu une erreur, car l'argent a été retiré par votre cotitulaire exactement une semaine après votre passage. La date du retrait coïncide avec un voyage de deux jours fait par Mundt au Danemark en février : il s'y est rendu sous un faux nom, pour y rencontrer un agent américain qui assistait à un congrès scientifique international... Vous devriez peut-être écrire à la banque que tout va bien, non ?

15

L'invitation à la valse

Liz considérait la lettre du Comité Central du Parti avec perplexité. Elle se sentait plutôt flattée, mais pourquoi ne l'avaient-ils pas consultée d'abord ? Était-ce la Section qui avait proposé son nom ? Enfin, l'invitation émanait-elle directement du Comité ? Mais elle ne voyait pas qui aurait pu la connaître, à la Direction. Bien sûr, il lui était arrivé de rencontrer certains conférenciers, ou de serrer la main du délégué du Parti, au Congrès. Peut-être cet homme des Relations Culturelles s'était-il souvenu d'elle, ce M. Ashe, ce blond un peu efféminé et si prévenant ? Il avait semblé s'intéresser plus ou moins à elle. Elle supposa que c'était lui qui avait avancé son nom au moment de l'attribution de la Bourse de Voyage. Un drôle de type, vraiment. Un soir, après la réunion, il l'avait emmenée au « Black and White » prendre un café et lui avait demandé des renseignements sur ses amis. Il ne lui avait pas fait la cour, non. Elle lui trouvait le genre un peu tapette, à vrai dire. Il lui avait posé des masses de questions sur elle-même, sur sa vie. Depuis quand était-elle du Parti, est-ce qu'elle ne s'ennuyait pas trop à vivre si loin de sa famille ? Avait-elle beaucoup d'amis hommes ou bien avait-elle le béguin de quelqu'un en particulier ? Le personnage ne l'avait pas emballée, mais sa causerie avait très bien marché : la République Démocratique Allemande, l'État des Travailleurs — le Travailleur-Poète et ainsi de suite. En tout cas, il connaissait très bien l'Europe orientale et avait dû beaucoup voyager. Il avait dû être dans l'enseignement, ce ton un peu didactique, aisé... À la collecte pour la Caisse de Solidarité, Ashe avait donné une livre et Liz en était restée stupéfaite. Mais, bien sûr, elle en était certaine, maintenant : c'était Ashe qui s'était souvenu d'elle. Il l'avait dit à quelqu'un de la Fédération de Londres et, de là, c'était allé au Comité. Étrange manière de procéder, tout de même. Il est vrai que le Parti faisait toujours des mystères. Peut-être était-ce obligatoire, dans un parti révolutionnaire. Liz n'appréciait guère cette ambiance occulte ; cela choquait sa droiture, mais elle supposait que c'était nécessaire. En tout cas, il ne manquait pas de gens pour y prendre leur plaisir.

Elle relut la lettre. Elle était écrite sur le papier à en-tête rouge du Comité Central et commençait par « Chère Camarade ». Cette formule de style militaire l'exaspérait. Elle n'avait jamais pu s'y faire.

Chère Camarade,
À la suite de récentes conversations avec vos Camarades du Parti Socialiste Unifié de la Répu-

blique Démocratique Allemande, nous avons convenu d'envisager la possibilité d'échanges entre membres des Partis des deux pays. Il s'agit de créer entre nos deux Partis une plate-forme d'échanges au niveau du militant de base. Le S.U.P. se rend compte que les mesures discriminatoires prises par le Ministère Britannique de l'Intérieur empêcheront vraisemblablement la visite de ses propres délégués au Royaume-Uni dans un avenir immédiat, mais il estime qu'un échange d'informations n'en est que plus souhaitable. Il nous a généreusement invités à choisir cinq Secrétaires de Cellule possédant une solide éducation politique et une expérience affinée de l'action militante. Chacun des Camarades sélectionnés passera trois semaines en R.D.A. à suivre les débats de Réunions de Cellules, de Comités de Section, à étudier les progrès de l'industrie et du bien-être social et à constater de visu l'évidence de la provocation fasciste de l'Ouest. C'est pour nos camarades anglais une occasion inespérée de profiter de l'expérience d'un jeune pays socialiste.

Nous avons donc prié le Comité Central de désigner parmi vos jeunes Cadres régionaux ceux ou celles qui seraient les plus aptes à tirer profit de ce voyage et ton nom a été avancé. Nous souhaitons que tu puisses profiter de cette offre si cela t'est possible et désirons te voir remplir les obligations de la deuxième partie de notre offre : c'est-à-dire, entrer en relation avec une Cellule de la R.D.A. dont les membres viennent du même milieu économique, social et industriel que toi et ont, par consé-

*quent, les mêmes problèmes. Nous avons jumelé la
Section de Bayswater-Sud à celle de Neuenhagen,
quartier de la banlieue de Leipzig. Freda Lüman,
secrétaire de Section de Neuenhagen, te prépare
dès aujourd'hui un accueil chaleureux. Nous sommes persuadés que tu sauras être à la hauteur de la
tâche qui t'attend et que ce sera une grande réussite. Tous tes frais te seront payés par l'Office Culturel de la R.D.A.*

*Nous sommes certains que tu te rendras compte
du grand honneur qui t'est fait et qu'aucune considération personnelle ne t'empêchera d'accepter.
Nous attendons ta visite à la fin du mois prochain,
aux environs du 23, mais chaque Camarade sélec-
tionné voyagera séparément, car les invitations ne
sont pas toutes concomitantes. Sois assez aimable
pour nous faire savoir le plus vite possible ta décision et, de notre côté, nous te fournirons des détails
plus précis très prochainement.*

Plus elle relisait la lettre et plus elle lui semblait
bizarre. D'abord, ce délai si court : comment
avaient-ils su qu'elle pouvait se dispenser d'aller
à la bibliothèque à cette période précise ? Avec
étonnement, elle se rappela soudain qu'Ashe lui
avait demandé ce qu'elle faisait de ses vacances, si
elle les avait déjà prises cette année et si elle devait, au cas où elle désirerait s'absenter, prévenir
la bibliothèque longtemps à l'avance. Mais alors,
pourquoi ne lui avait-on pas communiqué la liste
des autres bénéficiaires ? Peut-être n'y avait-il
aucune raison particulière, mais cela lui semblait

anormal. Et puis cette lettre *si longue*. Ils étaient pourtant tellement à court de secrétaires au Comité Central que, d'ordinaire, ils n'écrivaient jamais plus de quelques lignes ou bien même vous demandaient de téléphoner. Alors que cette lettre-ci, si précise, si détaillée, n'était pas du tout dans le style du Comité. Et pourtant, elle portait bien la signature du Délégué Culturel ; de cela elle était sûre, car elle la connaissait bien. Elle l'avait vue Dieu sait combien de fois au bas de rapports ronéotypés. Et la lettre avait bien ce ton pesant, semi-bureaucratique, semi-messianique auquel elle avait fini par s'habituer sans jamais l'apprécier. Quant à cette expérience de l'action militante, cette éducation politique qui lui avait valu d'être sélectionnée, elle était en fait inexistante : les haut-parleurs à la grille de l'usine, la vente du *Daily Worker* au coin des rues, le porte à porte aux élections. Elle n'avait aucun goût pour l'Agit-Prop. L'action pour la Paix, oui, à la rigueur, elle en voyait la nécessité. C'était direct, immédiat. Il suffisait de regarder les gosses dans la rue en passant, les mères avec leurs poussettes, les vieillards sur les pas des portes, et on pouvait se dire : « C'est pour eux que je le fais. » Cela oui, c'était lutter pour la paix... Mais elle n'arrivait pas à s'enthousiasmer pour la vente des journaux ou la lutte électorale. Peut-être parce que c'était une bonne leçon d'humilité. Quand ils étaient une douzaine de militants à une réunion de cellule, ils vous rebâtissaient le monde en un tournemain, mais après, quand elle descendait avec une bras-

sée de *Daily Worker* dans la rue, elle faisait parfois le pied de grue pendant des heures avant d'en
vendre un seul. Souvent aussi elle trichait, comme
les autres : elle en payait une douzaine de sa
poche pour en finir et pouvoir rentrer chez elle et,
au meeting suivant, ils se vantaient tous de leur
performance, oubliant qu'ils les avaient payés de
leurs propres deniers. « La Camarade Gold a
vendu dix-huit numéros, samedi soir... » Dix-
huit ! Ce serait porté dans le compte rendu de la
réunion, et aussi dans le Bulletin de la Cellule. À
la Fédération, ils se frotteraient les mains, et peut-
être décrocherait-elle une mention dans le petit
placard en première page réservé au fonds d'Action Militante.

Le monde était petit ; elle aurait tant voulu être
plus honnête, mais elle se mentait à elle-même, en
plus. Peut-être en faisaient-ils tous autant. Ou
peut-être voyaient-ils plus clairement qu'elle
pourquoi il fallait mentir à ce point. Bizarre qu'on
l'ait nommée, elle, Secrétaire de Cellule. C'est
Malligan qui l'avait proposée. « Notre jeune, vi-
goureuse et charmante camarade... » Il s'était dit
qu'elle coucherait avec lui s'il la faisait nommer
Secrétaire. Les autres avaient voté pour elle parce
qu'elle leur était sympathique et qu'elle tapait à la
machine. Parce qu'elle ferait le travail et ne les
enverrait pas faire du porte à porte électoral pendant le week-end. Pas trop souvent, en tout cas.
Ils l'avaient élue parce qu'ils voulaient un bon
petit Cercle Révolutionnaire, agréable, tranquille
et sans histoires... Quelle farce ! Alec semblait

l'avoir compris : pas une seconde il n'avait pris les choses au sérieux. « Il y en a qui élèvent des canaris, d'autres qui s'inscrivent au Parti », avait-il dit un jour. Et c'était vrai. À Bayswater, en tout cas, c'était vrai. Et la Fédération en était parfaitement consciente. C'est pourquoi elle trouvait bizarre qu'on l'eût choisie elle, et qu'elle hésitait tant à croire que la Fédération pouvait y être pour quelque chose. Non, tout bien réfléchi, seule l'intervention d'Ashe pouvait expliquer cette invitation. Peut-être avait-il un faible pour elle et, sous ses dehors efféminés, était-il un homme comme les autres.

Liz haussa longuement, exagérément les épaules, en un de ces gestes excessifs que font les gens lorsqu'ils sont seuls et sous le coup d'une vive agitation. De toute façon, c'était de l'autre côté de l'eau, c'était gratuit et ça avait l'air intéressant.

Elle n'avait jamais quitté l'Angleterre et jamais elle n'aurait pu s'offrir un tel voyage. Après tout, cela promettait d'être amusant. Elle avait bien certains préjugés contre les Allemands. Ceux de l'Ouest, lui avait-on dit, étaient des revanchards militaristes, et ceux de l'Est, démocrates et épris de paix. Mais elle doutait que tous les bons fussent d'un côté et les mauvais de l'autre. Et c'étaient les mauvais qui lui avaient tué son père ; peut-être le Parti l'avait-il choisie pour cette raison, dans un geste généreux de réconciliation. Peut-être Ashe avait-il aussi cette idée en tête lorsqu'il lui posait toutes ces questions ? Mais, bien sûr, il n'y avait pas d'autre explication. Elle

213

se sentit soudain pénétrée de gratitude vis-à-vis du Parti. Au fond, ils étaient très chics et elle était heureuse et fière d'en être. Elle alla prendre dans un tiroir de son bureau un vieux cartable éraillé et le papier à lettres de la Cellule. Après en avoir glissé un feuillet dans la vieille Underwood que lui avait envoyée la Fédération pour taper les tracts (elle sautait un peu, mais ne marchait pas mal du tout), elle écrivit une longue lettre circonstanciée annonçant son acceptation. C'était vraiment une institution remarquable, le Comité Central —, sévère, débonnaire, impersonnelle, perpétuelle. Des gens très, très bien. Qui luttaient pour la paix. En refermant le tiroir, elle aperçut la carte de visite de Smiley et se rappela le petit homme, avec sa moue anxieuse, planté sur le seuil de sa chambre et lui demandant :

— Le Parti était au courant de vos relations avec Alec ?

Comme elle était sotte ! Enfin, ce voyage lui changerait les idées.

16

L'arrestation

Fiedler et Leamas achevèrent le trajet en silence. Dans la pénombre les collines devenaient noires et caverneuses, et les points lumineux luttaient contre l'obscurité envahissante comme les feux de lointains paquebots. Fiedler gara la voiture dans un appentis attenant à la maison et ils gagnèrent le perron. Ils étaient sur le point d'entrer quand ils entendirent, venant des arbres, une voix qui les hélait, puis une autre qui appelait Fiedler. Ils se retournèrent et Leamas distingua dans le crépuscule trois hommes qui se tenaient à une vingtaine de mètres de distance, attendant apparemment Fiedler.

— Qu'est-ce que vous voulez ? lança Fiedler.

— Vous parler. Nous arrivons de Berlin.

Fiedler hésita.

— Où est ce nom de Dieu de garde ? demanda-t-il à Leamas. Il devrait y avoir un garde à la porte.

Leamas haussa les épaules.

— Et pourquoi n'y a-t-il pas de lumière dans le vestibule ? ajouta Fiedler.

Puis, toujours sceptique, il s'avança d'un pas lent vers les trois hommes.

Leamas attendit un instant, puis n'entendant rien, pénétra dans la maison plongée dans l'obscurité et la traversa pour se rendre dans l'annexe située sur l'arrière du bâtiment principal et communiquant avec celui-ci. Cette annexe n'était qu'une pauvre baraque entourée de tous côtés par une haie touffue de jeunes sapins qui la cachaient entièrement à la vue. Elle se composait de trois pièces communicantes sans couloir — Leamas logeait dans la chambre du milieu et les deux gardes dans la plus proche du pavillon ; quant à la troisième, Leamas n'avait jamais su qui l'occupait. Un jour, il avait bien essayé d'ouvrir la porte de communication, mais elle était verrouillée. Se promenant tôt un matin, avant que les deux gardes qui l'escortaient partout à une cinquantaine de mètres de distance aient tourné le coin de la baraque, il avait jeté un rapide coup d'œil à la fenêtre et, dans l'entrebâillement des rideaux de dentelle, il avait constaté qu'il s'agissait d'une chambre à coucher. Le lit était fait et, sur une petite table, s'étalaient des papiers. Il supposa que quelqu'un, avec cette soi-disant conscience professionnelle bien germanique, l'épiait de l'intérieur. Mais Leamas était un trop vieux singe pour se soucier d'être sous surveillance. À Berlin, c'était monnaie courante — tant pis pour vous si vous n'arriviez pas à repérer votre homme, cela signifierait simplement ou bien qu'il était trop futé ou bien que vous commenciez à baisser.

Mais, en général, étant observateur et doté d'une mémoire remarquable — en bref étant un excellent agent — il les repérait quand même. Il connaissait toutes les tactiques des tandems de spécialistes de la filature, les astuces, les faiblesses, les instants de distraction ou d'absence susceptibles de les trahir. Non, il ne s'inquiétait pas d'être surveillé, mais, passant du pavillon à l'annexe, il se tint planté là, dans la chambre des gardes, et eut la sensation très nette qu'il y avait quelque chose d'anormal.

L'éclairage de l'annexe était commandé du pavillon par une main invisible. Souvent, le matin, Leamas était brusquement réveillé par l'éclat aveuglant de l'ampoule au-dessus de sa tête tandis que, le soir, il était obligé de se coucher tôt faute de lumière. Il n'était guère plus de neuf heures quand il pénétra dans l'annexe et déjà tout était éteint alors que, d'habitude, le couvre-feu n'avait pas lieu avant onze heures. En outre, les volets étaient fermés. Il avait laissé la porte de communication ouverte et, à la pâle lueur émanant du vestibule du bâtiment principal, il put tout juste entrevoir les deux lits vides, dans la chambre des gardes. Surpris de ne voir personne, il scrutait la pénombre lorsque la porte se ferma derrière lui. Peut-être toute seule, mais Leamas ne fit aucune tentative pour la rouvrir. Il était dans le noir absolu. La porte s'était fermée sans le moindre bruit, sans déclic, sans un bruit de pas. Leamas, sur le qui-vive, avait l'impression de vivre un film dont on venait brusquement de couper le son.

Puis il sentit l'odeur de cigare. Sans doute flottait-elle depuis un bon moment, mais il ne l'avait pas encore remarquée. Tel un aveugle, son toucher et son odorat étaient subitement aiguisés par l'obscurité.

Il avait des allumettes dans sa poche, mais ne s'en servit pas. Vivement, il fit un pas de côté, s'adossa contre le mur et s'immobilisa. Une seule explication était possible : on attendait qu'il passe de la chambre des gardes dans la sienne. Il prit donc le parti de rester où il était. Au bout d'un instant, un bruit de pas se fit entendre dans le pavillon. Quelqu'un tourna la poignée de la porte qui venait de se fermer et la verrouilla à double tour. Leamas ne bougeait pas. Pas encore. Inutile de se bercer d'illusions : il était prisonnier dans la cabane. Avec une extrême lenteur, il s'accroupit et plongea la main dans la poche de sa veste. Il était très calme et même soulagé à l'idée d'une bagarre en perspective, mais les souvenirs affluaient à son esprit : « On dispose toujours d'une arme quelconque... Un cendrier... des pièces de monnaie... un stylo... n'importe quoi de tranchant ou de pointu... » Telle était la formule préférée de ce petit sergent gallois qu'il avait connu dans cette maison d'Oxford pendant la guerre : « Ne jamais se servir des deux mains à la fois, surtout contre un homme armé d'un couteau ou d'un bâton ou d'un pistolet. Garder le bras gauche libre et le tenir en travers du ventre. Si on n'a rien pour cogner, mieux vaut tenir les mains ouvertes, les doigts écartés et les pouces raides. » Prenant la boîte d'allumettes de la main droite, il l'écrasa en laissant dépasser les éclats de bois entre ses join-tures, puis il se glissa le long du mur jusqu'à une chaise qu'il savait trouver dans un coin. Indiffé-rent maintenant au bruit qu'il faisait, il la poussa au milieu de la pièce et, en comptant ses pas, re-vint se poster à l'angle des deux murs. Alors, sous une violente poussée, la porte de sa chambre s'ouvrit. Il s'efforça en vain de distinguer la sil-houette qui devait se tenir sur le seuil, mais il n'y avait pas non plus de lumière chez lui. L'obscurité était totale. Il n'osait pas s'avancer pour attaquer, maintenant que la chaise était au centre de la pièce, mais il en connaissait la position, ce qui lui conférait une supériorité tactique. Il fallait que l'ennemi vienne à lui. Il ne pouvait pas se permet-tre d'attendre trop longtemps, sinon un acolyte quelconque dans le pavillon, actionnant le com-mutateur général, allumerait tout.

— Allez, crapules, amenez-vous ! souffla-t-il en allemand. Je suis là ! Dans le coin ! Venez donc me chercher, qu'est-ce que vous attendez ?

Pas un bruit, pas un mouvement.

— Je suis ici, vous ne me voyez pas ? Alors, dé-cidez-vous, mes mignons, un petit effort !

Alors il en entendit un faire un pas vers lui, et un autre suivre ; puis vint le juron que poussait le premier en butant contre la chaise. C'était ce qu'attendait Leamas : jetant la boîte d'allumettes, il se mit à ramper lentement, prudemment, pas à pas, le bras gauche tendu devant lui comme s'il écartait des branches. Puis, très doucement, il frôla l'étoffe chaude et revêche d'un uniforme et frappa deux coups légers sur le bras de l'individu. Deux coups distincts, nets. Une voix, étranglée par la peur, chuchota en allemand :

— C'est toi, Hans ?

— Ta gueule, connard ! répondit Leamas dans un souffle.

En même temps, il attrapa l'homme par les cheveux, lui rabattit la tête vers le sol, lui assena de la main droite une manchette terrible sur la nuque, le redressa d'une traction, le frappa sur la pomme d'Adam d'un uppercut très sec de sa paume ouverte et le laissa retomber. Au moment où la masse inerte touchait le sol, les lumières s'allumèrent.

Dans l'encadrement de la porte se tenait un jeune capitaine de la Police Populaire qui fumait un cigare. Derrière lui, deux hommes. Le premier, en civil, avait l'air très jeune et tenait un pistolet à la main. Une arme tchèque, se dit Leamas, avec le levier de culasse sur l'arête de la crosse. Tous regardaient l'homme à terre. Quelqu'un ouvrit la porte du fond et Leamas fit volte-face. Aussitôt, une voix lui cria de ne pas bouger. Il se retourna lentement pour faire face aux trois hommes.

Il avait encore les mains le long du corps lorsque le coup s'abattit. Il eut l'impression qu'on lui défonçait le crâne. Il s'affaissa et en plongeant dans un tiède et vaporeux néant, il se demanda si on l'avait abattu d'un coup de ces revolvers ancien modèle munis d'un anneau sur pivot à la base de la crosse.

Leamas fut réveillé par le chant d'un détenu et les vociférations du gardien qui lui ordonnait de se taire. Il ouvrit les yeux et une douleur fulgurante irradia dans son crâne. Sans faire un geste, se refusant à baisser les paupières, il considéra les éclats brillamment colorés qui traversaient son champ de vision et tenta de faire le point. Il avait les pieds complètement gelés et l'odeur aigre du tissu d'uniforme de la prison lui montait aux narines. La chanson s'était tue et Leamas souhaita vivement qu'elle reprît, mais il savait que c'était en vain. Il voulut lever la main pour toucher sa joue couverte d'une croûte de sang séché, mais il constata qu'il avait les poignets liés dans le dos. Ses pieds aussi devaient être garrottés, le sang n'y circulait presque plus, c'est pourquoi ils étaient froids. Avec peine, il tenta de redresser la tête de quelques centimètres, en regardant autour de lui, et vit avec surprise qu'il avait les genoux repliés devant lui. Par pur réflexe, il voulut allonger les jambes, mais ressentit une douleur si violente qu'il ne put retenir un hurlement de supplicié. Haletant, inerte, il s'efforçait de dominer ses souffrances, puis, mû par une sorte de perversité, il fit une nouvelle tentative. Aussitôt, l'intolérable souffrance se réveilla, mais, cette fois, Leamas se rendit compte qu'il avait pieds et poings enchaînés ensemble dans le dos. Dès qu'il tentait d'allonger les jambes, la chaîne se tendait, tirant ses épaules et rabattant sa tête meurtrie contre le dallage. Sans doute l'avait-on roué de coups pendant qu'il était sans connaissance, car il était recru de courbatures et contusionné, et son bas-ventre était endolori. Avait-il donc tué le garde ? Il l'espérait bien.

Au-dessus de lui brillait le plafonnier, large et aveuglant comme un projecteur de salle d'opération. Aucun meuble, des murs blanchis à la chaux, d'une proximité menaçante, et une porte d'acier peinte en gris anthracite, le gris en vogue des immeubles chics de Londres. Il n'y avait rien d'autre, rien sur quoi dévier son attention que cette douleur effroyable.

Il devait être étendu depuis des heures quand ils vinrent. La chaleur dégagée par la lampe aidant, une soif brûlante lui desséchait les lèvres. Mais il se contraignit à la subir sans appeler. Enfin, la porte s'ouvrit et Mundt apparut. Il le reconnut tout de suite à ses yeux : Smiley lui en avait souvent parlé.

17

Mundt

On le détacha et on le laissa libre de se relever. À un moment donné, il y parvint presque, puis, comme la circulation reprenait dans ses membres engourdis, sous l'effet de la brusque décontraction des muscles, il s'écroula. Les autres le regardaient, gisant sur le sol, avec le détachement d'enfants qui observent un insecte. L'un des gardes se détacha du groupe et lui cria de se relever. Leamas se traîna jusqu'au mur et appliqua ses deux mains brûlantes à plat sur les briques froides. Il était presque debout lorsque le garde lui lança un coup de pied, le faisant retomber. De nouveau, il tenta de se redresser, et cette fois le garde le laissa se mettre d'aplomb et s'adosser au mur. Il vit alors l'homme porter tout son poids sur sa jambe gauche et comprit qu'il allait lui décocher un autre coup de pied. De toute la force qui lui restait, Leamas se jeta sur lui et lui assena un violent coup de tête en pleine figure. Ils roulèrent sur le sol, Leamas par-dessus. Le garde se remit sur pied et Leamas resta à terre, attendant le coup de grâce. Mais Mundt interpella le garde, et Leamas se sentit empoigné sous les épaules et aux chevilles, et entendit la porte de sa cellule se refermer tandis qu'on le transportait dans le couloir. Il avait de plus en plus soif.

On l'emmena dans une petite pièce confortable, meublée correctement d'un bureau et de plusieurs fauteuils. Les stores suédois étaient à demi fermés sur les fenêtres garnies de barreaux. Mundt s'assit derrière le bureau et Leamas dans un fauteuil, les yeux mi-clos. Les gardes se postèrent à la porte.

— Whisky ?

— Non, de l'eau.

Mundt alla remplir une carafe au robinet d'un lavabo et la déposa sur la table avec un verre.

— Apportez-lui quelque chose à manger, ordonna-t-il.

L'un des gardes sortit et revint peu après avec un bol de soupe et quelques tranches de saucisson. Leamas but et mangea, tandis que les autres l'observaient en silence.

— Où est Fiedler ? demanda enfin Leamas.

— Arrêté, répondit Mundt d'un ton cassant.

— Pour quel motif ?

— Sabotage, conspiration contre la sécurité du Peuple.

Leamas hocha lentement la tête d'un air entendu :

— Alors, vous avez gagné. Quand l'avez-vous arrêté ?

— Hier soir.

Leamas attendit un moment, fixant sur Mundt un regard brumeux.

— Et moi, qu'est-ce que je fais là-dedans ?

— Vous êtes témoin. Naturellement, vous passerez vous-même en jugement plus tard.

— En somme, j'ai joué mon rôle dans une combine montée par Londres pour posséder Mundt, c'est bien ça ?

Mundt acquiesça, alluma une cigarette et la donna à l'un des gardes pour qu'il la remette à Leamas.

— Exact, dit-il.

Avec un geste de sollicitude bourrue, le garde glissa la cigarette entre les lèvres de Leamas.

— Une opération foutrement compliquée, fit remarquer Leamas. Des types fortiches, ces Chinois, ajouta-t-il stupidement.

Mundt ne releva pas.

À mesure que se déroulait l'interrogatoire, Leamas s'habituait à ces silences. Mundt avait une voix assez agréable, ce qui le surprit, mais il ne parlait que rarement. Peut-être était-ce dû à son extraordinaire sûreté de soi, le fait qu'il ne parlait que mû par des raisons précises, préférant les silences prolongés à des phrases sans objet. À l'encontre de la plupart des interrogateurs qui se fient à l'initiative, à des évocations d'atmosphère et à l'exploitation de cette dépendance psychologique du prisonnier vis-à-vis de son inquisiteur, Mundt méprisait toute technique ; c'était un réaliste et un homme d'action. Leamas préférait cela. Son aspect extérieur s'accordait parfaitement à son caractère. Il avait la carrure d'un athlète, des cheveux blonds coupés court, un visage de jeune homme, mais des traits d'une dureté et d'une rigueur effrayantes, sans la moindre trace d'humour ou de fantaisie. Leamas n'eut aucune peine à se souvenir qu'il avait affaire à un tueur. Jeune mais pas juvénile. Un homme que les gens plus âgés devaient prendre au sérieux. Bien découplé. Ses vêtements lui allaient bien parce qu'il était facile à habiller. Il se dégageait de lui une froideur, une sûreté de soi frisant la suffisance, mais qui l'équipaient admirablement pour ce rôle.

— L'autre inculpation pour laquelle vous serez jugé, si nécessaire, ajouta Mundt, calmement, sera celle de meurtre.

— La sentinelle est morte, si je comprends bien ? s'enquit Leamas.

Une onde de souffrance lui traversa le crâne. Mundt fit un signe de tête affirmatif.

— Ceci étant, votre condamnation pour espionnage intervient uniquement pour la forme. J'ai l'intention de faire du procès de Fiedler un débat public. C'est également le souhait du Présidium.

— Et vous voulez mes aveux ?

— Naturellement.

— En d'autres termes, vous n'avez aucune preuve ?

— Nous en aurons : nous aurons vos aveux.

Nulle menace ne perçait dans la voix de Mundt, ni rhétorique ni le moindre effet oratoire.

— D'un autre côté, reprit-il, vous pourriez bénéficier d'une certaine indulgence. L'Intelligence

Service, en vous accusant de vol, vous a obligé, par le chantage, à me tendre un traquenard d'inspiration revancharde. Sur cette base, le tribunal pourrait éprouver quelque sympathie à votre égard.

Leamas parut pris au dépourvu :

— Comment avez-vous su qu'on m'avait accusé de vol ?

Mundt ne répondit pas.

— Fiedler s'est conduit comme un crétin, reprit-il. Aussitôt que j'ai eu connaissance du rapport de notre ami Peters, j'ai compris pourquoi on vous avait envoyé et j'ai su que Fiedler tomberait dans le panneau. Il ne peut pas me souffrir.

Il hocha la tête comme pour souligner la portée de ses remarques :

— Évidemment, les gens de chez vous étaient au courant. C'était un coup admirablement monté. Qui l'a mis au point, dites-moi ?... Smiley ? C'est lui ?

Leamas garda le silence.

— Je voulais voir le compte rendu de votre interrogatoire par Fiedler. Je l'ai prié de me l'envoyer ; comme il atermoyait, j'ai compris que j'avais vu juste. Là-dessus, hier, il a fait circuler ce même rapport parmi les membres du Présidium sans m'en envoyer le moindre exemplaire. Il y a quelqu'un qui s'est montré extrêmement astucieux, à Londres.

Leamas resta silencieux.

— Quand avez-vous vu Smiley pour la dernière fois ? questionna Mundt d'un ton détaché.

Leamas hésita, perplexe. Sa tête le faisait horriblement souffrir.

— Quand l'avez-vous vu pour la dernière fois ? insista Mundt.

— Je ne m'en souviens pas, répondit-il. En fait, il ne faisait plus partie de l'équipe et se contentait de passer de temps en temps.

— C'est un grand ami de Peter Guillam, n'est-ce pas ?

— Je crois, oui.

— Guillam, pensiez-vous, étudiait la situation économique en R.D.A. Une petite section assez à part dans votre Service... et vous ne saviez pas trop à quoi elle s'occupait, hein ?

— C'est ça.

La perception des sons et des objets recommençait à s'altérer pour Leamas. Le sang battait à ses tempes, il avait des élancements au fond des orbites et se sentait pris de nausées.

— Alors ? Quand avez-vous revu Smiley pour la dernière fois ?

— Je ne m'en souviens plus... Je ne m'en souviens plus.

Mundt secoua la tête :

— Vous avez une excellente mémoire... quand il s'agit de m'incriminer. N'importe qui se souvient de la dernière fois où il a vu quelqu'un. Est-ce que, par exemple, vous ne l'auriez pas revu après votre retour de Berlin ?

— Oui, je crois. Je l'ai rencontré par hasard... au Cirque, un jour à Londres. (Leamas avait fermé les yeux : il était en nage.) Je n'en peux plus, Mundt... Je vais flancher ; je suis malade comme un chien.

— Après que Ashe vous eut contacté, après qu'il fut tombé dans le piège que vous lui aviez tendu, vous avez déjeuné ensemble, n'est-ce pas ?

— Oui... déjeuné ensemble.

— Ce repas s'est terminé vers les quatre heures de l'après-midi. Ensuite, où êtes-vous allé ?

— Dans la Cité, je crois bien. Je ne m'en souviens pas de façon certaine... Pour l'amour du ciel, Mundt, dit-il en se tenant la tête, je suis à bout, je sens que mon crâne va...

— Et après ? Où êtes-vous allé ? Pourquoi avoir semé nos poursuivants ? Pourquoi vous êtes-vous donné tant de mal pour tromper la filature ?

Leamas ne répondit pas. La tête au creux des mains, il respirait avec peine.

— Répondez à cette question et je vous laisserai en paix. On vous donnera un lit. Vous pourrez dormir, si le cœur vous en dit. Sinon, c'est le retour à la cellule, vous comprenez ? Vous serez de nouveau attaché et on vous nourrira par terre, comme une bête, vous comprenez ? Alors ? Où êtes-vous allé ?

Les pulsations désordonnées s'accentuèrent dans sa tête ; la pièce se mit à chavirer. Il entendait des voix autour de lui et des bruits de pas. Des formes imprécises passaient et repassaient devant lui, irréelles, silencieuses. Une voix se mit à hurler, mais pas à son adresse. La porte était ouverte. Il était sûr que quelqu'un l'avait ouverte. La pièce s'emplit de monde, des gens qui vociféraient puis s'éloignaient. Il entendit décroître le bruit de leurs pas. Le rythme de leurs piétinements faisait contrepoint aux battements du sang qui l'étourdissaient. L'écho s'affaiblit peu à peu et tout bruit cessa. Avec une immense gratitude, il sentit qu'on lui posait un linge humide sur le front et que des mains charitables le soutenaient.

Il se réveilla sur un lit d'hôpital, au pied duquel, une cigarette aux lèvres, se tenait Fiedler.

18

Fiedler

Leamas reprenait la mesure du monde extérieur. Un lit avec des draps. Une chambre pour lui
seul, sans barreaux aux fenêtres. Des rideaux sur
des vitres de verre dépoli. Des murs vert pâle, un
lino vert sombre et Fiedler qui l'observait en fu-
mant.

Une infirmière lui apporta à manger : un œuf,
une soupe claire et un fruit. Il se sentait à l'ago-
nie, mais se dit qu'il ferait mieux de manger et
s'attaqua au repas sous le regard de Fiedler.

— Comment ça va ? demanda Fiedler.

— Vachement mal.

— Mais mieux tout de même ?

— Je suppose. (Il hésita.) Ces fumiers m'ont démoli.

— Vous avez tué une sentinelle, vous le savez ?

— C'est possible... À quoi s'attendent-ils en
montant des opérations aussi idiotes ? Pourquoi
ne nous avoir pas tout de suite arrêtés tous les
deux ? Pourquoi éteindre toutes les lumières ? S'il
y a jamais eu un coup trop bien organisé, c'était
celui-là.

— J'ai bien peur qu'en tant que nation, nous n'ayons tendance à forcer la note. À l'étranger, ça passe pour de l'efficacité.

Il y eut une pause.

— Et vous ? Qu'est-ce qui vous est arrivé ? demanda Leamas.

— Oh, moi aussi, on m'a un peu « mis en condition » pour m'interroger.

— Les types de Mundt ?

— Les types de Mundt et Mundt en personne. C'était assez curieux comme impression.

— C'est une façon de voir les choses.

— Non, non, pas physiquement. Physiquement, ça a été un cauchemar, mais voyez-vous, Mundt prenait un intérêt tout spécial à me passer à tabac. Aveux mis à part.

— Pourquoi ? Parce que vous avez imaginé cette histoire à dormir debout ?

— Parce que je suis juif.

— Merde ! fit Leamas à mi-voix.

— C'est pourquoi j'ai eu droit au traitement de choc. Il n'arrêtait pas de me chuchoter des choses à l'oreille. C'était très étrange.

— Et qu'est-ce qu'il disait ?

Fiedler ne répondit pas, puis il murmura :

— Enfin, c'est fini.

— Pourquoi ? Qu'est-ce qui est arrivé ?

— Le jour de notre arrestation, j'avais demandé au Présidium un mandat d'arrêt contre Mundt, en tant qu'ennemi du Peuple.

— Mais vous êtes fou... je vous l'ai dit, vous êtes tombé sur la tête, Fiedler. Jamais ils ne...

232

— Il y avait d'autres preuves contre lui, en dehors des vôtres ; des preuves que j'accumule depuis trois ans, pièce à pièce. Vous m'avez fourni l'élément déterminant, c'est tout. Dès que tout a été clair, j'ai préparé un rapport que j'ai envoyé à tous les membres du Présidium, sauf Mundt. Ils l'ont reçu le jour même où je sollicitais un mandat d'arrêt.

— Le jour où ils nous ont coffrés ?

— Oui. Je savais que Mundt contre-attaquerait, qu'il avait des amis au Présidium, des béni-oui-oui, en tout cas des gens qui seraient assez affolés pour se précipiter chez lui dès qu'ils auraient lu mon rapport. Mais j'étais certain qu'en fin de compte, il perdrait la partie. Le Présidium disposait de l'arme nécessaire pour l'abattre. Et pendant ces quelques jours durant lesquels nous sommes passés sur la sellette, ils ont lu et relu le rapport et compris que c'était vrai et que chacun savait que les autres étaient au courant. Mus par leur peur commune, leur faiblesse commune et leur connaissance commune de la situation, ils ont fini par agir, se sont retournés contre Mundt et ont demandé la constitution d'un tribunal.

— Un tribunal ?

— Un tribunal secret, bien sûr. Il siège demain. Mundt est arrêté.

— Et les autres preuves ? Celles que vous avez recueillies ?

— Attendez seulement, répondit Fiedler avec un sourire. Demain, vous verrez.

Il se tut et regarda Leamas manger.

— Ce tribunal, demanda Leamas, comment est-il constitué ?

— Cela, c'est l'affaire du Président. Il ne s'agit pas d'un Tribunal du Peuple, attention. C'est plutôt une sorte de Commission nommée par le Présidium pour enquêter et déposer des conclusions sur... certain, euh... sujet. Le rapport final contient une recommandation qui, dans le cas présent, équivaut à peu près à un verdict. Mais elle reste secrète, selon le processus habituel du Présidium.

— Comment ça fonctionne ? Il y a des juges, un avocat ?

— Il y a trois juges, répondit Fiedler et, en effet, un avocat. Demain je déposerai ma requête contre Mundt. C'est Karden qui se chargera de sa défense.

— Qui est Karden ?

— Un homme très dur, répondit Fiedler, après un instant d'hésitation. L'air d'un médecin de campagne : petit, d'aspect bonasse. Il était à Buchenwald.

— Pourquoi Mundt ne se défend-il pas lui-même ?

— C'est lui qui l'a voulu. Il paraît que Karden citera un témoin.

Leamas haussa les épaules.

— C'est votre affaire, dit-il.

Il y eut un long silence, puis Fiedler déclara, songeur :

— Cela ne m'aurait pas fait tant d'effet... du moins, je crois, s'il s'était acharné sur moi par haine personnelle ou par jalousie, vous comprenez ? Cette longue, longue souffrance qui n'en finit pas... Et tout le temps on se dit : « Ou bien je vais m'évanouir ou bien je vais m'habituer à la supporter, la nature aidant », mais la douleur ne fait qu'augmenter comme un archet qui escalade toute la gamme jusqu'au contre-*fa*. On se dit que ça ne peut pas aller plus loin, et pourtant ça continue... la souffrance est ainsi, elle grandit, elle grandit, et la nature intervient uniquement pour vous porter de note en note, comme un enfant sourd à qui on apprend à entendre. Et sans arrêt, il répétait : « Juif, sale Juif... » J'aurais pu comprendre, n'est-ce pas, s'il avait fait ça au nom d'une idée, du Parti si vous voulez, ou bien s'il m'avait vraiment haï personnellement. Mais ce n'était pas ça ; il haïssait...

— Ça va, ça va, coupa Leamas. Vous auriez dû vous en douter : c'est une ordure.

— Oui, dit Fiedler, les yeux brillants, c'est une ordure.

Il semblait agité. « Il a besoin de s'épancher », songea Leamas.

— J'ai beaucoup pensé à vous, reprit Fiedler. J'ai pensé à notre conversation... vous vous souvenez... À propos du moteur.

— Quel moteur ?

— Excusez-moi, dit Fiedler en souriant, c'est une traduction directe. Je veux dire le *Moteur*, la machine, l'esprit, l'élan vital ; enfin, le nom que lui donnent les chrétiens.

— Je ne suis pas chrétien.

Fiedler haussa les épaules.

— Vous voyez ce que je veux dire. (De nouveau, il sourit.) Enfin quoi, la chose qui vous
gêne... voyons, je vais vous exposer ça autrement : supposons que Mundt ait raison. Il m'a demandé d'avouer, vous savez. Je devais reconnaître
que j'étais de mèche avec des espions britanniques qui complotaient pour l'assassiner. Vous suivez le raisonnement : toute l'opération s'était
montée à Londres pour nous forcer, pour *me* forcer, si vous préférez, à liquider le meilleur homme
de l'Abteilung. En quelque sorte, retourner notre
arme contre nous-mêmes.

— Il a essayé la même tactique avec moi, remarqua Leamas d'un ton indifférent. Comme si
j'avais inventé toute cette histoire insensée.

— Mais voilà ce que je veux dire, enchaîna Fiedler. Supposons que vous l'ayez fait, supposons
que ce soit vrai... Je prends un exemple, vous
comprenez. C'est une hypothèse. Iriez-vous
jusqu'à tuer un homme, un innocent...

— Mundt est un assassin, non ?

— Oublions-le. Supposons que ce soit *moi*
qu'ils aient voulu tuer, est-ce que Londres le ferait ?

— Ça dépend... Ça dépend de la nécessité...

— Ah, dit Fiedler satisfait, ça dépend de la nécessité. Comme Staline, en somme ! Les accidents
de la route et les statistiques ! Vous me soulagez
beaucoup.

— Pourquoi ?

— Vous devriez dormir un peu ! lui conseilla Fiedler. Commandez toute la nourriture que vous voudrez. Demain, vous pourrez parler.

Arrivé à la porte, il se retourna :

— Nous sommes tous pareils, vous savez ; c'est ça, le côté farce de la chose.

Leamas s'endormit rapidement, rassuré de savoir que Fiedler était son allié et que, d'ici peu, Mundt serait expédié dans l'autre monde. C'était un moment qu'il attendait depuis bien longtemps.

19

Réunion de Cellule

Liz était heureuse à Leipzig. L'austérité lui convenait et lui assurait le confort moral que procure le sacrifice. La petite maison où elle logeait était sombre et misérable, la nourriture chiche et réservée en premier lieu aux enfants.

À chaque repas, elle parlait politique avec Frau Ebert, secrétaire de Cellule de l'Hôpital de Leipzig-Hohengrün, une petite femme aux cheveux gris dont le mari dirigeait une carrière aux abords de la ville. Leur vie avait quelque chose de monastique, comme celle d'un couvent ou d'un kibboutz. On avait le ventre creux, mais bonne conscience. La tante de Liz lui avait appris un peu d'allemand et elle fut surprise des progrès qu'elle faisait. Elle essaya d'abord avec les enfants, et ceux-ci riaient et venaient à son aide. Tout d'abord, ils avaient eu une attitude bizarre à son égard, la considérant un peu comme une bête curieuse, comme quelqu'un d'extrêmement important, et puis, le troisième jour, l'un d'eux rassembla assez de courage pour lui demander si elle avait apporté des chocolats de *drüben* — de là-bas. Elle eut honte de ne pas y avoir pensé. Après cela, ils semblèrent se désintéresser d'elle.

Le soir, il y avait le travail pour le Parti. Ils distribuaient des tracts, rendaient visite aux adhérents qui n'avaient pas payé leur cotisation ou manqué d'assiduité aux réunions, participaient à des discussions au bureau de la Fédération sur la pénurie des produits agricoles, discussions auxquelles assistaient tous les délégués de Cellule, ou bien se rendaient à une assemblée du Conseil Consultatif des Travailleurs d'une fabrique de machines-outils située dans les faubourgs.

Enfin, le quatrième jour, jeudi, ce fut le tour de leur réunion de Cellule. Liz se dit que ce serait à coup sûr une expérience exaltante, un exemple de ce qu'un jour sa propre cellule de Bayswater pourrait devenir. Elles avaient choisi un titre merveilleux pour la discussion : « La coexistence pacifique après deux guerres », et s'attendaient à une affluence record. Des prospectus avaient été distribués dans tout l'hôpital ; aucune réunion concurrente n'avait lieu dans les environs et aucun magasin ne restait ouvert tard ce soir-là.

Sept personnes se présentèrent.

Sept personnes plus Liz, la secrétaire de Cellule et le délégué de la Fédération. Liz essaya de faire contre mauvaise fortune bon cœur, mais elle avait du mal à cacher son immense déception.

Elle n'arrivait pas à concentrer son attention sur l'orateur et, quand elle essayait, il leur assenait de ces mots composés d'allemand que, de toute façon, elle ne comprenait pas. C'était comme les réunions de Bayswater, ou comme les jeudis à vêpres quand elle allait à l'église. Le même petit cercle de visages effacés, soumis, cachant leur gêne sous un zèle excessif, la même impression d'une grande idée entre les mains de petites gens. Elle éprouvait toujours ce sentiment-là (c'était affreux, vraiment, mais elle n'y pouvait rien), l'envie qu'il ne vienne personne, parce que là, au moins, ce serait net, absolu ; cela évoquerait la persécution, l'humiliation — des choses auxquelles on pouvait réagir.

Mais sept personnes, ce n'était rien du tout ; pis que rien du tout, car c'était la preuve de l'inertie des masses insaisissables. De quoi vous briser le cœur.

La salle était mieux que celle de Bayswater, mais même ce fait n'offrait qu'un piètre réconfort. À Bayswater, la course au local avait au moins un côté amusant. Au début, ils avaient fait semblant d'être tout autre chose qu'une Cellule du Parti. Ils louaient des arrière-salles de pubs, une salle de banquets, au Grand Café Ardena, ou bien ils se réunissaient en secret chez les uns ou les autres. Par la suite, Bill Harel, de l'école secondaire, s'était inscrit, et dès lors, ils avaient utilisé sa salle de classe. Mais même là, il y avait un risque, car le proviseur s'imaginait que Bill dirigeait un groupe de théâtre amateur, ce qui les mettait à la merci d'une expulsion toujours possible. Et, dans un sens, cela cadrait mieux que le Hall de la Paix en béton précontraint avec ses crevasses dans les coins et le portrait de Lénine dans son cadre ridicule : des paquets de tuyaux d'orgue jaillissant des quatre coins et le rembourrage tout poussiéreux. Ça semblait provenir d'un décor de funérailles fascistes. Il lui arrivait de penser qu'Alec était dans le vrai : qu'on croyait aux choses parce qu'on avait besoin de croire. Mais l'objet même de la foi n'avait aucune valeur en soi, aucune fonction véritable. Comment disait-il, déjà ? « Un chien se gratte où ça le démange. D'autres se grattent ailleurs. » Non, c'était faux, Alec était dans l'erreur — c'était mal de dire cela. La Paix, la Liberté, l'Égalité... c'étaient des faits. Bien entendu. Et l'Histoire... toutes ces lois que le Parti avait démontrées. Non, Alec avait tort. La vérité existe en dehors des gens, c'est prouvé par l'Histoire, l'individu doit se soumettre, se laisser broyer par elle au besoin. Le Parti était l'avant-garde de l'Histoire, le fer de lance du Combat pour la Paix... Elle repassa dans sa tête la rubrique, mais sans trop de conviction. Elle aurait souhaité une plus grande affluence. Sept, c'était si peu. D'autant qu'ils avaient l'air furieux de se trouver là. Furieux et affamés.

Après la réunion, elle attendit que Frau Ebert ramasse les fascicules invendus, sur la grande table près de la porte, paraphe le cahier de présence et mette son manteau, car il faisait très froid ce soir-là. Le principal orateur était parti (assez grossièrement, pensait Liz), avant les débats. Frau Ebert se tenait à la porte, la main sur le commutateur, quand un homme surgit des ténèbres et s'encadra sur le seuil. Un bref instant, Liz crut reconnaître Ashe. Grand et blond, il portait un imperméable à boutons de cuir.

— Camarade Ebert ? demanda-t-il.

— Oui ?

— Je cherche une camarade anglaise, Gold. Elle loge chez toi, non ?

— C'est moi, Élisabeth Gold, déclara Liz. L'homme entra dans le hall et ferma la porte derrière lui. La lumière lui frappait le visage de face.

— Je m'appelle Holten. Du Comité Central.

Il montra un papier à Frau Ebert qui se tenait toujours près de la porte. Elle acquiesça et jeta un coup d'œil anxieux à Liz.

— Le Présidium m'a chargé de transmettre un message à la camarade Gold. Il s'agit d'un changement de programme : une invitation à participer à une réunion particulière.

— Ah ! fit Liz, ahurie.

Il lui semblait incroyable que le Présidium ait pu entendre parler d'elle.

— C'est en quelque sorte un geste, expliqua Holten. Un geste de bienvenue...

— Mais euh... Frau Ebert... commença Liz en balbutiant.

— La camarade Ebert, j'en suis persuadé, t'excusera étant donné les circonstances.

— Bien sûr, s'empressa d'acquiescer Frau Ebert.

— Où doit se tenir la réunion ?

— Elle nécessite ton départ immédiat, répondit Holten. Nous avons beaucoup de chemin à faire. Presque jusqu'à Görlitz.

242

— Görlitz ? Où est-ce ?

— À l'est, expliqua vivement Frau Ebert. Sur la frontière polonaise.

— Nous te ramenons chez toi. Tu prends tes affaires et nous continuerons le voyage immédiatement.

— Ce soir ? Maintenant ?

— Oui.

Holten n'avait pas l'air décidé à lui laisser le choix.

Dehors, une grosse voiture noire les attendait avec un chauffeur et un fanion sur l'aile. Décidément très officielle d'aspect.

20

Le Tribunal

La salle d'audience n'était guère plus grande qu'une salle de classe. À une extrémité, sur les cinq ou six bancs qu'on avait alignés pour la circonstance, étaient assis des gardes et des geôliers, avec çà et là quelques spectateurs, membres du Présidium ou officiels triés sur le volet. À l'autre bout de la pièce, siégeaient les trois membres du tribunal, sur des sièges à dossier haut, devant une table de chêne rugueuse. Sur leurs têtes, une grande étoile rouge en contre-plaqué accrochée par trois boucles de fil de fer pendait du plafond. Les murs de la salle étaient blanchis à la chaux comme ceux de la cellule de Leamas.

De part et d'autre, leurs chaises un peu en avant de la table et se faisant face, étaient assis deux hommes ; l'un paraissait d'âge moyen, soixante ans peut-être, en complet noir et cravate grise, vêtu comme un pasteur de la campagne allemande. Le second était Fiedler.

Quant à Leamas, il se trouvait au fond de la pièce, entre deux gardes. Par-dessus la tête des spectateurs, il apercevait Mundt lui aussi encadré de policiers, ses cheveux blonds coupés très court, et en uniforme gris de prisonnier. Qu'on eût laissé à Leamas ses propres vêtements alors que Mundt portait l'accoutrement de la prison, ce détail semblait refléter l'humeur de la cour — ou l'influence de Fiedler.

Leamas n'était pas à sa place depuis longtemps quand le Président, assis au centre de la table, agita la clochette. Il regarda de ce côté et frémit en s'apercevant que c'était une femme. On n'aurait vraiment pu lui en vouloir de ne pas l'avoir remarquée avant. Brune, la cinquantaine, avec de petits yeux, les cheveux courts comme un homme, elle portait l'espèce de tunique sombre dont sont vêtues les ménagères soviétiques. Elle jeta un coup d'œil scrutateur autour de la pièce, fit signe à une sentinelle de fermer la porte et s'adressa sans préambule à la cour :

— Vous savez tous pourquoi nous sommes réunis ici. Les débats sont secrets, ne l'oubliez jamais. Ce tribunal a été convoqué sur l'ordre exprès du Présidium. Nous ne sommes responsables que devant lui et suivons la procédure que nous jugerons la meilleure pour l'audition des témoins.

Elle désigna Fiedler d'un index impérieux.

— Camarade Fiedler, si vous commenciez.

Fiedler se leva. Avec un bref signe de tête vers la table, il sortit de sa serviette une liasse de feuillets maintenus par une tresse noire.

Il parlait posément, clairement, avec une sorte de réserve que Leamas n'avait jamais remarquée jusque-là. En somme, pensa Leamas, il jouait très bien le rôle de l'employé au regret d'être dans l'obligation de pendre son supérieur hiérarchique.

— Vous devriez tout d'abord savoir, si vous ne le savez déjà, commença Fiedler, que le jour où le Présidium a reçu mon rapport sur les activités du camarade Mundt, j'ai été arrêté en même temps que le transfuge Leamas. Nous avons tous deux été emprisonnés et... invités, sous la contrainte la plus rigoureuse, à avouer que la présente accusation n'était qu'une affreuse conjuration fasciste ourdie contre un loyal camarade.

« Vous pouvez aussi bien que moi constater, d'après mon rapport, comment notre attention a été attirée par Leamas. Nous sommes allés nous-mêmes le chercher, nous l'avons engagé à discuter et amené en République Démocratique Allemande. Rien ne pourrait mieux démontrer l'impartialité de Leamas en cette affaire que le fait qu'il refuse encore, pour des raisons que j'expliquerai plus tard, de croire que Mundt est un agent britannique. Il est donc parfaitement grotesque de suggérer que Leamas pratique un double jeu ; l'initiative nous revient tout entière et le témoignage fragmentaire mais capital de Leamas ne fait qu'apporter à notre accusation la preuve concluante, confirmant toute une série d'indices qui remontent à plus de trois ans.

« Vous avez devant vous le rapport écrit de toute cette affaire. Il me suffira donc d'élucider certains faits dont vous avez déjà connaissance.

« La charge retenue contre le camarade Mundt est celle d'agent d'une puissance impérialiste.

J'aurais pu l'accabler davantage, démontrer qu'il a communiqué des renseignements aux Services Secrets britanniques, transformé son Service en officine à la dévotion d'un État bourgeois, protégé délibérément des groupes revanchards anti-Parti et accepté en échange des sommes d'argent de l'étranger. Ces autres charges dériveraient simplement de la première : Hans Dieter Mundt est un agent à la solde d'un pays impérialiste. Ce crime est passible de mort. Il n'en existe aucun plus grave dans notre code pénal, aucun qui expose notre État à un danger aussi grand, aucun qui exige plus de vigilance de la part des organismes de notre Parti.

Il posa ses papiers sur la table.

— Le camarade Mundt a quarante-deux ans. Il est directeur du Service de la Protection Civile. Il est célibataire : on l'a toujours considéré comme un homme aux capacités exceptionnelles, au dévouement infatigable pour la cause du Parti et prêt à le défendre par tous les moyens.

« Laissez-moi vous rappeler quelques détails de sa carrière. Il entre à l'Abteilung à l'âge de vingt-huit ans et suit la période d'instruction normale. L'ayant terminée avec succès, il accomplit des missions spéciales dans les pays scandinaves, notamment en Norvège, en Suède et en Finlande, et réussit à y installer des réseaux d'espionnage contre les agitateurs fascistes de l'autre camp. Il fit bien son devoir et il n'y a aucune raison de supposer qu'à cette époque il était autre chose qu'un agent zélé de l'Abteilung. Mais, camarades, gar-

247

dez-vous bien d'oublier ce lien existant dès le début entre Mundt et les pays scandinaves. Les réseaux qu'il y établit peu après la guerre lui fourniront en effet l'excuse toute trouvée, bien des années après, pour voyager en Finlande et en Norvège où ses déplacements ne servaient qu'à couvrir des retraits de milliers de dollars qu'il effectuait dans les banques étrangères en paiement de sa trahison. Ne vous y trompez pas ! Le camarade Mundt n'est nullement tombé sous les coups de ceux qui tentent d'enrayer l'évolution de l'Histoire. Sa lâcheté, sa faiblesse, sa cupidité ont été ses seuls mobiles, l'accès aux richesses, son rêve. Ironie du sort, c'est le système compliqué grâce auquel il pouvait satisfaire sa passion de l'argent qui a mis la justice sur ses traces.

Fiedler s'interrompit un instant et parcourut la salle du regard. Une ferveur soudaine s'alluma dans ses yeux. Leamas le regardait, fasciné.

— Que cela serve de leçon, s'écria Fiedler, à ces autres ennemis de l'État dont le crime est si grave qu'ils ont besoin du manteau de la nuit pour tramer leurs complots !

Un murmure approbateur s'éleva du groupe réduit des spectateurs au fond de la pièce.

— Ils n'échapperont pas à la vigilance du peuple dont ils cherchent à vendre jusqu'au sang !

On eût dit qu'il s'adressait à une foule énorme plutôt qu'à une poignée d'officiels et de gardes, rassemblés dans une pièce minuscule.

Leamas comprit alors que Fiedler ne prenait aucun risque : la conduite des membres du Tribunal, procureurs, défenseurs et témoins, devait être politiquement inattaquable. Sachant à coup sûr qu'en ces sortes d'affaires les contre-attaques sont toujours possibles, il protégeait ses arrières. Les débats seraient enregistrés et il faudrait un homme d'une grande témérité pour en réfuter les conclusions.

— À la fin de 1956, reprit-il en ouvrant un dossier placé devant lui, Mundt a été envoyé à Londres comme membre de la Mission Sidérurgique est-allemande. Il avait pour tâche subsidiaire de prendre toutes mesures nécessaires contre les groupes d'émigrés antirévolutionnaires. Durant cette période, personne ne songerait à nier qu'il a exposé sa vie avec courage et obtenu de précieux résultats.

L'attention de Leamas fut à nouveau attirée sur les trois personnages siégeant au centre de la table. À la gauche du Président se tenait un homme assez jeune, brun, les yeux mi-clos. Il avait les cheveux en broussaille, le teint grisâtre et le visage aminci d'un ascète. Ses longues mains fines ne cessaient de tripoter le coin d'une pile de papiers placée devant lui. Sans doute était-ce le défenseur de Mundt. De l'autre côté, était assis un homme plus âgé, au visage ouvert, avec un début de calvitie. Leamas lui trouvait l'air borné et songea que si le sort de Mundt dépendait de ces trois personnages, le jeune homme le défendrait et la femme le condamnerait. Quant au second, il serait sûrement très embarrassé et se rangerait à l'avis du Président.

Fiedler avait repris la parole :

— C'est à la fin de son service à Londres qu'est intervenu son recrutement. J'ai déjà dit qu'il s'était exposé à de sérieux dangers ; ce faisant, il eut maille à partir avec la police secrète anglaise qui lança un mandat d'arrêt contre lui. Mundt ne bénéficiant pas de l'immunité diplomatique (la Grande-Bretagne, en tant que membre de l'O.T.A.N., n'a pas encore reconnu la R.D.A.), il dut entrer dans la clandestinité. On surveillait les ports, on avait fait circuler sa photo et son signalement dans toutes les îles Britanniques. Pourtant, deux jours après, le camarade Mundt prend un taxi, se rend à l'aéroport de Londres et s'envole pour Berlin. « Remarquable », direz-vous et ce le fut certainement. Alors que la police britannique tout entière est en état d'alerte, alors que routes, chemins de fer, voies de communication aériennes et terrestres sont étroitement surveillés, le camarade Mundt prend un avion pour Berlin, et le prend à l'aéroport de Londres. Exploit unique, en effet. Cependant, après réflexion, camarades, vous vous demanderez peut-être si cette évasion n'a pas été un peu *trop* remarquable, un peu *trop* simple. On peut même se demander si elle aurait été possible sans la *connivence* des autorités britanniques !

Un autre murmure, plus spontané celui-ci, s'éleva du fond de la salle.

— La vérité est simple, continua Fiedler. Mundt *avait été arrêté* par les Anglais. Au cours d'une brève entrevue historique, l'Intelligence Service lui proposa l'alternative classique. Ou bien passer des années dans une prison impérialiste, sa carrière à tout jamais brisée, ou bien effectuer, contre toute attente, un retour spectaculaire dans son pays et réaliser les brillants espoirs placés en lui. Évidemment, les Anglais mettaient comme condition à son retour la fourniture de renseignements qui lui seraient d'ailleurs largement payés. Avec la carotte sous le nez et le gourdin dans les reins, Mundt accepta.

« À dater de ce moment-là, il était de l'intérêt des Anglais de voir la carrière de Mundt s'affirmer. Nous ne sommes pas encore en mesure de prouver que les succès remportés par Mundt, notamment la liquidation de divers agents de deuxième ordre des pays de l'Ouest, aient été dus à l'action de ses maîtres impérialistes trahissant certains de leurs propres collaborateurs dont ils faisaient bon marché, ceci en vue de rehausser le prestige de Mundt. Nous ne pouvons pas le prouver, mais c'est une hypothèse qu'autorisent les indices que nous avons en main.

« Depuis 1960, année où le camarade Mundt a pris la tête des services de contre-espionnage de l'Abteilung, des indications sont parvenues au monde entier, selon lesquelles se trouvait dans nos rangs un espion très haut placé. Vous savez tous que Karl Riemeck était un espion ; nous avons cru, après son élimination, que le mal avait été extirpé. Mais les rumeurs ont persisté.

« Vers la fin de 1960, un de nos anciens collaborateurs prit contact au Liban avec un Anglais connu pour être agent de l'Intelligence Service. Il lui proposa, nous l'avons appris par la suite, un rapport complet sur l'activité des deux sections de l'Abteilung pour lesquelles il avait travaillé. Cette offre, transmise à Londres, fut refusée. Réaction pour le moins étrange et qui appelait la conclusion suivante : les Anglais possédaient déjà ces informations et, qui plus est, *elles étaient à jour*.

« À partir de l'été 1960, nous avons commencé à perdre des agents à une cadence alarmante. Souvent, ils étaient arrêtés. Parfois l'ennemi essayait de les retourner contre nous, mais assez rarement. Cela ne semblait pas les intéresser.

« Là-dessus — c'était au début de 1961, si j'ai bonne mémoire — nous avons eu un coup de chance. Par des moyens sur lesquels je ne m'étendrai pas, nous avons obtenu un résumé de tous les renseignements que possédait l'I.S. sur l'Abteilung. Ce résumé était complet, précis et parfaitement à jour : je l'ai communiqué à Mundt, bien entendu. C'était mon supérieur. Il m'a dit qu'il n'était pas surpris le moins du monde, qu'il avait mis en train certaines enquêtes et que je ne devais rien entreprendre de peur de les faire échouer. J'avoue qu'à ce moment-là, l'idée m'est venue, aussi incroyable et confuse qu'elle pût être, que Mundt lui-même avait pu fournir ces renseignements. Certains autres indices m'avaient mis sur cette voie...

« Inutile de vous préciser que la toute dernière personne à pouvoir être soupçonnée d'espionnage est le chef même des Services de Contre-Espionnage. Cette hypothèse est si effrayante, rocambolesque, que nul ne songerait à s'y arrêter, encore moins à l'exprimer. Je reconnais que j'ai fait moi-même preuve d'une hésitation coupable avant d'aboutir à des conclusions aussi fantastiques. Je commettais une grave erreur.

« Mais, Camarades, la preuve décisive nous a été enfin fournie. Je propose d'entendre mon témoin immédiatement.

Il se tourna vers le fond de la pièce :

— Amenez Leamas, ordonna-t-il.

Les gardes qui l'encadraient se levèrent, et Leamas s'avança le long de l'étroit passage qui menait au centre de la pièce. Un garde lui fit signe de s'arrêter à la table. Fiedler se tenait debout à moins de deux mètres de lui. La Présidente l'interrogea.

— Témoin, quel est votre nom ? demanda-t-elle.

— Alec Leamas.

— Votre âge ?

— Cinquante ans.

— Êtes-vous marié ?

— Non.

— Mais vous l'avez été ?

— Je ne le suis plus.

— Votre profession ?

— Assistant-bibliothécaire.

Fiedler s'interposa.

— Vous avez travaillé pour l'Intelligence Service, non ? aboya-t-il.

— C'est exact. Jusqu'à il y a un an.

— Le tribunal a lu le procès-verbal de votre interrogatoire, enchaîna Fiedler. Je voudrais que vous leur relatiez à nouveau l'entrevue que vous avez eue avec Peter Guillam à la fin de mai dernier.

— Vous voulez dire quand nous avons parlé de Mundt ?

— Oui.

— Je vous l'ai déjà dit. J'étais au Cirque, le Bureau Central, notre Q.G. de Cambridge Circus. Dans un couloir, je suis tombé sur Peter. Je savais qu'il avait trempé dans l'histoire Fennan et je lui ai demandé ce qu'était devenu George Smiley. Puis nous avons parlé de Dieter Frey, qui est mort, et de Mundt, qui était mêlé à l'affaire. Peter m'a dit qu'à son avis Maston, qui dirigeait l'opération à l'époque, ne voulait pas que Mundt soit pris.

— Comment interprétez-vous ceci ? demanda Fiedler.

— Je savais que Maston avait fait du gâchis dans l'histoire Fennan. Et j'ai supposé qu'il ne tenait pas à voir éclater le scandale que l'incarcération de Mundt à Old Bailey aurait sûrement provoqué.

— Si Mundt avait été arrêté, aurait-il été légalement accusé ? intervint la Présidente.

— Cela dépend de ceux qui l'auraient pris. S'il s'était agi de la police, le Ministère de l'Intérieur aurait été avisé aussitôt et rien n'aurait pu empêcher l'affaire de suivre son cours.

— Et si votre Service l'avait cueilli ? demanda Fiedler.

— Oh ! Là c'est un problème tout différent. Ou bien ils l'auraient interrogé pour ensuite essayer de l'échanger contre un des nôtres, prisonnier chez eux, ou alors ils lui auraient refilé un aller simple.

— C'est-à-dire ?

— Ils s'en seraient débarrassés.

— Ils l'auraient liquidé ?

Fiedler était désormais le seul à poser des questions ; les autres membres du tribunal annotaient diligemment leurs dossiers.

— Je ne sais pas exactement ce qu'ils font, répondit Leamas. Jamais je n'ai joué ce jeu-là.

— N'auraient-ils pas pu, par exemple, essayer de le recruter dans leurs propres services ?

— Oui, mais ils n'y ont pas réussi.

— Comment le savez-vous ?

— Oh ! Je vous l'ai dit et répété, bon Dieu ! Vous me prenez pour un phoque savant ? J'ai passé quatre ans à la tête du secteur de Berlin. Si Mundt avait été un des nôtres, je l'aurais su. Obligatoirement.

— En effet.

Fiedler parut se satisfaire de cette réponse, assuré, peut-être, que les autres membres du tribunal ne l'étaient pas, eux. Il en vint alors à l'opération « Rolling Stone », fit exposer par Leamas le système de sécurité complexe qui présidait à la circulation du dossier, mentionna l'envoi des lettres aux banques de Stockholm et d'Helsinki et l'unique réponse qu'avait reçue Leamas. Puis, s'adressant au Tribunal, il déclara :

— Nous n'avons pas reçu de réponse d'Helsinki. J'ignore pourquoi. Mais laissez-moi récapituler la situation : Leamas a déposé l'argent à Stockholm le 15 juin. Parmi les papiers que vous avez devant vous se trouve un fac-similé de la réponse de la Banque Royale de Scandinavie adressée à Robert Lang. Robert Lang était le nom d'emprunt dont s'est servi Leamas pour ouvrir un compte à Copenhague. D'après cette lettre (le douzième document de votre dossier), vous constaterez que la somme totale — dix mille dollars — a été retirée par le cotitulaire du compte exactement une semaine après. J'imagine, poursuivit Fiedler en indiquant d'un signe de tête Mundt immobile, que l'accusé ne conteste pas s'être trouvé à Copenhague le 21 juin — en mission secrète pour l'Abteilung, apparemment, tout au moins. (Il s'interrompit un instant, puis reprit :) La visite de Leamas à Helsinki — la seconde qu'il ait faite pour déposer de l'argent — a eu lieu vers le 24 septembre. (Il haussa la voix et se retournant vers Mundt, il le dévisagea :) Le 3 octobre, le camarade Mundt faisait un voyage clandestin en Finlande, une fois de plus, soi-disant en mission pour l'Abteilung.

Il y eut un silence. Fiedler se retourna lentement vers le tribunal. D'une voix à la fois contenue et chargée de menaces, il demanda :

— Objecterez-vous que ces preuves sont fortuites ? Laissez-moi vous dire encore quelque chose. (Il se tourna vers Leamas.) Témoin ! Votre activité à Berlin vous a mis en contact avec Karl Riemeck, ancien secrétaire du Présidium du Parti Socialiste. En quoi consistaient vos rapports ?

— Riemeck était un agent à moi, avant d'être abattu par les hommes de Mundt.

— Exact. Abattu par les hommes de Mundt : encore un de ces espions liquidés sommairement par le camarade Mundt avant d'avoir pu être interrogés. Mais, avant d'être supprimé, Riemeck était un agent du Service Secret britannique, n'est-ce pas ?

Leamas acquiesça de la tête.

— Pourriez-vous me décrire la rencontre de Riemeck avec l'homme que vous appelez Control ?

— Control est venu à Berlin de Londres pour voir Karl : Karl était un de nos agents les plus efficaces, je crois bien, et Control tenait à le rencontrer.

— C'était aussi l'un des plus écoutés, je crois ? intervint Fiedler.

— Pour ça oui ! Londres avait un faible pour Karl. Karl était infaillible. Quand Control s'est amené, je me suis arrangé pour que Karl vienne chez moi et nous avons dîné tous les trois ensemble. Ça ne m'emballait pas tellement que Karl vienne là, mais je ne pouvais guère le dire à Control. C'est difficile à expliquer, mais... ils se font des idées, à Londres, ils sont si loin, trop en dehors du coup ! J'avais une trouille verte qu'ils ne trouvent une excuse quelconque pour me faucher Karl ; ils sont tout à fait capables de ce genre de choses...

— Ainsi, vous avez organisé cette petite réunion à trois ? coupa Fiedler. Que s'est-il passé au juste ?

— Control m'avait demandé à l'avance de lui accorder un tête-à-tête d'un quart d'heure avec Karl. Alors, au cours de la soirée, j'ai prétexté que je manquais de scotch et je suis descendu en chercher à l'appartement de De Jong. J'y ai bu deux ou trois verres avec lui, je lui ai emprunté une bouteille et je suis revenu.

— Comment les avez-vous trouvés ?

— Qu'est-ce que vous entendez par là ?

— Est-ce que Control et Karl étaient encore en train de parler ? Si oui, de quoi parlaient-ils ?

— Non, ils se taisaient, quand je suis rentré.

— Merci. Vous pouvez vous rasseoir.

Leamas alla reprendre sa place au fond de la pièce. Fiedler se tourna vers les trois membres du Tribunal :

— Je vais d'abord vous parler de l'espion Riemeck qui a été abattu : Karl Riemeck. Vous avez devant vous une liste complète des renseignements qu'il a fournis à Alec Leamas, à Berlin, du moins tous ceux dont Leamas se souvient. C'est un véritable monument de trahisons ; si vous permettez, je vais vous le résumer. Riemeck a remis à ses maîtres un rapport complet sur tous les membres et sur toutes les activités de l'Abteilung, si l'on en croit Leamas. En tant que secrétaire du Présidium, il a pu livrer les minutes de nos réunions les plus secrètes.

« Cela lui était facile : il était chargé en effet

d'établir le compte rendu de chaque assemblée. Mais en ce qui concerne *l'accès* aux dossiers secrets de l'Abteilung, c'est une autre histoire. Qui donc, à la fin de 1959, fit nommer par cooptation Riemeck au Comité pour la Protection du Peuple, ce sous-comité essentiel du Présidium qui coordonne et discute des problèmes de nos organismes de sécurité ? Qui a proposé que Riemeck ait droit d'accès aux dossiers de l'Abteilung ? Qui, à chacun des échelons de la carrière de Riemeck, *depuis* 1959 (l'année du retour d'Angleterre de Mundt, vous vous souvenez ?), l'a toujours choisi pour occuper des postes d'une importance primordiale ? Je vais vous le dire, proclama Fiedler : le même homme, le *seul* homme capable, étant donné son poste, de le protéger et de couvrir ses besognes d'espionnage : Hans Dieter Mundt. Souvenons-nous de la façon dont Riemeck est entré en contact à Berlin avec les réseaux des pays de l'Ouest, comment il a cherché la voiture de De Jong au cours d'un pique-nique et placé les films dedans. N'êtes-vous pas surpris de la prescience dont a fait preuve Riemeck ? Comment pouvait-il savoir que cette voiture se trouverait à cet endroit précis ce jour-là ? Riemeck n'avait pas de voiture personnelle et ne pouvait donc pas suivre De Jong dans Berlin-Ouest. Il n'y a qu'une explication possible. Seuls les policiers de notre service de Sécurité étaient en mesure, comme ils le font couramment, de relever le passage de cette voiture au poste frontière interzone. Mundt avait communication de ces renseignements et, seul, il a

pu instruire Karl Riemeck. Voilà l'affaire Hans
Dieter Mundt tirée au clair — je vous le dis —,
Riemeck était son agent d'exécution, le lien entre
Mundt et ses maîtres impérialistes !

Fiedler marqua un temps d'arrêt.

— Mundt, Riemeck, Leamas, ajouta-t-il calmement. Voici la ligne de force, la chaîne maîtresse,
et c'est un axiome universel de la technique d'espionnage que chaque maillon doit travailler séparément dans l'ignorance du rôle que jouent les
autres. Voilà pourquoi il est logique que Leamas
soutienne avec obstination qu'il ne sait rien de pé-
joratif contre Mundt. Ceci prouve tout bonnement l'excellence des mesures de sécurité prises
par Londres.

« On vous a dit aussi comment l'opération dite
"Rolling Stone" a été conduite dans le secret le
plus absolu. On vous a dit que Leamas était vaguement au courant de l'existence d'un Service
dirigé par Peter Guillam, Service qui s'occupait
soi-disant des problèmes économiques de notre
République. Service qui, bizarrement, avait accès
au dossier ultra-secret "Rolling Stone". Laissez-
moi vous rappeler que ce même Peter Guillam
était l'un des officiers de sécurité britanniques qui
ont mené l'enquête sur les activités de Mundt durant son séjour en Angleterre.

Le jeune homme assis à la table leva son crayon
et dévisagea Fiedler de son regard glacial.

— Alors, pourquoi Mundt a-t-il liquidé Riemeck, demanda-t-il, Riemeck étant son agent ?

— Il n'avait pas le choix. Riemeck était déjà soupçonné. Sa maîtresse l'avait vendu en parlant trop. Alors Mundt a donné l'ordre de l'abattre à vue, tout en conseillant à Riemeck de prendre la fuite. Le danger de trahison était donc supprimé. Par la suite, Mundt a d'ailleurs assassiné la femme en question.

« Je voudrais m'attarder un moment sur la technique de Mundt. Après son retour en Allemagne en 1959, l'Intelligence Service joua la solution d'attente. La bonne volonté de Mundt restait encore à prouver. Ils lui firent parvenir leurs ordres et patientèrent, se limitant à payer en faisant des vœux pour que tout se passe bien.

« En ce temps-là, Mundt n'était pas encore un haut fonctionnaire de nos Services ni du Parti, mais il était témoin de pas mal de choses, et commença à rapporter ce qu'il voyait. Naturellement, il communiquait sans intermédiaire avec ses employeurs. Nous pouvons conjecturer qu'on le contactait à Berlin-Ouest et aussi durant ses longs séjours en Scandinavie ou ailleurs. Au début, les Anglais devaient se méfier — et on les comprend —, ils recoupaient soigneusement ce qu'il leur donnait avec ce qu'ils savaient déjà, craignant que Mundt ne joue un double jeu. Mais, peu à peu, ils se rendirent compte qu'ils avaient découvert un vrai filon. Mundt s'employa à trahir avec le zèle et l'efficacité qui ont fait sa réputation. Durant les tout premiers mois — du moins je le présume, mais ceci, Camarades, est basé sur mon expérience personnelle et aussi sur les preuves fournies par Leamas —, durant les premiers mois, les Anglais n'osèrent pas créer de réseau spécial pour Mundt. Ils le laissèrent opérer en indépendant, faire cavalier seul ; ils l'employaient, le payaient, lui faisant parvenir leurs consignes mais sans passer par leur organisation de Berlin. Ils créèrent à Londres, sous la direction de Peter Guillam (car c'était lui qui avait recruté Mundt en Angleterre), une minuscule Section dont les attributions n'étaient connues à l'intérieur même du Service que de très rares privilégiés. Mundt était financé suivant une méthode spéciale baptisée "Rolling Stone" et sans aucun doute ses informations étaient examinées à la loupe. Encore une raison, voyez-vous, à l'appui de la position de Leamas affirmant qu'il ignorait tout des activités de Mundt, bien que — comme vous allez le voir — non seulement il le payait lui-même, mais encore *recevait de Riemeck et transmettait à Londres les renseignements fournis par Mundt.*

« Vers la fin de 1959, Mundt informa ses maîtres de Londres qu'il avait trouvé au sein du Présidium un intermédiaire possible entre eux et lui. Cet homme était Karl Riemeck.

« Comment Mundt a-t-il trouvé Riemeck ? Comment a-t-il osé tabler sur sa complicité éventuelle ? Vous ne devez jamais perdre de vue la position exceptionnelle occupée par Mundt. Il avait accès à tous les dossiers du Service de Sécurité et contrôlait les tables d'écoute téléphoniques ; il pouvait ouvrir le courrier et ordonner des filatures ; il avait le droit absolu d'interroger n'importe qui, en ayant sous les yeux jusqu'aux plus petits détails de sa vie privée. Par-dessus tout, il pouvait à volonté étouffer tout soupçon à son égard en retournant contre le Peuple (la voix de Fiedler tremblait de rage) l'arme même destinée à sa protection.

Retrouvant sans effort un style moins passionné, il continua :

— Maintenant, vous pouvez comprendre la manœuvre de Londres. Gardant toujours un secret absolu sur l'identité de Mundt, ils se sont arrangés pour engager Riemeck et rendre possible un contact indirect entre Mundt et le commandant de Berlin. Voilà le sens des rapports de De Jong, Riemeck, Leamas. *Voilà* comment doit être interprété le témoignage de Leamas. *Voilà* comment vous devez prendre la mesure de la trahison de Mundt ! (Il fit volte-face, et, dévisageant Mundt, il s'écria :) Voilà votre saboteur, votre terroriste ! L'homme qui a vendu les droits de son Peuple !

« J'ai presque terminé. Il ne me reste qu'une chose à dire. Mundt s'est acquis une réputation d'indéfectible et loyal protecteur du Peuple et il a réduit au silence définitif ceux qui pouvaient révéler son secret. C'est ainsi qu'au nom même du Peuple, il a tué pour couvrir sa trahison de fasciste, pour assurer sa carrière dans nos Services. Il est impossible d'imaginer crime plus grave. C'est pourquoi, vers la fin, après avoir tout fait pour protéger Karl Riemeck des soupçons qui ne cessaient de croître à son égard, il a donné l'ordre de l'abattre à vue. C'est pourquoi il s'est arrangé pour supprimer la maîtresse de Riemeck. Quand vous aurez à prononcer votre verdict devant le Présidium, n'hésitez pas à reconnaître le caractère bestial du crime de cet individu. Pour Hans Dieter Mundt, la mort est un châtiment de clémence.

21

Le témoin

La Présidente se tourna vers le petit homme au costume noir, assis en face de Fiedler.

— Camarade Karden, tu vas parler au nom du camarade Mundt. Désires-tu poser des questions au témoin Leamas ?

— Oui, oui, dans un instant ! répondit-il en se mettant lentement debout et en ajustant les branches de ses lunettes cerclées d'or autour de ses oreilles.

Il avait une allure inoffensive, un peu rustaude et les cheveux blancs.

— Le camarade Mundt, commença-t-il d'une voix aux inflexions agréables, soutient que *Leamas ment*, que le camarade Fiedler, soit à dessein, soit par malchance, a été entraîné dans un complot visant à démanteler l'Abteilung et à jeter ainsi le discrédit sur les organismes de défense de notre État socialiste. Nous ne contestons pas ici le fait que Karl Riemeck était un espion à la solde de l'Angleterre. Les preuves sont formelles. Mais nous contestons que Mundt ait eu partie liée avec lui ou reçu de l'argent pour avoir trahi notre

Parti. Nous affirmons qu'il n'existe aucune preuve réelle à l'appui de cette accusation, que le camarade Fiedler est intoxiqué par des rêves de pouvoir et qu'il a perdu toute faculté de raisonnement. Nous soutenons que, dès son retour de Berlin à Londres, Leamas a joué la comédie, qu'il a simulé une rapide décadence morale, qu'il a feint de sombrer dans l'ivresse, les dettes, qu'il a sciemment agressé un commerçant au vu et au su de la foule et affiché des sentiments antiaméricains, dans le seul but d'attirer l'attention de l'Abteilung. Nous pensons que l'Intelligence Service a délibérément accumulé autour du camarade Mundt un réseau de preuves fabriquées : versement de sommes d'argent dans des banques étrangères, retrait de ces sommes coïncidant avec la présence du camarade Mundt dans tel et tel pays, propos compromettants attribués à Peter Guillam, rencontre secrète entre Control et Riemeck au cours de laquelle certains sujets auraient été abordés en l'absence de Leamas. Tout ceci formait un enchaînement de preuves falsifiées, et le camarade Fiedler — sur les ambitions duquel les Anglais fondaient si justement leurs calculs — est tombé dans le panneau. C'est ainsi qu'il est devenu complice d'un complot destiné à détruire, en fait à supprimer, car Mundt risque effectivement sa tête en ce moment, l'un des défenseurs les plus vigilants de notre République.

« N'est-il pas logique que les Anglais, qui comptent à leur actif tant de sabotages, de tentatives de subversion et de trafic d'agents, aient imaginé cette machination délirante ? Quelle autre solution leur reste-t-il, maintenant qu'un rempart a été construit à travers Berlin et que le flot d'espions occidentaux est contrôlé ? Nous sommes tombés dans le panneau qu'ils nous tendaient ; au mieux, le camarade Fiedler est coupable d'une grave erreur ; au pis, de complicité avec les espions impérialistes pour mettre en danger la sécurité de l'État des travailleurs et verser le sang des innocents.

« Nous aussi nous avons un témoin, ajouta-t-il en s'adressant à la cour avec un hochement de tête débonnaire. Oui, nous avons un témoin. Car pensez-vous vraiment que le camarade Mundt ait ignoré pendant tout ce temps le complot fébrile de Fiedler ? Pouvez-vous le supposer un instant ? Voilà des mois qu'il s'est rendu compte de la perversion d'esprit de son adjoint. C'est le camarade Mundt lui-même qui a autorisé la prise de contact avec Leamas en Angleterre ; croyez-vous qu'il aurait pris des risques aussi insensés s'il devait être impliqué dans l'affaire ?

« Et lorsque le compte rendu du premier interrogatoire de Leamas à La Haye est arrivé au Présidium, pensez-vous que le camarade Mundt l'ait jeté au panier sans le lire ? Par ailleurs, quand, après l'arrivée de Leamas dans notre pays et l'interrogatoire mené par Fiedler, aucun autre compte rendu n'est parvenu, pensez-vous que le camarade ait été assez obtus pour ne pas comprendre ce que mijotait Fiedler ? Au moment où les premiers rapports de Peters sont arrivés à

La Haye, Mundt n'a eu qu'à jeter un coup d'œil sur les dates des voyages de Leamas à Copenhague et Helsinki pour comprendre que toute l'opération n'était qu'un vaste complot destiné à le compromettre lui-même. Ces dates coïncident d'autant mieux avec les visites de Mundt au Danemark et en Finlande qu'elles ont été choisies par Londres dans cet unique but. Ces "autres indices", ces indices intérieurs, n'ont pas plus échappé à Mundt qu'à Fiedler, souvenez-vous-en. Mundt lui aussi recherchait un espion au sein même de l'Abteilung.

« Ainsi, dès l'arrivée de Leamas en R.D.A., Mundt n'a cessé de suivre avec un intérêt passionné les manœuvres de ce dernier pour entretenir les soupçons de Fiedler par des allusions, des insinuations indirectes... jamais trop appuyées, bien sûr, ni trop précises, mais glissées çà et là dans la discussion avec une subtile perfidie. Alors, le terrain ayant été préparé... l'homme du Liban, ce miraculeux renseignement auquel s'est référé Fiedler, tout semblait confirmer la présence d'un espion haut placé dans la hiérarchie de l'Abteilung...

« Toute l'opération a été menée de façon magistrale. Elle aurait pu — et peut encore — transformer la défaite qu'ont essuyée les Anglais en perdant Karl Riemeck en une remarquable victoire.

« Le camarade Mundt a toutefois pris une précaution tandis que les Anglais, avec l'aide de Fiedler, préparaient son assassinat.

« Il a fait faire des enquêtes serrées à Londres,

a passé au crible les moindres détails de la double vie que menait Leamas à Bayswater. Il cherchait, comprenez-vous, l'erreur, le faux pas, la faille dans un plan d'une subtilité quasi démoniaque. À un moment quelconque, pensait-il, de sa longue descente aux enfers, Leamas en viendrait à rompre son vœu de pauvreté, d'alcoolisme, d'avilissement et, surtout, de solitude. Il aurait besoin d'un compagnon, d'une maîtresse peut-être ! Il désirerait ardemment la chaleur d'un contact humain, il sentirait le besoin de révéler à quelqu'un une partie du vrai Leamas qui se cachait derrière l'épave. Le camarade Mundt ne se trompait pas. Leamas, cet agent de premier ordre, cet expert du métier, a commis une erreur si élémentaire, si banale que... (Il sourit.) Vous allez entendre ce témoin, mais pas tout de suite. Le témoin est là, fourni par le camarade Mundt. Admirable précaution. Plus tard donc, je ferai appel à... ce témoin. (Il prit un petit air espiègle comme pour se faire pardonner une plaisanterie bien innocente.) En attendant, ajouta-t-il, si vous me le permettez, j'aimerais bien poser une ou deux questions à notre accusateur malgré lui, M. Alec Leamas.

— Dites-moi, commença-t-il, êtes-vous un homme riche ?

— Ne soyez pas stupide ! répliqua sèchement Leamas. Vous savez comment j'ai été ramassé.

— En effet ! déclara Karden. Un coup de maître. Je peux donc conclure que vous êtes sans un sou ?

— Vous le pouvez.

— Avez-vous des amis susceptibles de vous prêter de l'argent, de vous en offrir peut-être ? De payer vos dettes ?

— Si j'en avais, je ne serais pas là.

— Personne, donc ? Vous n'imaginez pas non plus qu'un quelconque bienfaiteur, quelqu'un dont vous auriez oublié l'existence, ait pu se soucier de vous, ait pu vouloir vous remettre sur les rails ?... En payant vos créanciers, par exemple ?

— Non.

— Merci. Une autre question : Connaissez-vous George Smiley ?

— Évidemment : il était au Cirque.

— Il a quitté l'Intelligence Service ?

— Il a dételé après l'histoire Fennan[1].

— Ah oui... l'affaire dans laquelle Mundt a été impliqué. L'avez-vous revu depuis ?

— Une ou deux fois.

— L'avez-vous revu depuis votre départ du Cirque ?

Leamas hésita.

— Non, répondit-il enfin.

— Il ne vous a pas rendu visite en prison ?

— Non. Personne ne m'a rendu visite.

— Et avant d'y entrer ?

— Non.

— Une fois libéré, le jour même de votre sortie,

1. Voir *L'appel du mort*, Folio n° 2178.

en fait, vous avez été abordé par un individu nommé Ashe ?

— Oui.

— Vous avez déjeuné à Soho avec lui. Après son départ, où vous êtes-vous rendu ?

— Je ne m'en souviens plus. Probablement dans un bistrot. Aucune idée là-dessus.

— Laissez-moi rafraîchir votre mémoire : vous êtes allé à Fleet Street et vous avez attrapé un autobus. De là vous avez fait une série de crochets en autobus, métro, voiture particulière, tout ceci assez maladroitement pour un homme de votre expérience, pour vous rendre à Chelsea. Vous vous en souvenez ? Je peux vous montrer le rapport, si ça vous chante, je l'ai ici même.

— C'est probablement exact. Et alors ?

— George Smiley habite dans Bayswater Street, juste à côté de King's Road. Voilà où je veux en venir. Votre voiture a tourné dans Bayswater Street et notre agent a signalé qu'on vous avait déposé au numéro 9. Or, il se trouve que c'est précisément l'adresse de Smiley.

— Complètement idiot, déclara Leamas. Si vous voulez mon avis, je suis allé au *Huit Cloches*, mon bistrot favori.

— En voiture particulière ?

— Ça aussi, c'est grotesque. J'ai pris un taxi, simplement. Quand j'ai de l'argent, je le dépense.

— Et pourquoi tous ces zigzags ?

— Foutaise, encore une fois ! Vos bonshommes ont probablement suivi le mauvais client : c'est bien dans leur genre.

— Pour en revenir à ma question initiale, vous ne pouvez pas imaginer que George Smiley se soit pris d'un intérêt particulier pour vous, après votre départ du Cirque ?

— Ah fichtre non !

— Ni qu'il se soit soucié de votre situation matérielle quand on vous a incarcéré, ait aidé vos proches, désiré vous voir après votre rencontre avec Ashe ?

— Non. Je n'ai pas la moindre idée de ce que vous essayez d'insinuer, Karden, mais ma réponse est non. Si vous connaissiez Smiley, vous ne poseriez même pas la question. Il n'y a pas plus différents l'un de l'autre que nous deux.

Karden parut satisfait de cette réponse et rajusta ses lunettes en souriant pour fouiller ostensiblement dans ses dossiers.

— Au fait, reprit-il comme s'il avait oublié quelque chose, quand vous avez demandé crédit à l'épicier, de combien d'argent disposiez-vous ?

— De rien, répondit Leamas avec insouciance. J'étais complètement fauché depuis une semaine. Peut-être plus, même.

— De quoi viviez-vous ?

— De tout et de rien. J'avais été malade : j'avais la fièvre, je n'avais pour ainsi dire pas mangé pendant toute une semaine. Je crois que cela a dû me détraquer... faire pencher la balance.

— On vous devait encore de l'argent à la bibliothèque, n'est-ce pas ?

— Comment le savez-vous ? demanda Leamas d'une voix coupante. Est-ce que vous...

— Pourquoi n'êtes-vous pas allé le chercher ? Vous n'auriez pas été obligé de demander crédit, n'est-ce pas, Leamas ?

— J'ai oublié, répondit-il avec un haussement d'épaules. Sans doute parce que la bibliothèque était fermée le samedi matin.

— Je vois. Vous êtes sûr qu'elle était vraiment fermée le samedi matin ?

— Non, mais je suppose.

— Parfait, merci beaucoup. C'est tout ce que j'avais à vous demander.

Leamas se rasseyait quand la porte s'ouvrit et une femme entra. Elle était forte et laide, portait une blouse grise avec des chevrons sur la manche. Derrière elle se tenait Liz.

22

La Présidente

Elle s'avança lentement dans la salle d'audience en regardant autour d'elle, les yeux dilatés, comme un enfant à demi éveillé qui pénètre dans une pièce violemment éclairée. Leamas avait oublié combien elle était jeune. Quand elle le vit assis entre deux gardes, elle s'immobilisa.

— Alec, murmura-t-elle.

La gardienne qui l'escortait lui posa la main sur le bras et l'entraîna doucement vers l'emplacement que venait de quitter Leamas. Un profond silence régnait dans la salle.

— Comment t'appelles-tu, mon petit ? demanda la Présidente.

Liz se tenait très droite, les bras pendant le long de son corps, ses longues mains ouvertes.

— Ton nom ? répéta l'autre d'une voix forte.

— Élisabeth Gold.

— Tu es membre du Parti Communiste Anglais ?

— Oui.

— Et tu as fait un séjour à Leipzig ?

— Oui.

— Quand es-tu entrée au Parti ?

— En 1955... non, 1954, je crois.

Un soudain remue-ménage l'interrompit, le raclement d'une chaise sur le sol et la voix de Leamas, hargneuse, qui vociférait :

— Salopards ! Foutez-lui la paix !

Affolée, Liz se retourna et le vit debout, son visage blême ruisselant de sang, les vêtements en désordre. Un garde le frappait à coups de poing. Il s'écroula à demi. Deux hommes l'empoignèrent alors brutalement, le redressèrent et lui tordirent les bras dans le dos. Sa tête s'affaissa sur sa poitrine et eut un sursaut de côté, sous l'effet d'une vive douleur.

— S'il bouge encore, faites-le évacuer, ordonna la Présidente. (Elle fit un signe de tête menaçant à Leamas et ajouta :) Vous pourrez reprendre la parole plus tard, si vous voulez. Attendez. (Elle se retourna vers Liz.) Enfin, tu dois savoir à quelle date tu es entrée au Parti Communiste, dit-elle durement.

Liz ne répondit pas. Après avoir attendu un instant, la Présidente haussa les épaules et, se penchant vers Liz, scruta son visage.

— Élisabeth, dit-elle, est-ce qu'on t'a parlé, dans ton Parti, de la nécessité du secret ?

Liz acquiesça.

— Et on t'a dit de ne jamais, au grand jamais, poser de questions à un autre camarade sur l'organisation et les dispositions du Parti ?

— Oui, bien sûr, répondit Liz en acquiesçant de nouveau.

— Aujourd'hui, tu seras strictement soumise à cette règle. Il vaut mieux pour toi, et de beaucoup, que tu ne saches rien... Rien du tout, insista-t-elle. Que ceci te suffise : nous sommes trois assis à cette table, qui occupons des postes importants dans la hiérarchie du Parti. Nous agissons au nom du Présidium dans l'intérêt de la sécurité du Parti. Nous devons te poser quelques questions et tes réponses revêtiront la plus haute importance. En répondant avec courage et sincérité, tu aideras la cause du Socialisme.

— Mais *qui*, chuchota-t-elle, *qui* est jugé ? Qu'a fait Alec ?

La Présidente jeta un coup d'œil vers Mundt et répondit :

— Personne peut-être n'est ici inculpé. C'est là le problème. Peut-être les accusateurs le seront-ils eux-mêmes. Mais quelle que soit la personne qui passera en jugement, cela n'importe pas. Le fait même que tu l'ignores nous est une garantie de ton impartialité.

Un long silence plana sur la petite salle. Puis, d'une voix si douce que la Présidente tourna instinctivement la tête pour entendre ce qu'elle disait, Liz demanda :

— Est-ce Alec ? Est-ce Leamas ?

— Je te répète, insista la Présidente, qu'il vaut mieux pour toi — beaucoup mieux — ne rien savoir. Tu dois te contenter de dire la vérité et de partir : c'est la chose la plus sage que tu puisses faire.

Liz avait dû faire un signe ou prononcer quelques mots à voix basse que le reste de l'assistance ne pouvait entendre. Car à nouveau, la Présidente se pencha en avant et déclara avec force :

— Écoute, mon petit, veux-tu rentrer chez toi ? Fais ce que je te dis et tu le pourras ! Mais si tu... (Elle s'interrompit et désigna Karden du doigt.) Le camarade ici présent a quelques questions à te poser, quelques-unes seulement. Après tu pourras t'en aller. Dis la vérité.

Karden se leva et sourit de son sourire mielleux de bedeau.

— Élisabeth, s'enquit-il, Alec Leamas était ton amant, n'est-ce pas ?

Elle inclina la tête.

— Vous vous êtes connus à Bayswater où tu travailles ?

— Oui.

— Tu ne l'avais jamais vu avant ?

Elle secoua la tête.

— Nous nous sommes rencontrés à la bibliothèque.

— As-tu eu beaucoup d'amants, Élisabeth ?

Sa réponse, s'il y en eut une, se perdit sous les vociférations de Leamas :

— Karden, espèce d'ordure !

Liz se retourna vers lui et lui dit, à voix forte :

— Alec, arrête ! Ils vont t'emmener !

— Oui, fit remarquer sèchement la Présidente. Ils vont vous emmener.

— Dis-moi, reprit suavement Karden, Alec était communiste ?

— Non.

— Il savait que tu l'étais ?

— Oui, je le lui ai dit.

— Et qu'est-ce qu'il t'a répondu, Élisabeth, quand tu le lui as annoncé ?

Elle ne savait pas s'il fallait ou non mentir : c'était l'affreux dilemme. Les questions se succédaient si vite qu'elle n'avait pas le temps de réfléchir. Ils ne cessaient d'écouter, de guetter, d'attendre un mot, un geste qui, peut-être, pourrait faire du mal à Alec. Elle ne pouvait mentir sans savoir au moins ce qui était en jeu : elle bafouillerait et Alec serait perdu. Si elle faisait fausse route, Alec pourrait payer cette erreur de sa vie.

— Qu'a-t-il répondu ? répéta Karden.

— Il a ri. Il était au-dessus de ce genre de chose.

— Et tu crois que c'était vrai !

— Bien sûr.

Le jeune homme qui se tenait à la table des juges prit la parole pour la deuxième fois. Il avait les yeux mi-clos :

— Considères-tu cela comme une opinion valable sur un être humain ? Qu'il soit *au-dessus* du cours de l'Histoire et des impératifs de la dialectique ?

— Je ne sais pas. C'est ce que j'ai cru, c'est tout.

— Peu importe, reprit Karden. Dis-moi, Leamas était-il *heureux ?* Était-il toujours en train de rire, de s'amuser, par exemple ?

— Non, il ne riait pas souvent.

— Mais il a ri quand tu lui as dit que tu étais au Parti. Pourquoi ?

— Je crois qu'il méprisait le Parti.

278

— Penses-tu qu'il le *haïssait ?* demanda Karden d'un ton détaché.

— Je ne sais pas, répondit Liz avec désespoir.

— Était-ce un homme capable de sympathies ou d'antipathies excessives ?

— Non... non, pas du tout.

— Il a pourtant attaqué un épicier. Pourquoi donc ?

Soudain Liz cessa de faire confiance à Karden, à sa voix feutrée, à son visage ouvert et débonnaire.

— Je n'en sais rien, répondit-elle.

— Mais tu y as réfléchi ?

— Oui.

— Et quelles conclusions en as-tu tirées ?

— Aucune, répondit Liz d'une voix neutre.

Karden la considéra d'un air pensif, un peu déçu peut-être, comme si elle avait oublié son catéchisme.

— Savais-tu, demanda-t-il, comme si la question allait de soi, savais-tu que Leamas allait frapper cet épicier ?

— Non, répondit-elle un peu trop vite, peut-être, car, durant le silence qui s'ensuivit, Karden eut un sourire de curiosité amusée.

— Quand as-tu vu Leamas pour la dernière fois ? demanda-t-il. Enfin... avant aujourd'hui ?

— Je ne l'ai pas revu après son départ pour la prison.

— Alors, quand l'as-tu vu pour la dernière fois ?

Sa voix restait calme, mais insistante. Liz supportait difficilement de tourner le dos au Tribunal ; elle mourait d'envie de regarder Leamas pour lire sur son visage un conseil quelconque, la moindre indication sur les réponses à fournir. Elle commençait aussi à craindre pour elle-même... Toutes ces questions qui procédaient d'accusations et de soupçons dont elle ne savait rien... Ils devaient bien se rendre compte qu'elle voulait venir en aide à Alec, qu'elle avait peur... Mais personne ne venait à son secours. Pourquoi ?

— Élisabeth, à quand remonte ta dernière rencontre avec Leamas ?

Oh ! Cette voix, cette voix doucereuse, comme elle la haïssait !

— La veille du jour où c'est arrivé, répondit-elle. La veille de la bagarre avec M. Ford.

— Une bagarre ? Mais il n'y a pas eu de bagarre, Élisabeth. L'épicier ne lui a pas rendu un seul coup, il n'en a eu ni le temps ni l'occasion ! Un combat assez déloyal, entre nous !

Karden s'esclaffa. Son rire était d'autant plus terrible qu'il ne trouva aucun écho.

— Dis-moi, où as-tu rencontré Leamas, ce soir-là ?

— Chez lui. Il avait été malade et ne travaillait plus. Je suis allée lui faire la cuisine.

— Tu lui as acheté à manger ? Tu as fait des courses pour lui ?

— Oui.

— Comme c'est gentil ! Ça a dû te coûter beaucoup d'argent, fit remarquer Karden d'un ton apitoyé. Avais-tu donc les moyens de l'entretenir ?

— Je ne l'entretenais pas. C'est lui qui m'a donné de l'argent. Il...

— Ah ! coupa Karden. Il avait donc de l'argent ?

« Seigneur, pensa Liz. Oh ! Seigneur, qu'est-ce que j'ai dit ! »

— Pas beaucoup, reprit-elle précipitamment. Pas beaucoup. Une livre ou deux, rien de plus. Il ne pouvait pas payer ses factures... sa note d'électricité, son loyer... Tout ça, comprenez-vous, a été payé par quelqu'un après son départ, par un ami. C'est un ami qui a été obligé de payer, pas Alec.

— Bien sûr, commenta calmement Karden. Un ami a payé ; il est même venu spécialement pour ça. Un vieil ami de Leamas, quelqu'un qu'il connaissait depuis longtemps, bien avant son arrivée à Bayswater peut-être. L'as-tu vu, cet ami, Élisabeth ?

Elle secoua négativement la tête.

— Je vois. Et qu'est-ce qu'il a payé d'autre, comme factures, ce bon ami, tu le sais ?...

— Non... non...

— Pourquoi hésites-tu ?

— J'ai dit que je ne savais pas, répliqua Liz, véhémente.

— Mais tu as hésité, souligna Karden. Je me demande si tu n'aurais pas d'arrière-pensées.

— Non.

— Leamas ne t'a jamais parlé de cet ami ? Cet ami qui avait de l'argent et savait où Leamas habitait ?

— Il ne m'a jamais parlé d'aucun ami. Je ne pensais pas qu'il en avait.

— Ah !

Il y eut un silence terrible dans la salle, surtout pour Liz qui, tel un enfant parmi les voyants, était coupée de tous ceux qui l'entouraient. Ils pouvaient évaluer ses réponses selon certains critères secrets et, dans ce silence absolu, elle n'avait aucune chance de pressentir leurs conclusions.

— Combien gagnes-tu, Élisabeth ?

— Six livres par semaine.

— As-tu des économies ?

— Un peu. Quelques livres.

— Combien paies-tu de loyer ?

— Cinquante shillings par semaine.

— C'est beaucoup, n'est-ce pas, Élisabeth ? As-tu payé ton loyer récemment ?

Elle secoua la tête, l'air désemparé.

— Et pourquoi ? continua Karden. Tu n'as plus d'argent ?

— J'ai un bail, répondit-elle dans un murmure. Quelqu'un l'a repris et m'a envoyé le montant.

— Qui ?

— Je ne sais pas... (Les larmes coulaient sur ses joues.) Je ne sais pas. S'il vous plaît, ne me posez plus de questions... J'ignore qui c'était... on me l'a envoyé, il y a six semaines... Une banque de la Cité... une œuvre de bienfaisance... mille livres... je jure que je ne sais pas qui... un cadeau des Bonnes Œuvres, ils ont dit. Vous qui savez tout, dites-moi qui...

Elle enfouit son visage dans ses mains et s'abandonna au désespoir ; le dos toujours tourné à ses juges, les épaules secouées de sanglots. Personne ne bougeait. Finalement, elle baissa les mains, mais sans redresser la tête.

— Pourquoi ne t'es-tu pas renseignée ? demanda simplement Karden. Aurais-tu l'habitude de recevoir des cadeaux anonymes pareils... des sommes de mille livres ?

Elle ne répondit pas.

— Tu n'as pas cherché à savoir, parce que tu as deviné, n'est-ce pas ?

Encore une fois, elle enfouit son visage dans ses mains en acquiesçant.

— Tu as deviné que cet argent venait de Leamas ou d'un de ses amis, hein ?

— Oui, parvint-elle à répondre. J'ai entendu dire que l'épicier avait reçu de l'argent, beaucoup d'argent, après le procès. On a beaucoup parlé dans le quartier et j'ai su qu'il devait s'agir d'un des amis de Leamas...

— Comme c'est curieux, fit Karden presque en aparté. Comme c'est étrange. Dis-moi, Élisabeth, enchaîna-t-il, personne n'a essayé de te contacter après l'emprisonnement de Leamas ?

— Non, mentit-elle.

Elle comprenait, maintenant, elle était sûre qu'ils voulaient établir des preuves contre Alec, des choses en rapport avec l'argent, ou ses amis, ou le rôle joué par l'épicier.

Karden haussa les sourcils au-dessus de la monture de ses lunettes.

— Tu en es sûre ?

— Oui.

— Pourtant, ton voisin, Élisabeth, objecta Karden avec patience, dit que des hommes sont venus te voir, deux hommes, aussitôt après la condamnation de Leamas. À moins qu'il ne s'agisse d'amoureux, Élisabeth. D'amoureux de passage, comme Leamas, qui te donnaient de l'argent.

— Alec *n'était pas* un amant de passage ! s'écria-t-elle. Comment pouvez-vous dire...

— Mais il t'a donné de l'argent. Les autres t'en ont donné aussi ?

— Oh, mon Dieu, sanglota Liz. Ne me demandez pas...

— Qui étaient-ils ?

Elle ne répondit pas. Alors, brusquement, Karden haussa la voix.

— *Qui ?*

— Je ne sais pas. Ils sont venus en voiture. Des amis d'Alec.

— *Encore* des amis ? Qu'est-ce qu'ils voulaient ?

— Je ne sais pas. Ils n'ont pas arrêté de me demander ce qu'il m'avait dit... Ils m'ont dit de les prévenir si...

— *Comment ? Comment* devais-tu les prévenir ?

Il y eut un silence.

— Il habitait Chelsea, répondit-elle enfin... Il s'appelait Smiley... George Smiley... je devais lui téléphoner...

— Et tu l'as fait ?

— Non !

284

Karden avait reposé son dossier. Un silence de mort s'étendit sur la salle. Montrant Leamas du doigt, Karden déclara d'une voix d'autant plus impressionnante qu'il en était parfaitement maître :

— Smiley voulait savoir si Leamas en avait trop dit à Élisabeth. Leamas avait commis la seule erreur à laquelle l'Intelligence Service ne pouvait s'attendre : il avait été chercher une fille, et il avait pleuré dans son giron. (Karden eut un petit rire, un rire de dérision, comme s'il s'agissait d'une bonne plaisanterie.) Exactement comme Karl Riemeck. Il a fait la même bêtise !

— Leamas parlait-il souvent de lui-même ? reprit Karden.

— Non.

— Tu ne sais donc rien de son passé ?

— Non. Je savais qu'il avait travaillé à Berlin. Pour le Gouvernement.

— Alors il t'avait parlé de son passé, n'est-ce pas ? T'a-t-il dit qu'il avait été marié ?

Il y eut un long silence. Liz inclina la tête.

— Pourquoi ne l'as-tu pas revu pendant qu'il était en prison ? Tu aurais pu aller lui rendre visite ?

— Je ne crois pas qu'il le souhaitait.

— Je vois. Tu lui as écrit ?

— Non. Si... une fois... juste pour lui dire que je l'attendrais. Je ne pensais pas que ça pourrait l'ennuyer.

— Tu ne pensais pas non plus que ça lui ferait plaisir ?

— Non.

— Et après sa sortie de prison, tu n'as pas essayé de le revoir ?

— Non.

— Avait-il un endroit où loger, avait-il un travail qui l'attendait ? Des amis qui le prendraient en charge ?

— Je ne sais pas... Je ne sais pas.

— En fait, tout était fini entre vous, n'est-ce pas ? demanda Karden avec un bref ricanement. Avais-tu trouvé un autre amant ?

— Non... je l'attendais... je l'attendrai toujours... (Elle se contint.) Je voulais qu'il revienne.

— Alors pourquoi n'as-tu pas écrit ? Pourquoi n'as-tu pas essayé de savoir où il se trouvait ?

— Il ne voulait pas que je le cherche. Vous ne comprenez donc pas ? Il m'avait fait promettre de ne jamais le suivre... de ne jamais...

— En somme, il s'attendait à aller en prison ? fit Karden d'un ton triomphant.

— Non... je n'en sais rien... comment pourrais-je vous dire ce que je ne sais pas ?

— Et ce dernier soir, insista Karden agressif, la veille du jour où il a frappé l'épicier, est-ce qu'il t'a fait renouveler ta promesse ?... Hein ?

Elle acquiesça d'un signe de tête chargé de lassitude.

— Oui.

— Et vous vous êtes dit adieu ?

— Nous nous sommes dit adieu.

— Après le dîner, évidemment. Il était très tard. Ou bien as-tu passé la nuit avec lui ?

— Après le dîner. Je suis rentrée chez moi... pas directement... je suis allée me promener d'abord, je ne sais plus où... juste pour marcher... pour...

— Et quelle raison t'a-t-il donnée pour rompre avec toi ?

— Il n'a pas rompu... Jamais ! Il m'a juste dit qu'il avait quelque chose à faire, qu'il avait un compte à régler avec quelqu'un... et après... un jour peut-être, quand tout serait fini... il... il reviendrait, si j'étais encore là et que...

— Et tu lui as dit, suggéra Karden, ironique, que tu l'attendrais éternellement, n'est-ce pas ? Que tu l'aimerais toujours.

— Oui, répondit Liz simplement.

— T'a-t-il dit qu'il t'enverrait de l'argent ?

— Il m'a dit... il m'a dit que la situation n'était pas aussi tragique qu'elle le paraissait... qu'on... qu'on s'occuperait de moi...

— Et voilà pourquoi tu n'as pas cherché à savoir, n'est-ce pas, quand une Bonne Œuvre t'a versé comme ça tranquillement mille livres ?

— Oui, oui ! C'est ça ! Maintenant vous savez tout... Vous le saviez déjà, d'ailleurs !... Pourquoi êtes-vous allés me chercher si vous le saviez déjà ?

Karden, impassible, attendit qu'elle eût cessé de sangloter.

— Voilà donc, déclara-t-il en se tournant vers le Tribunal, les preuves fournies par la défense. Je regrette qu'une jeune fille dont le jugement est oblitéré par les sentiments et le discernement émoussé par l'argent ait été considérée par nos camarades anglais comme apte à occuper un poste responsable dans notre Parti.

Regardant tour à tour Leamas et Fiedler, il ajouta brutalement :

— C'est une idiote ! Nous avons cependant de la chance que Leamas l'ait rencontrée. Ce n'est pas la première fois qu'un complot impérialiste est dévoilé en raison de la décadente médiocrité de ses artisans.

Avec une rapide inclinaison du buste devant le Tribunal, Karden se rassit.

En même temps, Leamas se releva et, cette fois, ses gardes le laissèrent faire.

Ils avaient dû devenir complètement dingues, à Londres, songeait-il. Il leur avait dit — quelle farce ! Il leur avait particulièrement recommandé de ne pas s'occuper d'elle. Et maintenant il était clair qu'à dater de l'instant même où il avait quitté l'Angleterre, peut-être même avant, dès qu'il avait été emprisonné, un sinistre crétin quelconque s'était mêlé de régler la situation, avait payé les factures, dédommagé l'épicier, le propriétaire et, par-dessus tout, dépanné Liz. C'était insensé, complètement aberrant. Quel pouvait être leur but ? Tuer Fiedler, tuer leur agent ? Saboter leur propre opération ? Était-ce simplement Smiley ? Sa mauvaise conscience lui avait-elle inspiré cette machination ? Il n'y avait plus qu'une solution : tenter de disculper Liz et Fiedler et endosser la responsabilité. De toute façon, il était sans doute déjà foutu. S'il pouvait sauver la peau de Fiedler, peut-être Liz aurait-elle une chance de s'en tirer.

Comment pouvaient-ils en savoir si long, bon Dieu ? Il était sûr, absolument sûr de ne pas avoir été suivi cet après-midi-là jusqu'au domicile de Smiley. Et cette affaire d'argent ? Où avaient-ils été pêcher cette histoire d'argent volé au Cirque ? Ce scénario était strictement destiné au circuit interne. Alors, comment ?... Comment, au nom du Ciel, avaient-ils su ?

Abasourdi, à la fois écœuré et furieux, il s'avança lentement au milieu de l'allée, de la démarche raide d'un homme montant à l'échafaud.

23

Confession

— C'est bon, Karden.

Le visage blême et dur comme une pierre, il tenait la tête rejetée en arrière, légèrement de côté, comme s'il écoutait un son lointain. Il était d'une immobilité effrayante, l'immobilité du sang-froid plutôt que de la résignation. Son corps tout entier semblait sous le contrôle rigide de sa volonté.

— C'est bon, Karden, laissez-la partir.

Liz le considérait avec ahurissement, le visage décomposé, enlaidi, ses yeux noirs emplis de larmes.

— Non, Alec... non ! dit-elle.

Pour elle, il n'y avait personne d'autre dans la pièce que Leamas, grave et droit comme un soldat.

— Ne leur dis rien, supplia-t-elle en haussant la voix, quoi que tu aies fait, ne leur dis pas à cause de moi... Ça m'est égal maintenant. Alec, je te le jure, ça m'est égal.

— Tais-toi, Liz, fit Leamas d'une voix altérée. C'est trop tard, maintenant. (Il tourna les yeux vers la Présidente.) Elle ne sait rien, ajouta-t-il, rien du tout. Faites-la sortir d'ici, renvoyez-la chez elle et je vous dirai le reste.

La Présidente jeta un bref coup d'œil sur ses assesseurs assis à sa droite et à sa gauche et sembla réfléchir un instant.

— Elle est libre de quitter la salle, dit-elle enfin, mais elle ne peut pas rentrer chez elle avant la fin du procès. Nous verrons ensuite.

— Elle ne sait rien, je vous dis ! s'écria Leamas. Karden a raison, vous n'avez pas encore compris ? Tout ça, c'est une opération, un coup monté. Comment pouvait-elle le savoir ? Ce n'est qu'une petite fille frustrée qui sort d'une bibliothèque pour cinglés ; elle ne peut vous servir à rien !

— C'est un témoin, répliqua brièvement la Présidente, et il se peut que Fiedler ait encore des questions à lui poser.

Ce n'était plus le « Camarade » Fiedler.

En entendant son nom, Fiedler sembla s'éveiller de la rêverie où il avait sombré, et Liz, pour la première fois, prit conscience de sa présence. Les yeux profonds de Fiedler s'arrêtèrent un instant sur elle et il sourit très légèrement comme s'il reconnaissait en elle quelqu'un de sa race. Il avait l'air perdu, seul et bizarrement détendu, songea-t-elle.

— Elle ne sait rien, déclara-t-il enfin d'un ton las. Leamas a raison, laissez-la partir.

— Vous rendez-vous compte de ce que vous dites ? fit la Présidente. Comprenez-vous ce que cela signifie ? Vous n'avez vraiment pas de questions à lui poser ?

— Elle a dit ce qu'elle avait à dire. (Fiedler avait posé les mains sur ses genoux et semblait prendre plus d'intérêt à les étudier qu'à suivre ce qui se passait autour de lui.) Le coup a été monté de façon extrêmement habile, dit-il encore. (Il hocha la tête.) Laissez-la aller : elle ne peut pas nous dire ce qu'elle ne sait pas. (Et il ajouta d'un air faussement solennel :) Je n'ai pas de questions à poser au témoin.

Un garde ouvrit la porte du fond et appela quelqu'un dans le couloir. Dans le profond silence qui planait sur la salle d'audience, on entendit une voix de femme qui répondait et des pas lourds qui lentement approchaient. Soudain, Fiedler se leva, prit Liz par le bras et l'accompagna jusqu'à la porte. Liz se retourna vers Leamas, mais celui-ci avait détourné les yeux comme quelqu'un qui ne peut supporter la vue du sang.

— Retournez en Angleterre, lui dit Fiedler. Retournez en Angleterre !

Soudain, Liz éclata en sanglots. La gardienne lui passa un bras autour des épaules, plus pour la soutenir que pour la réconforter, et toutes deux sortirent de la pièce. Le garde referma la porte. Le bruit des sanglots s'estompa peu à peu.

— Il n'y a pas grand-chose à ajouter, commença Leamas. Karden a raison, c'était un coup monté. Avec la mort de Karl Riemeck, nous avions perdu notre seul agent efficace dans la Zone. Tous les autres avaient déjà disparu. Nous n'y comprenions rien ; Mundt semblait les cueillir aussi vite qu'ils étaient formés. Je suis rentré à Londres pour voir Control. Peter Guillam et George Smiley étaient là, eux aussi. En fait, George était à la retraite et s'était plongé dans je ne sais quelles études. La philologie, je crois bien.

« Quoi qu'il en soit, ils avaient eu l'idée de ce plan. Amener un homme à se prendre à son propre piège, suivant l'expression de Control. Amorcer et voir s'ils mordent à l'appât. Nous avons ensuite mis les détails au point, en procédant à rebours pour ainsi dire. "Par induction", comme disait Smiley. Si Mundt avait été notre agent, comment l'aurions-nous payé ? Comment se présenteraient les dossiers ? etc. Peter s'est rappelé qu'un Arabe avait voulu nous vendre des renseignements complets sur l'Abteilung un ou deux ans auparavant et que nous l'avions envoyé sur les roses. Nous nous sommes rendu compte par la suite que nous avions eu tort. Peter a eu l'idée de se servir de cet incident en faisant croire que nous avions refusé parce que *nous avions déjà* les tuyaux. Ce qui était ingénieux.

« Vous pouvez imaginer la suite. Ma soi-disant déchéance, l'alcool, les ennuis financiers, la nouvelle que Leamas avait puisé dans la caisse. Elsie, du Service des Paiements, nous a aidés, avec une ou deux autres personnes, à faire circuler tous ces bruits. Je dois dire que c'était du fignolé, ajouta-t-il avec une pointe de fierté. J'ai alors choisi une matinée, un samedi matin où il y avait foule, pour faire un esclandre. La presse locale en a parlé et même le *Worker*, je crois. Et, entre-temps, ça vous était venu aux oreilles à vous aussi. À partir de ce moment-là, ajouta-t-il avec mépris, vous avez creusé votre propre tombe.

— La vôtre, voulez-vous dire, rectifia Mundt d'un ton calme en le regardant pensivement de ses yeux pâles et délavés. La vôtre et peut-être celle du camarade Fiedler.

— Vous ne pouvez guère tenir Fiedler pour responsable, répondit Leamas avec indifférence. Il se trouvait être sur place, simplement. Il n'est pas le seul dans l'Abteilung qui serait heureux de vous pendre, Mundt.

— En tout cas, répondit Mundt avec assurance, nous vous pendrons, vous. Vous avez assassiné un garde. Vous avez tenté de m'assassiner, moi.

Leamas eut un sourire sans joie :

— La nuit, tous les chats sont gris, Mundt... Smiley a toujours dit que l'opération pouvait mal tourner. Selon lui, elle pouvait déclencher une réaction dont nous ne serions plus les maîtres. Il a perdu tout ressort, vous le savez. Il n'a plus jamais été le même depuis l'affaire Fennan, depuis l'affaire Mundt, à Londres. Il paraît que quelque chose en lui a craqué, à ce moment-là, et c'est pourquoi il a quitté le Cirque. Ce que je n'arrive pas à comprendre, c'est pourquoi ils ont payé mes dettes, la fille et tout le reste. Ça doit être Smiley qui a saboté volontairement l'opération ; c'est sûrement ça. Il a dû avoir une crise de conscience, estimer qu'il était mal de tuer ou quelque chose de ce genre. Après toute cette préparation, tout

294

ce travail, c'était insensé de bousiller une opération de cette façon.

« Mais Smiley vous haïssait, Mundt. Comme nous tous d'ailleurs, nous vous haïssions, même si nous n'en parlions pas. Nous avons monté l'opération comme s'il s'agissait d'une sorte de jeu... C'est difficile à expliquer, maintenant. Nous étions acculés, le dos au mur. Nous avions échoué contre Mundt, et désormais il nous fallait absolument le supprimer. Mais c'était quand même un jeu. (Il se tourna vers le Tribunal :) Quant à Fiedler, vous vous méprenez sur son compte : il n'est pas des nôtres. Pourquoi Londres aurait-il pris tant de risques avec un homme occupant la position de Fiedler ? Ils comptaient sur lui, je l'admets. Ils connaissaient sa haine pour Mundt : pourquoi ne l'aurait-il pas haï ? Fiedler est juif, pas vrai ? Vous connaissez, vous devez certainement connaître tous autant que vous êtes la réputation de Mundt, vous savez ce qu'il pense des Juifs.

« Je vais vous dire une chose : personne d'autre ne le fera ; je vais donc m'en charger. Mundt a tabassé Fiedler et, ce faisant, il l'injuriait et le traitait de sale youd. Vous savez tous ce dont Mundt est capable, et vous le supportez parce qu'il fait bien son travail. Mais... (Il hésita une seconde et sa voix s'altéra.) Mais, bon sang, enchaîna-t-il, il y a eu assez de gens mêlés à cette histoire sans que Fiedler y laisse lui aussi sa peau. Fiedler est un type bien, moi je vous le dis... idéologiquement sain. C'est l'expression consacrée, non ?

Les membres du Tribunal, impassibles, le considéraient presque avec curiosité, le regard attentif, impassible. Fiedler, qui avait regagné sa place et écoutait d'un air faussement détaché, observa un instant Leamas, d'un air déconcerté.

— Et vous avez tout gâché, Leamas, c'est bien ça ? demanda-t-il. Un vieux renard comme Leamas, engagé dans l'opération qui doit couronner sa carrière, se fait cueillir à cause d'une... comment l'avez-vous appelée ?... d'une gosse frustrée qui sort d'une bibliothèque pour cinglés ? Londres devait être au courant ; Smiley n'a pas pu manigancer ça tout seul. (Fiedler se tourna vers Mundt.) Un petit détail qui me chiffonne, Mundt : Londres devait bien savoir que vous alliez vérifier son histoire point par point. C'est d'ailleurs pour cette raison que Leamas a joué à fond la comédie de la déchéance. Et pourtant, par la suite, ils ont envoyé de l'argent à l'épicier et payé le loyer. En plus, ils ont acheté le bail de la fille. Quelle extraordinaire façon d'agir... pour des gens de leur expérience... payer mille livres à une fille, *à un membre du Parti*, qui devait théoriquement croire que Leamas était sans un sou ! Ne me dites pas que ce sont les remords de conscience qui tracassaient Smiley. Non, c'est Londres qui a fait cela. Mais quel risque !

Leamas haussa les épaules.

— Smiley avait raison, dit-il. Nous ne pouvions plus arrêter la réaction en chaîne. Nous n'aurions jamais pensé que vous m'amèneriez ici — en Hollande, oui, mais pas ici. (Il fit une pause et reprit.)

Et jamais je n'aurais pensé que vous amèneriez la fille. J'étais le dernier des crétins.

— Mais pas Mundt, dit vivement Fiedler. Mundt savait ce qu'il devait chercher : il savait même que la fille fournirait la preuve... Très habile de sa part, je dois le reconnaître. Il connaissait même l'histoire du bail ; stupéfiant, vraiment. Je veux dire, comment a-t-il pu le savoir ? Elle n'a rien dit à personne. Je connais cette fille ; je la comprends. Jamais elle n'aurait dit quoi que ce soit. (Il jeta un coup d'œil à Mundt.) Peut-être Mundt peut-il nous expliquer comment il l'a appris ?

Mundt hésita un instant, une seconde de trop, pensa Leamas.

— C'est sa souscription qui m'a mis la puce à l'oreille, dit-il enfin. Il y a un mois, elle a augmenté de dix shillings sa contribution mensuelle à la Caisse du Parti et c'est venu à ma connaissance. J'ai alors essayé de découvrir comment cela lui était possible et j'ai réussi.

— Magistrale explication ! répliqua froidement Fiedler.

Il y eut un silence.

— Je crois, dit la Présidente, après avoir consulté du regard ses deux assesseurs, que le Tribunal est maintenant en mesure de soumettre son rapport au Présidium. À moins, reprit-elle en tournant ses petits yeux cruels sur Fiedler, que vous n'ayez quelque chose à ajouter.

Fiedler secoua la tête. Quelque chose semblait encore l'amuser.

— Dans ce cas, continua-t-elle, mes collègues et

moi sommes d'accord pour que le camarade Fiedler soit relevé de ses fonctions jusqu'à ce que le
Conseil de discipline du Présidium ait étudié sa
position.

« Quant à Leamas, il est déjà en état d'arrestation. Je vous rappelle à tous que le Tribunal n'a
aucun pouvoir exécutoire. Le Ministère Public, en
collaboration avec le camarade Mundt, décidera
sans aucun doute des mesures à prendre à l'encontre d'un *agent provocateur** anglais qui se double d'un assassin.

Elle regarda Mundt. Mais celui-ci considérait
Fiedler de l'œil impartial du bourreau qui évalue
sa prochaine victime.

Et, brusquement, avec la terrible lucidité d'un
homme trop longtemps abusé, Leamas comprit
toute l'effroyable machination.

24

La Commissaire

Liz se tenait à la fenêtre, le dos tourné à la gardienne, et regardait vaguement la courette extérieure. Elle supposa que les prisonniers devaient y prendre chaque jour un peu d'exercice. Elle se trouvait dans un bureau. Sur la table, à côté des téléphones, on avait déposé de la nourriture, mais elle n'aurait pu y toucher. Elle se sentait écœurée et terriblement fatiguée ; physiquement épuisée. Ses jambes lui faisaient mal et elle avait tant pleuré que son visage était engourdi et boursouflé. Elle se sentait sale et rêvait de prendre un bain.

— Pourquoi ne manges-tu pas ? redemanda la gardienne. C'est fini, maintenant.

Le ton était dénué de compassion ; elle la trouvait simplement stupide de ne pas manger alors que la nourriture était à sa disposition.

— Je n'ai pas faim.

La gardienne haussa les épaules :

— Il se peut que tu fasses un long voyage, et il n'y aura pas grand-chose au bout.

— Comment ça ?

— En Angleterre, les travailleurs n'ont rien à se mettre sous la dent ! déclara-t-elle d'un ton assuré. Les capitalistes les laissent crever de faim.

Liz eut envie de répondre, mais à quoi cela servirait-il ? De plus, elle voulait savoir, il fallait qu'elle sache, et cette femme pouvait sans doute la renseigner.

— Où sommes-nous ?

— Tu ne sais pas ? fit la gardienne en riant. Tu devrais aller le leur demander, ajouta-t-elle en indiquant la fenêtre d'un signe de tête. Ils pourraient te le dire.

— Qui sont-ils ?

— Des prisonniers.

— Quel genre de prisonniers ?

— Des ennemis de l'État, répondit-elle sans hésiter. Des espions, des agitateurs, je ne sais, je suis Commissaire ici.

— Que va-t-il se passer maintenant, après le procès ? demanda Liz.

— Leamas et le Juif Fiedler seront fusillés, répondit la femme avec indifférence.

Liz crut défaillir, mais sa main agrippa le dossier d'une chaise et elle réussit à s'asseoir.

— Qu'a fait Leamas ? demanda-t-elle dans un murmure.

La femme la regarda de ses petits yeux rusés. Elle était très corpulente. Ses cheveux ternes étaient noués en chignon sur sa nuque épaisse. Elle avait un visage lourd, à la chair flasque et blême.

— Il a tué une sentinelle.

— Pourquoi ?

La gardienne haussa les épaules.

— Quant au Juif, ajouta-t-elle, il a porté une accusation mensongère contre un loyal camarade.

— Et on va fusiller Fiedler pour ça ? demanda Liz, incrédule.

— Les Juifs sont tous les mêmes, commenta la femme. Le camarade Mundt sait comment les traiter. Nous n'avons pas besoin d'eux ici. Quand ils entrent au Parti, ils se figurent qu'il leur appartient et, quand ils restent en dehors, ils croient que le Parti conspire contre eux. Leamas et Fiedler ont comploté contre Mundt. Est-ce que tu vas manger ça, oui ou non ? demanda-t-elle en montrant la nourriture sur le bureau. (Liz fit non de la tête.) Alors, moi, je dois le manger, déclara-t-elle, en affectant risiblement de se forcer. On t'a donné des pommes de terre. Tu dois avoir un amoureux dans la cuisine.

L'humour de cette réflexion la soutint jusqu'à ce qu'elle eût liquidé le repas de Liz.

Liz retourna à la fenêtre.

Au milieu de la confusion qui régnait dans l'esprit de Liz, dans le tourbillon de honte, de chagrin et de peur qui la submergeait, dominait l'image terrifiante de Leamas tel qu'elle l'avait vu pour la dernière fois dans la salle d'audience, assis très raide sur sa chaise, évitant son regard. Elle l'avait trahi et il n'osait même pas la regarder avant de mourir ; il ne voulait pas lui laisser voir le mépris, la peur, peut-être, qui s'inscrivait sur ses traits. Mais qu'aurait-elle pu faire d'autre ? Si seulement Leamas lui avait dit ce qu'il avait à faire — encore maintenant, cela restait obscur dans son esprit — elle aurait menti, triché, fait n'importe quoi pour lui, si seulement il l'avait mise dans sa confidence. Il devait sûrement le comprendre ; il la connaissait suffisamment pour bien se douter qu'en fin de compte elle ferait tout ce qu'il voulait, qu'elle se mettrait dans sa peau au point d'assumer sa volonté, sa vie, son image, ses souffrances, si la chose était possible ; qu'elle souhaitait par-dessus tout une occasion de le lui prouver ? Mais comment aurait-elle pu savoir, d'elle-même, quoi répondre à ces questions voilées, insidieuses ? Elle avait le sentiment d'avoir déclenché une série de catastrophes sans fin. Dans son esprit enfiévré, elle se revoyait tout enfant, horrifiée en apprenant qu'à chaque pas qu'elle faisait elle détruisait sous son pied des milliers de créatures ; et maintenant, qu'elle eût menti ou dit la vérité — ou même, elle en était certaine, qu'elle eût gardé le silence — c'était une vie humaine qu'elle avait détruite, deux, peut-être, car il y avait aussi le Juif Fiedler, qui s'était montré si prévenant avec elle, qui lui avait pris le bras et lui avait dit de retourner en Angleterre.

Ils allaient fusiller Fiedler. C'était ce qu'avait dit la gardienne. Pourquoi Fiedler et pourquoi pas le vieux qui posait les questions, ou le blond du premier rang entre les soldats, celui qui souriait tout le temps ? Chaque fois qu'elle s'était retournée, elle avait aperçu sa tête blonde et son visage lisse, cruel et souriant, comme si tout ça n'était qu'une vaste plaisanterie. L'idée que Fiedler et Leamas étaient du même bord la réconfortait. Elle se tourna vers la gardienne et demanda :

— Qu'est-ce que nous attendons ici ?

La femme repoussa l'assiette et se leva.

— Des instructions, répondit-elle. Ils sont en train de décider si tu dois rester ici ou non.

— Rester ? demanda Liz étonnée.

— C'est une question de preuves. Il se peut que Fiedler soit jugé. Je te l'ai déjà dit ; on le soupçonne d'avoir conspiré avec Leamas.

— Mais contre qui ? Comment auraient-ils pu conspirer en Angleterre ? Comment est-il arrivé ici ? Il n'est pas inscrit au Parti !

La femme secoua la tête.

— C'est secret, répondit-elle. Cela ne concerne que le Présidium. Peut-être est-ce le Juif qui l'a amené ici.

— Mais vous, vous le savez, insista Liz pour l'amadouer, vous êtes Commissaire de la prison. Ils ont sûrement dû vous le dire, à vous.

— Peut-être bien, répondit-elle d'un ton satisfait. Mais c'est très secret, répéta-t-elle.

Le téléphone sonna. Elle décrocha et, au bout d'un moment, jeta un coup d'œil à Liz.

— Oui, camarade. Tout de suite.

Elle raccrocha.

— Tu dois rester ici ! annonça-t-elle. Le Présidium va examiner le cas Fiedler. D'ici là, tu dois rester ici. Tel est le vœu du camarade Mundt.

— Qui est Mundt ?

La femme prit un air retors.

— Tel est le vœu du Présidium, dit-elle.

— Je ne veux pas rester ! s'écria Liz. Je veux...

— Le Parti en sait plus long que nous n'en savons nous-mêmes, répliqua la gardienne. Tu dois rester. C'est la décision du Parti.

— Qui est Mundt ? demanda Liz à nouveau, mais, encore une fois, l'autre garda le silence.

Liz la suivit lentement le long de couloirs interminables, franchit des grilles gardées par des sentinelles, des portes de fer aux gonds parfaitement huilés, descendit des escaliers sans fin, traversa des cours souterraines et finit par croire qu'elle descendait au tréfonds même de l'enfer et que personne ne viendrait même la prévenir quand Leamas serait mort.

Elle n'avait aucune idée de l'heure, lorsqu'elle entendit des pas dans le couloir qui longeait sa cellule. Cinq heures du soir, minuit ? Elle était restée éveillée à fixer d'un œil morne les ténèbres impénétrables qui l'entouraient, à guetter avec impatience le moindre bruit. Elle n'aurait jamais pensé que le silence pouvait être à ce point terrifiant. À un moment, elle s'était mise à crier, mais sans résultat. Rien. Pas même un écho. Rien que le souvenir de sa propre voix. Elle avait eu la vision du son se brisant sur les ténèbres opaques comme un poing sur un roc. Assise sur la couchette, les mains tendues autour d'elle, il lui sembla que l'obscurité les alourdissait, comme si elles tâtonnaient dans l'eau. Elle savait que la cellule était exiguë, qu'elle contenait le lit où elle était assise, une cuvette de lavabo sans robinets et une table de bois mal équarrie ; elle avait entrevu tout cela en entrant. Presque aussitôt, la lumière s'était éteinte, alors elle s'était précipitée vers l'endroit où elle savait trouver le lit et s'était heurté les tibias contre l'armature en fer et était restée plantée là, tremblante d'effroi.

C'est alors qu'elle avait perçu le bruit de pas et que la porte de sa cellule s'était brusquement ouverte.

Elle ne la discernait qu'à contre-jour et à la lueur du couloir, mais elle reconnut immédiatement la silhouette nette et agile, la ligne pure de la mâchoire, les cheveux blonds et courts qu'effleurait la pâle lumière bleuâtre.

— C'est Mundt, dit-il. Suivez-moi immédiatement.

Sa voix était méprisante mais contenue, comme s'il craignait d'être entendu. Liz fut soudain prise de panique. Elle se rappela les paroles de la gardienne : « Mundt sait comment traiter les Juifs. » Debout près du lit, elle le regardait, ne sachant que faire.

— Dépêchez-vous, idiote ! (Il avança d'un pas et la prit par le poignet.) Vite.

Elle se laissa entraîner dans le couloir. Stupéfaite, elle le vit refermer silencieusement la porte de sa cellule. Il la prit rudement par le bras et la poussa le long du premier couloir, courant à demi. Liz entendit le ronronnement lointain de climatiseurs et, de temps à autre, l'écho d'autres pas venant de couloirs débouchant dans le leur. Elle remarqua que Mundt hésitait, se reculait même parfois quand ils franchissaient un couloir transversal, s'assurait que personne ne venait avant de lui faire signe d'avancer. Pas une seconde il n'eut l'air de douter qu'elle le suivrait docilement, qu'elle savait à quoi s'en tenir. À croire qu'il la traitait en complice.

Et, soudain, il s'arrêta et introduisit une clef dans la serrure d'une porte de métal crasseuse. Liz attendait, morte de peur ; il poussa rageusement la porte vers l'extérieur ; le souffle vivifiant de la nuit d'hiver lui glaça le visage. De nouveau, toujours aussi pressant, il lui fit signe d'avancer. Elle le suivit, descendit deux marches et s'engagea dans une allée de gravier qui traversait un jardin potager.

Le sentier les mena à un porche gothique ouvragé qui donnait sur une route. Sous la porte stationnait une voiture. Et devant cette voiture se tenait Alec Leamas.

— Pas si vite, ordonna Mundt lorsqu'elle fit mine d'avancer, puis : Attendez ici.

Mundt s'éloigna seul et, pendant ce qui lui sembla une éternité, elle regarda les deux hommes discuter à voix basse. Son cœur battait à se rompre, tout son corps tremblait de froid et de peur. Enfin, Mundt revint vers elle.

— Suivez-moi, dit-il, et il la conduisit à Leamas.

Les deux hommes se dévisagèrent un instant.

— Adieu ! dit Mundt d'un ton indifférent. Vous êtes un idiot, Leamas, ajouta-t-il. Elle ne vaut pas mieux que Fiedler, c'est de la racaille, tout ça.

Et, sans ajouter un mot, il se détourna et s'éclipsa rapidement dans le crépuscule.

Liz voulut le toucher, mais il se détourna à demi, écartant sa main pour ouvrir la portière. Il lui fit signe de monter, mais elle hésita.

— Alec, murmura-t-elle, Alec, que fais-tu ? Pourquoi te laisse-t-il partir ?

— Tais-toi ! siffla Leamas. N'y pense même pas, tu entends ! Monte !

— Qu'est-ce qu'il a dit, au sujet de Fiedler ? Alec, pourquoi nous laisse-t-il partir ?

— Il nous laisse partir parce que nous avons joué notre rôle. Allez, monte ! Dépêche-toi.

Subjuguée, elle monta dans la voiture et referma la portière. Leamas s'installa au volant.

— Quel marché as-tu conclu avec lui ? demanda-t-elle d'une voix altérée par la méfiance et la peur. Ils disent que vous avez conspiré contre lui, Fiedler et toi. Alors pourquoi te laisse-t-il partir ?

Leamas avait déjà démarré et bientôt se mit à rouler à toute allure le long de la route étroite bordée de champs nus ; au loin, les collines sombres et monotones se fondaient à l'horizon sur le ciel du crépuscule. Leamas consulta sa montre.

— Nous sommes à cinq heures à Berlin, dit-il. Il faut que nous arrivions à Köpenick à une heure moins le quart. Nous devrions y arriver facilement.

Liz demeura un long moment silencieuse. Désorientée et perdue dans un labyrinthe de pensées à demi formulées, elle fixait la route déserte à travers le pare-brise. La pleine lune s'était levée et la brume glacée se déplaçait en lambeaux fantomatiques à travers la campagne. Ils débouchèrent sur une autobahn.

— Je pesais sur ta conscience, Alec ? demanda-t-elle enfin. C'est pour ça que tu as forcé Mundt à me laisser partir ?

Leamas ne répondit pas.

— Vous êtes ennemis, n'est-ce pas ?

Il gardait toujours le silence et conduisait de plus en plus vite, l'aiguille du compteur bloquée à cent vingt kilomètres-heure. L'autobahn trouée de nids-de-poule était cahoteuse. Elle remarqua que Leamas roulait pleins phares et ne passait même pas en code lorsqu'une voiture les croisait sur l'autre voie. Il conduisait comme une brute, penché en avant, les coudes presque à plat sur le volant.

— Que va-t-il arriver à Fiedler ? demanda brusquement Liz.

Et cette fois, Leamas répondit :

— Il sera fusillé.

— Alors pourquoi ils ne t'ont pas fusillé, toi ? enchaîna-t-elle vivement. Tu as conspiré avec lui contre Mundt, ils l'ont dit. Tu as tué une sentinelle. Pourquoi Mundt te laisse-t-il partir ?

— Bon, ça va ! vociféra soudain Leamas. Je vais te le dire. Je vais te dire ce que ni toi ni moi n'aurions jamais dû savoir. Écoute bien : Mundt est un agent de Londres. Ils l'ont acheté quand il était en Angleterre. Nous assistons à l'épilogue dégueulasse d'une opération immonde destinée à sauver la peau de Mundt. À le sauver de quelqu'un de son propre service, un petit Juif intelligent qui avait commencé à soupçonner la vérité. Ils nous l'ont fait tuer, tu comprends, ils nous ont fait tuer le Juif. Maintenant tu sais tout, et que le Ciel nous aide tous les deux !

25

Le mur

— S'il en est ainsi, Alec, dit-elle enfin, d'une voix calme, presque détachée, quel rôle ai-je joué dans tout ça ?

— Je ne peux que faire des suppositions, Liz, d'après ce que je sais et ce que Mundt m'a dit avant que nous partions. Fiedler soupçonnait Mundt ; il le soupçonnait même, depuis son retour d'Angleterre, de jouer sur deux tableaux. Il le haïssait, bien entendu — et pourquoi s'en serait-il privé ? — mais, en plus, il avait raison : Mundt était un agent de Londres. Fiedler était trop puissant pour que Mundt puisse se charger tout seul de l'éliminer. Alors Londres a décidé de le faire à sa place. Je les vois d'ici, chinois comme je les connais, en train d'élaborer leur plan. Assis autour du feu dans un de leurs foutus clubs mondains. Ils savaient qu'il ne suffisait pas d'éliminer Fiedler ; il pouvait avoir parlé à des amis, rendu publiques certaines accusations. Il leur fallait éliminer jusqu'au *soupçon*. Une réhabilitation officielle, voilà ce qu'ils ont organisé pour Mundt.

Il obliqua vers la gauche pour doubler un camion-remorque. Mais, au même instant, le camion déboîta devant lui. Il dut freiner brutalement sur la route défoncée pour ne pas être déporté contre le garde-fou à sa gauche.

— Ils m'ont demandé de monter un traquenard contre Mundt, poursuivit-il avec simplicité. Il fallait qu'il soit éliminé, m'ont-ils dit, et moi j'ai marché comme un seul homme. Ça va être mon dernier boulot. Je suis donc devenu une vraie cloche, j'ai cassé la gueule à l'épicier... tu connais le reste.

— Et fait l'amour avec moi ? demanda-t-elle calmement.

Leamas secoua la tête et enchaîna :

— Mais le hic, comprends-tu, c'est que Mundt savait tout. Il était au courant du plan ; avec Fiedler, ils m'ont fait ramasser. Après quoi, il a laissé Fiedler mener la suite des opérations, sachant bien qu'en fin de compte Fiedler se passerait la corde au cou. Mon boulot consistait à faire croire au Présidium ce qui n'était en fait que la stricte vérité : que Mundt était un agent anglais. (Il hésita.) Quant au tien, il consistait à me discréditer. Fiedler était fusillé et Mundt échappait de façon miraculeuse à un odieux complot fasciste. Revirement spectaculaire.

— Mais comment connaissaient-ils mon existence ? Comment pouvaient-ils savoir que nous nous rencontrerions, que nous serions attirés l'un vers l'autre ? s'écria Liz. Bonté divine, Alec, ils peuvent donc prédire que des gens vont tomber amoureux ?

— Quelle importance ? L'affaire ne dépendait pas uniquement de ça. Ils t'ont choisie parce que tu es jeune et jolie. Que tu es inscrite au Parti, et parce qu'ils savaient que tu viendrais en Allemagne si on t'offrait ce voyage. Ce type du Bureau du Chômage, Pitt, c'est lui qui m'a envoyé à la bibliothèque. Ils savaient donc que j'y travaillerais. Pitt faisait partie de l'Intelligence Service pendant la guerre ; ils ont dû le renseigner, je suppose. Il leur suffisait de nous mettre toi et moi en contact, même une seule journée, aucune importance. Ça leur permettait par la suite d'aller te trouver, de t'envoyer de l'argent, de faire croire à une liaison même si elle n'existait pas, tu comprends ? Ils pouvaient même faire croire à une véritable idylle. L'important, après nous avoir mis en contact, c'était de pouvoir t'envoyer l'argent et de te faire croire qu'il venait de moi. En fait, nous leur avons facilité la tâche...

— En effet. Je me sens dégradée, Alec, ajouta-t-elle, comme si j'étais une jument menée à l'étalon.

Leamas ne répondit pas. Elle reprit :

— Est-ce qu'au moins ça a un peu apaisé la conscience du Service ? Le fait d'exploiter... un membre du Parti plutôt que n'importe qui ?

— Peut-être, dit Leamas. Mais, en réalité, ils ne voient pas les choses de cette façon. C'était commode pour le déroulement de l'opération, c'est tout.

— J'aurais pu rester dans cette prison, n'est-ce pas ? C'est bien ce que voulait Mundt, pas vrai ? Il trouvait absurde de prendre ce risque ; je pour-

rais en savoir trop, avoir deviné trop de choses.
Après tout, Fiedler est innocent, n'est-ce pas ?
Mais, évidemment, c'est un Juif ! ajouta-t-elle
avec emportement. Alors ça n'a pas beaucoup
d'importance, je suppose ?

— Oh ! Je t'en prie ! s'exclama Leamas.

— Curieux, quand même, que Mundt m'ait lais-
sée partir, même s'il a conclu un marché avec toi,
reprit-elle, songeuse. Je représente un gros risque
désormais. Du moins, dès que je serai en Angleterre. Un membre du Parti au courant de tant de
choses... Ce n'est pas très logique qu'il m'ait lais-
sée filer...

— J'ai l'impression, répondit Leamas, qu'il va
se servir de notre fuite pour démontrer au Présidium qu'il y a d'autres Fiedler dans son service et
qu'il faut les traquer.

— Et d'autres Juifs ?

— Ça lui permettra d'affermir sa position, répliqua sèchement Leamas.

— En tuant d'autres innocents ? Ça ne semble
pas te gêner outre mesure.

— Si, ça me gêne ! J'en suis malade de honte et
de fureur et... mais nous avons été élevés diffé-
remment, Liz. Je ne vois pas les choses tout blanc
ou tout noir. Les gens qui jouent à ce jeu prennent des risques. Fiedler a perdu, Mundt a gagné
et Londres avec : c'est l'essentiel. C'était une opération parfaitement immonde, mais elle est
payante et c'est la seule règle valable.

Petit à petit, il haussa le ton, et c'est presque en
criant qu'il termina sa phrase.

— Tu cherches à te convaincre toi-même ! s'exclama Liz. Ils ont fait une chose abominable. Comment pouvez-vous tuer Fiedler ? C'est un type bien, Alec, je le sais. Et Mundt...

— De quoi te plains-tu, bon Dieu, répliqua Leamas sans ménagements. Ton Parti est perpétuellement en guerre, non ? Perpétuellement en train de sacrifier l'individu à la masse. C'est la doctrine, il me semble. La Réalité Socialiste : combattre sans cesse, jour et nuit — la lutte implacable — c'est bien ça, non ? ajouta-t-il d'un ton sarcastique. Je l'avoue, oui, je l'avoue, tu aurais pu être détruite, liquidée dans la bagarre. C'était dans les choses prévues. Mundt est un immonde porc... Il ne voyait pas l'intérêt de te laisser en vie... Ses promesses — j'imagine qu'il t'a dit qu'il ferait tout son possible pour toi — ne valent pas grand-chose. Autrement dit, tu aurais pu mourir — demain, l'année prochaine ou dans vingt ans — dans une prison du paradis des travailleurs. Et moi aussi par la même occasion. Mais si je ne me trompe, le but du Parti, c'est la destruction de toute une classe ?

Tirant un paquet de cigarettes de sa poche de veste, il lui en tendit deux, avec une boîte d'allumettes. Elle les alluma avec des doigts tremblants et lui en passa une.

— Tu as étudié la question à fond, je vois ? fit-elle.

— Il s'est trouvé que nous étions exactement ce qu'ils cherchaient, s'obstina Leamas. Et j'en suis désolé. Désolé pour les autres, aussi... ceux qui s'adaptent au moule. Mais ne te plains pas que les conditions soient trop dures, Liz ; ce sont celles du Parti : payer un petit prix pour un gros rapport. En sacrifier un pour le bien de tous. Ce n'est pas joli, joli, je sais... quand il s'agit de choisir lequel... de transformer des pions en personnes bien vivantes.

Elle l'écoutait, dans le noir, consciente seulement de la route qui s'estompait devant eux et de l'horreur qui lui paralysait le cerveau.

— Mais ils m'ont permis de t'aimer, dit-elle enfin, et toi aussi tu m'as laissé croire en toi et t'aimer.

— Ils se sont servis de nous, répliqua Leamas, impitoyable, ils nous ont roulés tous les deux parce que c'était nécessaire. C'était le seul moyen. Fiedler brûlait, comprends-tu ? Mundt était pour ainsi dire foutu... bon Dieu... enfin, c'est facile à comprendre !

— Comment peux-tu mettre le monde sens dessus dessous ? s'écria soudain Liz. Fiedler était quelqu'un de propre et de gentil, et maintenant, tu l'as assassiné. Mundt est un espion, un traître, et vous le protégez. Mundt est un nazi, tu ne l'as pas compris ? Il hait les Juifs... De quel côté es-tu donc ? Comment peux-tu...

— Il n'y a qu'une seule loi dans ce jeu que nous jouons, rétorqua Leamas. Mundt est leur homme. Il leur donne ce dont ils ont besoin. C'est pourtant facile à comprendre, non ? Lénine lui-même préconisait les alliances temporaires ! Pour quoi prends-tu les espions ? Pour des prêtres, des saints, des martyrs ? Non ! C'est un minable défilé d'imbéciles vaniteux, de traîtres aussi, oui ; de pédés, de sadiques, d'ivrognes, de types qui s'amusent à jouer aux cow-boys et aux Indiens pour mettre un peu de sel dans leur triste existence. Tu les imagines assis en rond à Londres, comme des moines dans leur chapelle, en train de soupeser le Bien et le Mal ? J'aurais tué Mundt si j'avais pu ! Je le vomis. Mais pas maintenant, car il se trouve qu'ils ont besoin de lui. Ils ont besoin de lui pour permettre à la masse imbécile que tu admires tant de dormir sur ses deux oreilles. Ils ont besoin de lui pour assurer la sécurité des gens ordinaires, des minables comme toi et moi.

— Mais Fiedler, alors... Son sort te laisse indifférent ?

— C'est d'une guerre qu'il s'agit, répliqua Leamas. On est peu nombreux et on se canarde à bout portant ; alors, on a le nez dessus et c'est désagréable. On gaspille parfois des vies innocentes, je le reconnais. Mais ça n'est rien, rien du tout, comparé aux autres guerres ; la dernière ou la prochaine.

— Oh, mon Dieu ! fit doucement Liz. Tu ne comprends pas. Tu ne veux pas comprendre. Tu cherches simplement à te persuader toi-même. Ce qu'ils font est bien plus ignoble. Ils cherchent ce qu'il y a d'humain chez les gens, chez moi, chez ceux qu'ils utilisent, pour ensuite s'en servir comme d'une arme entre leurs mains, pour torturer, pour tuer...

— Mais bon Dieu ! s'écria Leamas. Veux-tu me dire ce que les hommes ont jamais fait d'autre depuis que le monde est monde ! Je ne crois à rien, comprends-tu, même pas à la destruction, même pas à l'anarchie. J'en ai marre, marre de la tuerie, mais je ne vois pas très bien ce qu'ils peuvent faire d'autre. Ils ne font pas de prosélytisme, ils ne se dressent pas en chaire ou sur un podium pour nous adjurer de nous battre pour la Paix ou pour Dieu ou pour n'importe quoi d'autre. Ce sont de pauvres cons qui s'évertuent à empêcher les apôtres de toutes les religions de s'entre-dévorer.

— Tu te trompes ! déclara Liz d'un ton désespéré. Ils sont pires que nous tous !

— Parce que j'ai fait l'amour avec toi déguisé en clochard ? demanda Leamas avec fureur.

— Parce qu'ils méprisent tout, répondit Liz, tout ce qui est authentique, l'amour et...

— Oui, convint Leamas, soudain très las. C'est vrai. C'est le prix qu'il faut payer : mépriser d'un bloc Dieu et Karl Marx. Si c'est bien ce que tu veux dire.

— Ça te rend semblable à eux, poursuivit Liz. Semblable à Mundt et à tous les autres... Je suis bien placée pour le savoir ; c'est moi qui ai été malmenée, non ? Par eux, par toi parce que tu t'en moques. Fiedler est le seul à m'avoir épargnée... Mais vous tous... Vous m'avez tous traitée comme si j'étais... moins que rien, une pièce de monnaie. Vous êtes tous les mêmes, Alec !

— Oh ! Liz, dit-il avec désespoir, je t'en supplie, crois-moi. Je hais ce travail, je le hais, j'en ai la nausée. Mais le monde, l'humanité entière est devenue complètement dingue. Nous sommes des êtres dérisoires... nous ne pesons pas lourd dans la balance. Mais c'est partout pareil, les gens sont exploités, abusés ; des vies entières sont sacrifiées, on fusille, on emprisonne, des communautés entières sont rayées de la carte pour rien. Et toi ! Ton Parti ! Tu crois qu'il n'est pas resté de cadavres sous les fondations ! Tu n'as jamais vu des hommes mourir comme moi je les ai vus, Liz...

Leamas, soudain tendu, regardait attentivement à travers le pare-brise. Dans le faisceau des phares, Liz discerna une silhouette au milieu de la route. L'homme tenait à la main une minuscule lampe de poche qu'il allumait et éteignait tour à tour.

— C'est lui, marmonna Leamas.

Il éteignit les phares, coupa le contact et s'approcha silencieusement en roue libre. Arrivé à hauteur de l'homme, il se pencha en arrière et ouvrit la portière.

Liz ne se retourna pas pour le regarder lorsqu'il monta. Raidie, penchée en avant, elle fixait la rue noyée de pluie.

— Roulez à trente à l'heure, ordonna l'homme d'une voix tendue, anxieuse. Je vous indiquerai le chemin. Quand nous serons arrivés, il faudra descendre de voiture et courir jusqu'au mur. Le projecteur sera braqué sur l'endroit où vous devez passer ; tenez-vous immobiles dans le rayon lumineux. Dès que le faisceau sera déplacé, commencez à grimper. Vous aurez quatre-vingt-dix secondes. Vous monterez le premier, dit-il à Leamas, et puis ce sera au tour de la fille. Il y a des tenons de fer au bas du mur : après, à vous de vous débrouiller. Quand vous serez assis sur le faîte du mur, vous la tirerez, compris ?

— D'accord, répondit Leamas. Combien de temps nous reste-t-il ?

— En roulant à trente à l'heure, nous y serons en neuf minutes à peu près. Le projecteur éclairera le mur à une heure cinq pile. On vous donne quatre-vingt-dix secondes, pas une de plus.

— Que se passera-t-il au bout de quatre-vingt-dix secondes ? demanda Leamas.

— Ils ne peuvent vous donner que quatre-vingt-dix secondes, répéta l'homme. Ce serait trop dangereux autrement. Une seule escouade a été mise au courant. Ils croient qu'on essaie de vous infiltrer dans Berlin-Ouest. On leur a dit de ne pas trop vous faciliter les choses. Quand même, quatre-vingt-dix secondes suffisent.

— Espérons-le, bon Dieu, fit sardoniquement Leamas. Quelle heure avez-vous ?

— J'ai réglé ma montre sur celle du sergent qui commande le détachement, répondit l'homme. (Un feu s'alluma, puis s'éteignit aussitôt à l'arrière de la voiture.) Il est minuit quarante-huit. Nous devons partir à une heure moins cinq. Sept minutes à attendre.

Ils demeurèrent immobiles, dans un silence que troublait seul le crépitement de la pluie sur le toit. La route pavée s'étendait droit devant eux, faiblement éclairée tous les cent mètres par la maigre lumière d'un lampadaire. Personne en vue. Au-dessus d'eux, le ciel prenait les teintes artificielles des lampes à arc. De temps à autre, un faisceau lumineux trouait la nuit et s'évanouissait. Au loin sur la gauche, Leamas aperçut une lueur fluc-tuante, juste au ras de l'horizon, et dont l'intensité variait constamment, tel un reflet d'incendie. Il l'indiqua du doigt.

— Qu'est-ce que c'est ? demanda-t-il.

— Service des Informations, répondit l'homme. Un panneau d'annonces lumineuses où passent les flashes d'informations à destination de Berlin-Est.

— Ah oui, bien sûr, marmonna Leamas.

Ils étaient presque arrivés au bout du voyage.

— Pas question de revenir en arrière, continua l'homme. Il vous l'a dit ? On ne vous accorde qu'une seule chance.

— Je sais, répondit Leamas.

— S'il arrive quelque chose, si vous tombez ou si vous vous faites mal, ne revenez pas en arrière. Au voisinage du mur, on tire sans semonces. Il *faut* que vous passiez.

— Nous savons, répéta Leamas. Il me l'a dit.

— Dès que vous descendrez de voiture, vous serez dans la zone dangereuse.

— On le sait ! Maintenant bouclez-la, rétorqua Leamas. (Puis il demanda :) Vous ramenez la ba-gnole ?

— Dès que vous serez descendus, je ferai demi-tour. Pour moi aussi, c'est dangereux.

— Navré, dit laconiquement Leamas.

Le silence retomba. Puis Leamas demanda :

— Vous avez un pistolet ?

— Oui. Mais je ne veux pas vous le donner... Il m'a dit que je ne devais pas... Que vous alliez sûrement le demander.

Leamas eut un petit rire désabusé.

— Ça ne m'étonne pas de lui, fit-il.

Il appuya sur le démarreur et la voiture se mit à rouler doucement, avec un bruit qui leur sembla remplir la rue tout entière.

Ils avaient parcouru environ trois cents mètres quand l'homme chuchota d'un ton surexcité :

— Tournez à droite, puis à gauche !

Ils s'engagèrent dans une étroite rue latérale. De chaque côté s'alignaient les stalles vides d'un marché entre lesquelles la voiture passait de justesse.

— À gauche, maintenant !

Ils tournèrent à nouveau, rapidement, et se retrouvèrent dans une espèce de cul-de-sac entre deux hauts immeubles. Du linge séchait en travers de la rue et Liz se demanda s'ils arriveraient à passer dessous. Au moment où ils atteignaient le bout de ce qu'ils croyaient être une impasse, l'homme leur fit signe :

— À gauche, de nouveau ; suivez le chemin.

Leamas grimpa sur le coin du trottoir, le traversa et ils s'engagèrent dans une large ruelle bordée d'une barrière démantelée sur leur gauche et d'un grand immeuble sans fenêtres sur leur droite. Quelque part, au-dessus d'eux, une voix de

femme cria quelque chose et Leamas marmonna :
« Oh ! la ferme ! » tout en amorçant tant bien que
mal dans la ruelle un virage à angle droit qui
l'amena presque aussitôt sur une grand-route.

— Par où ? demanda-t-il.

— Tout droit... dépassez la pharmacie... entre
la pharmacie et la poste... là !

L'homme se penchait tellement en avant qu'il
avait la tête au niveau de la leur. Il tendit le doigt
pour montrer la direction, appuyant le doigt sur le
pare-brise.

— Reculez-vous ! siffla Leamas. Ôtez votre
main ! Je ne peux rien voir, bon Dieu, si vous ges-
ticulez comme ça.

Passant brutalement en première, il traversa la
route à toute allure et fut stupéfait d'entrevoir sur
la gauche la silhouette trapue de la Porte Brandebourg à trois cents mètres à peine, et le sinistre
alignement de véhicules militaires groupés à sa
base.

— Où va-t-on ? demanda brusquement Leamas.

— On y est presque. Ralentissez, maintenant...
À gauche, à gauche, tournez à gauche ! s'écria
l'homme, et Leamas braqua juste à temps. Ils passèrent sous un porche étroit et se retrouvèrent
dans une cour. La moitié des fenêtres étaient
béantes ou barrées de planches. Des portes aveu-
gles s'ouvraient devant eux. À l'autre bout de la
cour s'ouvrait un portail.

— Sortez de là ! chuchota l'homme d'une voix
pressante, dans l'obscurité. Puis tout de suite à
droite. Vous verrez un lampadaire sur votre droite.

Le suivant est démoli. Quand vous arriverez au deuxième, coupez le contact et roulez au point mort jusqu'à une prise d'incendie. C'est là.

— Mais, nom de Dieu, pourquoi n'avez-vous pas pris le volant ?

— Il m'a dit que vous deviez conduire vous-même, que c'était moins risqué.

Ils franchirent le portail et tournèrent aussitôt à droite, débouchant dans une rue étroite où il faisait nuit noire.

— Éteignez les phares !

Leamas obéit et roula lentement vers le premier lampadaire. Au-delà, ils distinguaient vaguement le second qui n'était pas allumé. Moteur coupé, ils le dépassèrent silencieusement et discernèrent bientôt, à vingt mètres devant eux, la vague silhouette de la bouche d'incendie. Leamas freina et la voiture s'arrêta doucement.

— Où sommes-nous ? demanda-t-il à voix basse. On a traversé la Leninallee, non ?

— Greifswalder Strasse ; puis on a tourné vers le nord. Nous sommes au nord de Bernauerstrasse.

— Pankow ?

— À peu près. Regardez, dit l'homme en montrant une rue latérale sur la gauche.

Tout au bout, ils aperçurent un pan de mur, gris-brun sous la lumière vacillante des projecteurs à arc. Une triple rangée de barbelés courait tout le long de la crête.

— Comment va-t-elle passer les barbelés ? demanda Leamas.

— On les a coupés à cet endroit-là. Il y a un

petit espace. Vous avez une minute pour atteindre le mur. Adieu.

Tous trois descendirent de voiture. Leamas prit Liz par le bras. Elle sursauta comme s'il lui avait fait mal.

— Adieu, répéta l'Allemand.

— Ne faites pas démarrer cette bagnole avant que nous soyons de l'autre côté, se contenta de chuchoter Leamas.

Liz contempla un moment l'Allemand sous la lumière incertaine. Elle vit un visage jeune, anxieux, le visage d'un adolescent s'efforçant de paraître brave.

— Adieu, dit Liz.

Elle dégagea son bras et, derrière Leamas, elle traversa la route et s'engagea dans l'étroite ruelle qui menait au mur.

À ce moment, ils entendirent la voiture démarrer derrière eux, tourner et repartir dans la direction opposée.

— C'est ça, retire-nous l'échelle, salaud ! murmura Leamas en jetant un coup d'œil à la voiture qui s'éloignait.

Liz l'entendit à peine.

26

Le dos au mur

Ils marchaient à grandes enjambées ; de temps à autre, Leamas se retournait pour s'assurer que Liz le suivait bien. Arrivé au bout de la ruelle, il s'arrêta et se glissa dans l'ombre d'une porte pour regarder l'heure.

— Deux minutes, chuchota-t-il.

Elle resta muette. Elle avait les yeux rivés sur le mur derrière lequel se dressait la masse sombre des immeubles en ruine.

— Deux minutes, répéta Leamas.

Devant eux s'étendait une zone découverte d'une trentaine de mètres qui longeait le mur dans les deux directions. À quelque soixante mètres sur leur droite se dressait une tour de guet. Le faisceau de son projecteur balayait la zone découverte. La pluie fine qui restait en suspension dans l'air brouillait la lumière blanchâtre des lampes à arc et voilait le monde au-delà. Personne en vue ; pas un bruit. Une scène de théâtre vide.

Le projecteur de la tour de guet commença à tâtonner le long du mur dans leur direction, hésitant ; chaque fois qu'il s'immobilisait, ils pouvaient distinguer les briques de mâchefer hâtivement assemblées par des couches irrégulières de ciment. Ils virent le faisceau lumineux s'arrêter juste en face d'eux. Leamas consulta sa montre.

— Prête ?

Elle acquiesça d'un signe de tête.

La prenant par le bras, il commença à traverser l'espace découvert d'une démarche assurée. Liz aurait voulu courir, mais il la tenait si fermement que c'était hors de question. Ils étaient maintenant à mi-chemin du mur. L'éblouissant demi-cercle de lumière braqué au-dessus d'eux les tirait en avant. Leamas était bien décidé à garder Liz tout contre lui, comme s'il avait peur que Mundt ne tînt pas sa promesse et réussît à la lui arracher au dernier moment.

Ils avaient presque atteint le mur quand le faisceau lumineux obliqua brusquement vers le nord, les laissant momentanément dans le noir complet. Tenant toujours Liz par le bras, Leamas continuait à avancer à l'aveuglette, le bras gauche tendu devant lui. Soudain, sa main rencontra la surface rugueuse et coupante des parpaings. À présent, il pouvait distinguer le mur et, en levant les yeux, la triple rangée de barbelés et les crochets acérés qui la maintenaient. Des coins de métal, semblables à des pitons d'escalade, étaient fichés dans la brique. S'agrippant au plus élevé, Leamas se hissa rapidement et atteignit bientôt le sommet du mur. D'un coup sec, il tira sur le fil de fer du bas : il avait été coupé.

— Allez, chuchota-t-il d'un ton pressant. Monte !

Se couchant à plat ventre, il allongea le bras, saisit la main qu'elle lui tendait et commença à la hisser lentement tandis que son pied trouvait à tâtons le premier échelon.

Brusquement, l'univers tout entier s'embrasa. De toutes les directions, un océan de lumière convergea pour se fixer sur eux et les éclairer avec une sauvage précision.

Aveuglé par les projecteurs, Leamas détourna la tête et tira violemment sur le bras de Liz. Elle se balançait librement, à présent. Il se dit qu'elle avait glissé et l'appela comme un fou, tout en continuant à la hisser vers lui. Il ne voyait rien d'autre qu'une confusion démentielle de couleurs dansant devant ses yeux.

Alors éclata le ululement déchirant des sirènes. Des ordres frénétiques retentissaient. À demi agenouillé en travers du mur, il la saisit par les deux bras, à la limite de l'équilibre, et se mit en devoir de la tirer jusqu'à lui centimètre par centimètre.

Alors ils commencèrent à tirer. Des coups de feu isolés, trois ou quatre, éclatèrent et il la sentit tressaillir. Ses bras minces lui glissèrent des mains. De l'autre côté du mur, on l'appelait en anglais :

— Saute, Alec ! Saute, mon vieux !

Tout le monde hurlait dans toutes les langues, en anglais, en français, en allemand. Il entendit la voix de Smiley très proche :

— La fille ? Où est la fille ?

Protégeant ses yeux de la lumière, Leamas regarda au pied du mur et la découvrit enfin, allongée, inerte. Un instant, il hésita, puis, avec lenteur, il redescendit par les mêmes crampons et se retrouva debout auprès d'elle. Elle était morte, le visage détourné, ses cheveux noirs rabattus sur sa joue comme pour la protéger de la pluie.

Ils semblèrent hésiter avant de faire feu à nouveau. Quelqu'un hurla un ordre et pourtant aucune détonation ne retentit. Finalement, ils tirèrent sur lui, deux ou trois balles. Immobile, il regarda autour de lui, l'œil fixe, tel un taureau aveuglé au cœur de l'arène. En s'écroulant, il aperçut une petite voiture écrasée entre deux énormes camions, avec des enfants qui agitaient joyeusement la main par la portière.

DU MÊME AUTEUR

Aux Éditions Gallimard

L'ESPION QUI VENAIT DU FROID, 1964, Folio n° 414 et Folio Policier n° 587.

L'APPEL DU MORT, 1963, Folio n° 2178 et Folio Policier n° 765.

CHANDELLES NOIRES, 1963, Folio n° 2177 et Folio Policier n° 706.

Aux Éditions du Seuil

UNE VÉRITÉ SI DÉLICATE, 2013.

UN TRAÎTRE À NOTRE GOÛT, 2011, Points.

UN HOMME TRÈS RECHERCHÉ, 2008, Points.

LE CHANT DE LA MISSION, 2007, Points.

UNE PETITE VILLE EN ALLEMAGNE, 2005, Points.

UNE AMITIÉ ABSOLUE, 2004, Points.

LE MIROIR AUX ESPIONS, 2004, Points.

UN AMANT NAÏF ET SENTIMENTAL, 2003, Points.

LA MAISON RUSSIE, 2003, Points.

LE DIRECTEUR DE NUIT, 2003, Points.

UN PUR ESPION, 2002, Points.

LA CONSTANCE DU JARDINIER, 2001, Points.

SINGLE & SINGLE, 1999, Points.

LE TAILLEUR DE PANAMA, 1997, Points.

NOTRE JEU, 1996, Points.

LA TRILOGIE DE KARLA :

   LA TAUPE, vol. 1, 2001, Points.

   COMME UN COLLÉGIEN, vol. 2, 2001, Points.

   LES GENS DE SMILEY, vol. 3, 2001, Points.

Aux Éditions Robert Laffont

UNE PAIX INSOUTENABLE, 1991, Le Livre de Poche.

COLLECTION FOLIO POLICIER

Dernières parutions

Composition: Nord Compo
Impression Novoprint
le 25 août 2016
Dépôt légal : août 2016

ISBN 978-2-07-045430-3/ Imprimé en Espagne.